U0533636

华　章
传奇派

品味无限不循环的人生

双生之蔓

葵田谷 著

图书在版编目（CIP）数据

双生之蔓 / 葵田谷著. -- 重庆 ：重庆出版社，
2025. 4. -- ISBN 978-7-229-19165-8
Ⅰ. I247.5
中国国家版本馆CIP数据核字第20246WW519号

双生之蔓
SHUANGSHENG ZHI WAN

葵田谷　著

| 出　　品：华章同人 |
| 出版监制：徐宪江　连　果 |
| 版权统筹：吴凤未 |
| 监　　制：魏　童 |
| 责任编辑：王昌凤 |
| 特约编辑：贾　磊 |
| 营销编辑：史青苗　刘晓艳 |
| 责任校对：彭圆琦 |
| 责任印制：梁善池 |
| 封面设计：王照远 |

重庆出版集团
重庆出版社　出版
（重庆市南岸区南滨路162号1幢）
北京毅峰迅捷印刷有限公司　印刷
重庆出版集团图书发行有限公司　发行
邮购电话：010-85869375
全国新华书店经销

开本：880mm×1230mm　1/32　印张：12.25　字数：210千
2025年4月第1版　2025年4月第1次印刷
定价：48.00元

如有印装质量问题，请致电023-61520678

版权所有，侵权必究

目录

楔子 / 001

第一章　季香和冬阳 / 004

第二章　冬阳和靛泽 / 050

第三章　靛泽和安娜 / 098

第四章　冬阳和湖君 / 172

第五章　湖君和安娜和靛泽和冬阳和季香 / 251

尾声 / 381

原来,
人的生命二为一体。
你会和另一个人同日而生,
也将同日而死。

楔子

平成10年,日本执行了最后一场死刑。

官方副长在内阁会议后举办记者招待会:"长久以来,死刑存废是有关我国刑事司法制度根本的重要问题。势必应当在综合考量各种因素,包括国民舆论的前提下,慎重决定。哪怕时至今日,许多民众仍然认为死刑是应对残暴罪行的必要手段。我个人也认为,在凶残犯罪行为接连发生的情况下,对罪行极其严重的犯人执行死刑是必要的,废除死刑是不合适的。然而,进入新时代,随着新法案的生成,这种考量变得更为难测与无奈。坦率地说,我个人并不知道这个新时代会给我们带来什么,但我恳切希望我们的国民能继续长久地保持乐观和坚强,保持爱和善,从而远离恶意……无论如何,这是最后一位因为不可饶恕的罪行而被我国的国家司法以强制剥夺生命权作为惩戒手段的犯人。"

被强制剥夺生命权的死刑犯是一个名叫宫崎裕史的"御宅族",在平成元年被东京地方法院一审判处死刑。从昭和63年到平成元年的一年间,他诱拐并杀害了6名4～7岁的女童,作案手法极其残忍：性侵女童、口鼻灌强力胶水、焚烧脚掌和拍摄裸照，死后再次污辱；用锯子割下她们的四肢，吃下其中两个人的手和脚，最后把她们的尸体焚烧成灰，将遗骸装进盒子里寄给她们的家属。

最后一个受害人是一名9岁的女孩，犯人把女孩带到山上脱光衣服拍照，幸好女孩的父亲循踪迹赶至营救并报警，警方才最终将恶魔抓获。

宫崎裕史被捕后告诉警方，死者原本可以不用死。

"我问每一个人：'你会和我一起死吗？'她们只要回答'我会'就好了。这样的话，我哪里舍得她们死，因为我也不想死嘛。"

他又说："我用油烧她们的脚，是想看看我自己会不会痛。虽然我明白可能性比较低，但是毕竟我并不擅长接近同龄人。后来，我也想找年纪接近一些的。"

宫崎裕史被关禁在东京拘置所整10年，在执行死刑前用完了所有的上诉程序，直至废止死刑的《刑法修订案》颁布生效前夕，以意志坚定闻名于政坛的时任法务大臣思量再三，最后在执行令上签下名字。

10年里，宫崎裕史毫无悔改之意，也从未向受害人的家属道歉。9岁那年曾被拍下裸照，几乎成为第7名受害人的女孩，因为不堪精神压力，在17岁生日那天割脉自杀。宫崎裕史闻讯后说："我有好一阵能遥远地感到灵魂发抖，我以为真的就是她，我一直这么认为。"他随即又情绪低落地说，"不过我现在已经确定不是她了,这实在很可惜,因为我并没有死。"

那个女孩的父亲随后也跳河而死。

正是这些让举国民众深感震惊和愤怒的事实,让法务大臣下定决心签下自己的名字。他签署死刑执行令后就辞职了。

执行令传真到达的一个小时以后,宫崎裕史在东京监狱被执行绞刑。官方通报在24小时以后对外公布。

那是初夏的一天,白天,上百名身穿黑袍,眼蒙黑布,脖子上缠绕打结麻绳的抗议者集结在街头游行;夜里,热气散去,在日本各地乃至其他一些国家和地区,难以计数的民众自发点燃围成圆圈的白色蜡烛,或者在静静的小河里放下纸船——以祭奠另一个因为失去生命权而死去的无名的人。

宫崎裕史被执行死刑时34岁,一些温和派的社评家表示,那位以结束自己政治生命为代价签署最后一张死刑执行令的法务大臣品格是高尚的,事实上他已经悲天悯人地考虑了另一个人的未来处境,毕竟关于知情权的法案也已箭在弦上……或许这已经是在人类全面步入名为"另一半"的新时代之前的最好安排。

第一章
季香和冬阳

1

湖边有一片润湿的高地,那里遍种茎叶细长深绿的花卉,如果时间对了,每一株花都将变成一抹烟火般的艳红。

"你好,我叫麦季香。"

头戴白色渔夫帽的女孩从画板后面抬起头。

"你好,我叫田冬阳。"

男孩穿着尖头黑皮鞋和立领白衬衣,臂弯上搭着西装外套,12毫米的圆寸头用发蜡抹得整整齐齐。缀着傍晚露水的草尖刚刚没过他的裤脚。

季香看着那个走近的男孩油闪闪又沾满泥巴的鞋笑:"你穿的鞋子不合适郊游哟,不过有露水,看来明天会是个晴天。"

"这里没有船吧?"冬阳弯身看了看支在湖岸边的木画板,又抬头眺望,"这里也看不到海。"

油画纸上厚涂的蓝天白云显得气氛沉闷，一艘大帆船歪歪地搁在岸边，扎入乱石地的船身黑黝黝，高耸而狭长，收了帆的两根杉木桅杆像探照灯的光一样直射天际，把站在船底的水手显得更小个了。

　　季香说："我在临摹《退潮的费康海上的船》。"

　　"从某些角度来说，看着像一把3层楼高的柴刀。"冬阳评价说。

　　"这个比喻可说不上有审美力。"

　　"我也没说过我有，不过所谓另一半，就是互补的意思。"

　　"诶，有头一回见面就这么说话的吗？"

　　男孩耸耸肩："看你怎么想，用流行的话说，大概率我们都在等另一半提前出现。"

　　帽檐洁白的女孩忍不住抿嘴笑了。

　　这是星期六的下午，季香先到了市立美术馆。这一天有一个"船系列"的油画展，季香上午待在学校图书馆准备研究生考试，下午乏了就决定去看展。她身穿花苞袖口的卫衣和鹅黄色的百褶裙，背着带《夏目友人帐》猫老师挂饰的双扣小背包，这是她的日常装束。她在莫奈专馆的长椅上坐了半小时，突然心血来潮。季香当即在美术馆的商店买了画板、画纸和颜料，交钱时又拎起一顶摆在挂架上的渔夫帽。她坐出租车来到湖边，在草地上把画架展开，天色暗下起风的时候，她一手按住帽檐，一手挥舞着画笔。

　　听见身后传来青草向两边分开的柔和声音，季香转头回看，就此和冬阳不期而遇。

"我以为你在画花。"男孩驻足说。

"嗯，原本想画的，可惜花期已经过了。"

湖边种着秋彼岸，艳红的曼珠沙华只准时在秋分前后三天开。彼岸花的花叶两不相见，生生相错，花开时节湖岸会连成一条火照之路，但在冬季的12月只有肃肃的深绿。

"不急，"冬阳说，"再过三个月就到春分，到时再来就是了。"

季香点点头，笑起来："你说得对，它们一年开两次……也叫两生花。"

"好像不是这个意思吧？两生花是指一蒂双花，同时开放也同时枯萎。"

女孩笑："你知道这个传说？"

男孩把手插进西装裤兜，认真地说："我知道现在不是传说。"

季香开始安静地收拾画板，湖面泛起皱皱的波纹。

男孩问："要走了吗？"

"嗯，天黑了，看样子要下雨。"

"不要紧，我带了伞。"

季香吃惊地望着对方。

雨点簌簌飘降，湖的彼岸笼罩在青色的迷雾中。

冬阳不知从哪里掏出把折叠雨伞，将纷纷的水滴挡在方寸大的篷布之外。两人挤在湿漉漉的湖水旁边，画架在草地上随风晃动。

"下雨果然还是有些麻烦,帮我打一下伞。"冬阳把伞递过去,腾出了手。

"干吗呢?"季香咬住嘴唇。

"我找到你了。"冬阳对季香说,黄昏湖岸的雨淅淅沥沥。

"你是说今天吗?"

"才不是,时间长着呢。"

冬阳伸手从西装口袋里翻出戒指。

"现在可以把伞给我了。"

季香涌出泪水,她从看见冬阳身穿正装的那一刻就猜到了他会向她求婚。

* * *

在小学四年级或者更早的时间,冬阳和季香就相互有一种认定。

10岁生日的前一天,他们约定放学后各自把生日礼物放进对方的书桌抽屉,第二天上学两人就能拿到礼物。然后两人又发现还有更好的办法。

"我们可以交换书包背回家呀,这样不用等到明天就能看到礼物了。"女孩先提议。

男孩争强好胜,说:"是我先想到的!我说反正作业做完了。"

女孩笑着说:"最重要的是爸爸妈妈不会发现,但是不到12点不准打开偷看哟!"

"知道啦,我调好闹钟塞被子里。12点我们同时打开。"

冬阳和季香兴冲冲地交换彼此的书包,他们先到学校门口的小卖部用两根吸管喝完一瓶豆奶,然后一起骑自行车回家,驶过铁轨、驶过海堤,直到驶上长长的坡道,在最后一个岔路口分别。他们走进家门,双方家里人一点没察觉他们背回来的是别人的书包。

两个孩子把书包搁在床头,他们兴奋难耐,好几次想提前打开看礼物,当然还想看对方的书包里都有些什么,但后来还是忍耐下来。

关于"同时"的约定充满了魅力。

12点的闹钟响起,两个孩子在黑乎乎的卧室里从床上一翻而起。

撕掉礼物的包装纸,映入眼帘的都是对方的日记本——一种异乎寻常的美好和坚定注入两个孩子的心田。

***

冬阳和季香都出生在华东的一个海滨小镇。他们的母亲在同一个产房,都是凌晨时分开始阵痛,后半夜开到5指,被护士前后脚推进产室,两个母亲竖起大拇指相互打气,两个父亲等在走廊里唠嗑。第二天,两个父亲在保育室隔着玻璃看婴儿洗澡时又碰见了，两人熟稔地打着招呼，一聊你家是男孩，我家是女孩，再一聊你家是6点18分出来，我家的只晚了3分钟。

两个父亲倒不算热衷社交，说了两句相互恭喜的话就抱着孩子道别，但回来后都把事情和老婆说了，所以两个母亲能下床后就开始到隔壁房串门。两个母亲一聊，话比前日并头躺在产房时更加投契，而且发现两家原来还藏着更多的缘分。他们两家都住在海岸边的坡道上，实际算是邻居，房子都朝东，早晨都能看见破晓，夜里都能望见灯塔。两个母亲都笑逐颜开。

两个父亲也聊，冬阳的父亲田康建在供销社上班，本科学历，连续几年都因为业余时间搞发明创造而拿了单位的先进个人奖；季香的父亲麦大伦是船厂的设计员，国家二级技师，也有一张大专文凭。一碰之下，两个父亲心里都感觉很踏实，又松口气。

所谓"另一半"的时髦说法那两个父亲都不尽信，但须得做好心理准备，门当户对是老祖宗教下的"法宝"。

* * *

时值破旧革新的腾飞时代，伴随对自由恋爱的推崇，"另一半"等舶来词也进入公众认知。无论是从社会观念，还是从信仰来说，大家开始不信"上帝造人，然后一劈为二"的那一套，尊重知识、相信科学是当时的潮流。

毕竟彼时的主流科学界已然达成共识——其他动植物暂时不

好说，但人类的生命确实是一分为二的。这里面大概涉及人类独具的"观测意识"，也就是灵魂一类的概念，所以诸如"量子纠缠"等介乎科学和玄学之间的神奇现象，被人们所津津乐道，并被当作类比物。总而言之，在可证伪的科学范畴和统计数据的支持下，人类被证实早在胎儿状态，两个独立个体会在同一时刻诞生叫作"意识"或者"灵魂"的事物——通常是在12周时——这个时刻使得他们在法律意义上被界定为人。

而基于原理尚无定论的纠缠力，这份同时降临的生命将同时终结。

所以这好比是两个个体共享一份生命，是生命的一分为二。

由此人们明白，原来人生于世间是两两为对、绑在一起的。

而科学再进展些年头，人类的基因图谱也画出来了，其中一段序列一目了然，就像出厂产品的编号一般——于是另外一件事也变得明明白白：只要想找，每个人都能够找到自己的另一半。

* * *

决定结伴一生的人厌恶"谁先走"的问题，所以哪怕抛开缘分天注定的浪漫说法，和自己写进基因里的"另一半"同结连理，一起生活一起死去，毋庸置疑是个上佳的选择。

在冬阳、季香的父母谈婚论嫁的年代，条件说不上成熟。那时候国门刚刚打开，人们对包括"另一半"在内的新鲜事还停留在畅想的层面，何况所谓"另一半"也不分男女……只不过，人类对于浪漫的希冀是与生俱来的，相比对于其他社哲问题的思考也要超前和热切得多。就父辈而言，更是容易将未竟的夙愿投射到下一代身上，所以冬阳和季香两家自然而然地交好，口上说着"真是有缘啊"，心里也想着"说不定真的是"。两家人定期走动，节假日相约出行，两个孩子也就从小玩在一起。

季香和冬阳于二月二日同日出生，既是冬末也是早春，冬阳父母给儿子取名田冬阳，季香父母给女儿取名麦季香，这并未约定，事后两边父母都惊讶说：呀，这两个孩子的名字合在一起真像一幅画！

说来也神奇，这两个孩子只有几个月大刚刚能坐稳屁股的时候，家长们把他们放在带围栏的小床上，让他们相对而坐：冬阳会呆呆久久地望着季香，过了片刻，女孩就伸出小手摸在男孩的额头上。

那一幕两个母亲感动得想哭。

* * *

有些事，孩子既不懂也懂。

冬阳和季香上幼儿园的时候坐同桌，排队做早操时手拉手。有一回班上老师搞有奖竞赛问答，孩子们答对了就贴一颗星星，集齐7颗星星可以换一个手指玩偶。冬阳和季香都有6颗星星时，上课再回答问题，冬阳指着身旁大声说："老师，季香举手了；老师，你叫季香。"老师反而叫冬阳回答问题。冬阳答对了，老师却说答错了。后来季香集够7颗星星，下课高高兴兴地找老师领奖品，老师说，刚才你没叫老师好，星星全部摘掉，季香就哭了。5岁的冬阳冲上去踢老师的脚，老师把他一把推开。直到长大以后，冬阳才得悉当年那个幼儿园女老师的婚姻状况很糟糕，她深深妒恨青梅竹马的感情弥坚。冬阳找到那个老师的住址，在她家门口撒了一泡尿。

上小学的头两年，班上同学给冬阳和季香取了一个组合绰号，进进出出都朝他们大声唱："甜麦圈、咸麦圈……"那两年，两个孩子就相互不理睬了。他们各自扎进自己的朋友圈，远远看见要么互做鬼脸，要么别头就走；有时男孩子搞恶作剧，把包括季香在内的女孩子欺负到哭，冬阳也参与其中。二年级的夏天，冬阳的父亲给两个孩子送了同款的书包；季香的妈妈则往两个孩子手里塞了10块钱，让他们一起去文具店买想买的文具。冬阳和季香一前一后地走，他们走进文具店，季香买了一本粉红色的笔记本，她说从今天开始要写日记；冬阳不服输，选了一本蓝色的笔记本，哼哼说他也要写……

他们用铅笔歪歪斜斜地写了两年日记后，不约而同地把稚气的话语当作礼物送给对方。那时候，他们比同龄人更早摆脱了异性疏远期，在班上的同学们刚开始学会两两成对地传递小纸条之前，他们就已经回到了对方身边。他们在放学路上的拐角相约，然后一同骑自行车驶过铁轨和堤岸，直到海边坡道的尽头才分别。他们迎来共同的第10次生日。

在一本红一本蓝的日记本里，冬阳和季香不约而同地写着：

"翻来翻去发现每一天的日记里都有你呀，真烦人，所以日记也给你看看吧……明天再见。"

许多年以后，当他们业已成人，发现从很早很早开始直至终身的未来——即便在相互转身不见的日子里，他们每一天的生活都包含对方。

2

也许对于冬阳和季香来说，青春的波折不值一提。

他们打小就亲近。12岁那年他们打着手电筒走到海边，当屹立在半岛对岸的灯塔开始旋转发光，冬阳也挥舞着手电筒，朝过往的船喊："这边——这边——"年幼的孩子，总幻想自己能发出比别人更亮的光。季香捂嘴笑着坐在冬阳身边，或者陪着他喊。喊累了，他们走近一块古老巨大的礁石，几只毛色各异的野猫蜷趴在上面打瞌睡，季香望着那些眼睛发着森森荧光的动物，扯着冬阳的手想走；但冬阳朝它们摆手："嗨嗨，今天能给我们让个位置吗——"那几只野猫慵懒地抬头瞅了两个孩子几眼，便伸伸懒腰、诡诡然地跳开，消失在漆黑的海滩高高低低的岩石狭缝里。

岩石迎潮的一面又平又白，冬阳让季香帮他打着手电筒，他交叠左右手，在石头上映照出小狗和兔子的影子。季香为自己刚才露了怯意不悦，此时要拿回"控制权"，哼哼笑着说："这两种最简单了，我会更厉害的。"女孩比男孩早熟。冬阳只瞪着眼睛说:"好呀,那你教我。"手电筒又换到冬阳手里。季香的双手白皙纤细,翻动时好看得像盛开的水仙,她做了老鹰、鳄鱼、鸵鸟和公鹿的影子。冬阳看得目不转睛。季香回头问:"喜欢吗?"冬阳木呆呆地点头。季香呵呵笑:"是不是只看一眼就特别喜欢?"冬阳莫名其妙羞赧起来,别扭地说:"也算不上特别喜欢啦……"季香说:"我还知道两个人一起做影子呢。"

"两个人?"

"嗯,就像剪纸画那样的,两个小人头碰头贴在一起。要不要试试?"

"那谁来打光呀?"

"有灯塔的光,我们等灯塔的光转过来就可以了。"

"对岸这么远能照到吗?"

"可以的。"

"那好吧。"

冬阳和季香找着灯塔的光芒所及之处,又等待着。当那远在彼岸的旋转的白光投向他们时,耀眼夺目,他们背过身,两个无猜的身影紧靠在一起。

* * *

上初中前的暑假,季香有一回因为心脏不适而住进医院,冬阳天天往季香床头跑,陪了一周,男孩指着自己的胸口说,我的心脏可以给你呀!季香没好气又正儿八经地解释:"医生说这叫窦性心率过缓，运动员也会有，说明我的心脏比你的更强壮——"但说完还是笑嘻嘻地让冬阳坐在床侧紧紧握住她的手。

冬阳和季香在中学分在不同的班，但他们下课时常串班，放学了在校道上并肩走，所有人都习以为常。

而这个阶段，家长们顾虑重重。

对于青春期孩子的自控力，做父母的总是忧心，进度会不会太快了？孩子的人生路还长着呢——实际上，他们真正考虑的是其他选择。

冬阳家的条件起初要优于季香家。冬阳的父亲田康建是县供销社的干部，母亲黄凤娥则是卫生院的主管护师，两人在"五四奖章"表彰会上认识，结婚时在镇上享有郎才女貌的美誉。田康建在供销社一干20年，官至科长，也只到科长了。后来供销社一度改制、重组，一些人调到股份制企业，或者直接下海，领导也问过田康建想不想去开辟个新天地，田康建没敢去；后来又赶上公职改革，县供销社的科长实际是股级，田康建45岁前没评上副主任，到头了仍是事业编制，没能搭上参公的末班车。而黄凤娥因为一次医疗事故被牵连，追责受了处分，多年来职务没动弹过。

反观季香一家，季香的父母原来都是国营船厂的工人，双职工，父亲麦大伦在设计部画图纸，母亲廖颖是描图员，联姻都没出一个部门；后来船厂破产，夫妻也一同下岗。廖颖学历不高，但头脑灵活，当时航运业随着改革开放的大潮蓬勃发展，船厂倒闭不过是"国退民进"的新常态，很快有合资船厂向技术过硬的麦大伦抛来橄榄枝,但廖颖却提出不如自己干。两夫妻又拉上几个技师,合伙办了一个工作室,专做船舵部件的设计,她负责跑外联接活,丈夫仍旧画他的图。因为业务聚焦,工作室很快在细分市场站稳了脚跟,几年后又成立了设计公司,有了自己的品牌,在庞大的制船产业链条里分到中上游的利润。

那些年,季香的家境高低变化,一天一个样,创业期的惊心动魄和所接触的广袤世态,也让季香父母和冬阳父母的交流里多占了谈资,两家人串门或出游,唠嗑的话题总无可避免地落在季香家一方,因为冬阳家这边实在乏善可陈。一开始冬阳父亲以职称自居,还能装模作样地指点一二,后来就再搭不上话,也羞于开腔了。再后来,两家人也聊不了其他,只能聊孩子。回过头来,已结缘相识十余年的两家人都在心里想,原来这事从头到尾都是围着孩子转,围着一个纯粹的假想转,其实两家人也没什么交集,没多少交心。这么一想,就觉得彻头彻尾都是幻觉,很是荒谬。

先是季香的母亲廖颖开始把女儿往回拉,季香长得漂亮,越大越有大家闺秀的气质,她人生的路还长着,未来的女婿完全可以在某个商业或者政治领域找。至于冬阳这孩子呢,学习成绩一般,估计只能考个二本,虽然从小看着长大,但搞不懂性格怎么会越大越毛躁,有些举止很粗鄙,嘴巴更是很早就不甜了。廖颖先是不准女儿夜归,然后花钱请几个女同学和季香交好友,下课簇拥着,放学了拉季香一道走。到了初三学校办晚自习,廖颖又给季香请了家教,晚自习得到特批不用去;另外周末也上各种学习班。那时候，两家已经渐渐不再走动，季香一家也早已搬了家，季香和冬阳上学放学两个方向，廖颖挺得意，觉得把两个孩子能在一起的时间都占完了。

至于冬阳的父母，虽没有动心眼使绊子，但对两个孩子的关系表现冷漠，口上说着不咸不淡的话。有一回家里亲戚聚餐，饭桌上有亲戚笑谈冬阳和季香的事，田康建一脸不悦地打断，说："孩子们还小，说这些干吗。"那亲戚是卖杂货的，以前请托过田康建的关系，连忙赔笑说："就是说说而已。"田康建冷冷地说："说多了他们都不知道丢人了。"隔了一会儿，冬阳母亲黄凤娥插科打诨："冬阳上幼儿园时那个班主任啊，和老公就是青梅竹马，结果后来闹离婚，闹得特别凶，女的把男的抓得头破血流，连警察都上门了。"席上的亲戚都附和。田康建转头对埋头扒饭的冬阳说："你也不要一头热！"

于是，上初三的冬阳跑到那个女老师的家，又在门口撒了一泡尿。

* * *

对于母亲的安排，季香都答应，一句反对的话都没说。

考完中考，廖颖给季香报了一个出国的夏令营，季香在欧洲把博物馆、艺术馆和历史古堡看了一圈，整个暑假和冬阳都没见上面。高中开学，季香上了市里的实验中学，冬阳还在县普通中学，两人走进了不同的校门。

时间和空间都隔离了，两家人也就彻底断了往来。到高中又过了一年，廖颖有一天不以为意地说："好像好久不见冬阳了呢。"季香点头："是啊，我也好久没见过他了。"廖颖假模假样地问女儿："你们两个现在关系还好吧？"季香笑笑说："挺好的呀。"那笑容让廖颖心慌起来："什么叫挺好的？"

"就是和以前一样，妈妈放心。"

当母亲的彻底乱了："什么意思，你们现在还见面？"

"我们什么时候没见面了？"

"你们……不是已经很久没见面了吗？"

17岁的季香定定地望着她的母亲，眼神里没有怨怼，语气也平淡如常。

"我和冬阳不需要每天见面呀，从出生到现在，我们一直在一起——仿佛过了一辈子。"

廖颖被这个年轻女孩的话惊住，她心头震荡而温热，有一种中年女人关于甜蜜和恒久的感动暗里苏醒。她说不出小孩子懂什么一辈子的话。她想起那个久远的料峭凌晨，那年的早麦在2月已经抽穗，她和冬阳的母亲并头躺在产房，然后相互竖起大拇指；当她们各自抱着幼小得不像话的婴儿再见面时，聊着聊着都红了眼眶……

一转眼，两个孩子相遇已经17年了；而他们的父母也转眼犹如一生。

* * *

季香的父母从相亲到结婚不到3个月，可以说季香有多大，就是他们在一起有多久。

廖颖和麦大伦两人参加工作时都被分配在船厂的设计部，一个画图，一个描图，算是工友。但麦大伦性格内向，躲在稿纸山里从不抬头，廖颖都不认为他能说出她的名字。相比之下，廖颖却是一个伶牙俐齿的靓丽姑娘，当部门主任提出给她介绍对象时，廖颖说想和绘图室的麦大伦处处看，部门主任不禁惊诧不已。廖颖说："我想选一个知根知底的。"

在部门主任的牵线下，麦大伦和廖颖看了几场电影，电影结束两人会在街边吃一碗云吞面，廖颖说："这面还没我做得好，下次到我家吧，我给你做饭。"麦大伦红着脸答应。廖颖是那种决定了就不犹豫的人，两人处了2个月，她问麦大伦喜不喜欢她，是不是特别喜欢，麦大伦支吾半天说不出来，只说："你做的糯米饭特别香……我特别喜欢。"廖颖又问："那想不想和我结婚？"麦大伦这次毫不犹豫地点了头。两人拉了一车木头做家具，就把婚事办了。

到季香7岁那年，船厂破产，两人双双下岗，麦大伦蹲在家门口抽了一夜烟，回房间亲吻了妻子和女儿的额头，第二天穿上结婚时买的西装，背着一口袋图纸和零件，坐车到更远的城市找工作。那个不善辞令的男人走了很多地方，硬着头皮和很多人交谈，工作仍没有落实，但有一家民营公司提出要买他的图纸，麦大伦没答应，那公司又说买他的零件，麦大伦知道那公司打的是逆向开发的算盘，本来想拒绝，但考虑到连回家的路费都没有，最后咬牙把零件卖了。回到家，他把几百块钱交到廖颖手里，问妻子："你后悔吗，跟了一个没本事的男人？"廖颖说："一辈子都不后悔。"

后来，一家中外合资的船业公司主动找上门，给出的职务和待遇都不错，麦大伦很开心；但廖颖已经捕捉到市场经济的规则，她问那家合资公司能不能以外包方式和他们合作，对方回答："那更加欢迎，委托设计和出让专利都欢迎。"于是廖颖联系了几个船厂的旧同事，商量一起办工作室，几个同事的热情比想象中更高，他们莫名对麦大伦和廖颖的这对组合充满信心。原本廖颖想过找冬阳家借点本钱，麦大伦摇头不同意，没想到几个老伙计都积极，大家一起凑了钱，事就办了起来。工作室成立初期，零件打了样板，麦大伦想自己背着去拓展业务，廖颖说："这些事我来跑，你专心画图，专心做你喜欢做的事。"两夫妻同甘共苦，风里来雨里去，10年时间把事业做上轨道，把小舟做成大船。

公司经营稳健后，廖颖就把业务交给别人打理，基本不出差，几个老股东劝她："颖姐你还得多掌舵，下个星期到国外办展，几个合作商都问你去不去。"廖颖说："我哪出得了国，老麦天天蹲家里画着呢，我不得给他做饭啊？"几个老伙计都苦笑："老麦就好这个。"廖颖笑说："可不是，他就好画画，而我就好给他做饭！"

有一回，季香问母亲："爸第一次吃你做的饭是什么时候？"廖颖哈哈说："那可早了，刚到船厂上班的时候，我就给部门的同事派糯米团子,你爸天天窝在绘图室里画呀画,经常连中午饭都不吃,我也不好单单给他一个人带饭吧?"季香问:"你是不是早就看上爸爸了?"廖颖哼哼说:"算是观察了不短的时间吧,不然怎么说知根知底呢?和你说吧,你爸年轻时戴着大圆框眼镜,鼻尖抵着画纸专心致志的样子,最帅了。"

* * *

廖颖答应季香继续和冬阳在一起之前仍然不太甘心,她指派丈夫和女儿再谈谈。

麦大伦难得走出画室,陪女儿到海边散步。几年前,季香一家已经从建在坡道尽头的船厂员工宿舍,搬到建在海湾里头的高档住宅区。房间仍朝东,早晨仍能看见破晓,夜里仍能望见灯塔。

两家人拉开的距离在大海的宽阔面前不值一提。

小区路一直修到海边,两盏石龛灯驻在木栈道和沙滩的交界口,像一对守望人。远处潮湿的海滩搁着老旧的木船,商品房征地开发的时候,有一个国外设计师给了意见,海湾尽量保留原貌,现在就成了景观。季香时常戴着渔夫帽到海边支起画板画画,最喜欢临摹莫奈的《退潮的费康海上的船》。她在巴黎的马莫丹美术馆看过一次真迹,只看一眼就特别喜欢。

季香笑嘻嘻地对父亲说:"爸,你和莫奈都喜欢画船,如果不是你用铅笔,他用油漆,你的画肯定比他的更值钱。不,在妈妈心里你的画值钱多了。"

麦大伦不禁赧然，他知道女儿遗传了母亲的机敏，总能掌握话语的主动权。

站了一会儿，父女二人看见夕阳映红了天际，海潮金光荡漾，落日渐渐靠近它揉碎了形状的倒影，仿佛一旦接触两者都会融化。

麦大伦想了许久后，决定直白地劝女儿："季香，你和冬阳虽然同一天出生，但也不代表其他……世上很多事比我们想象的复杂，社会也不太平，还有你妈听到消息，国内的知情权条例已经准备征求意见了。"

季香抬头问："爸，什么是生命耦合对象？"

"这个，我也不懂……"

"一同降生也一同死去的两个人，对吗？"

"说法是这么个说法吧。"

"爸，如果妈妈死了，你会不会也不想活？"

麦大伦皱起眉头，这话太重了，他想批评女儿，却迎上了女儿坚定的眼神，那眼神和她母亲一样不犹豫，也和她父亲一样认真。

于是那个男人推推鼻梁上的镜框，认真回答："嗯，没有你妈，我想我活不下去。"

季香微笑说："那不就结了。"

女孩的父亲问："这话是冬阳说的吗？"

"我们都说了，就是倒数那天晚上。"

麦大伦沉默了一会儿，看红色的太阳已沉入大海，静静点头:"你们两个都是好孩子。"

* * *

千禧年的除夕,季香对母亲说她晚上不回家,要到广场倒数。

廖颖问:"和冬阳约好了吗?"

季香笑笑摇头:"没有约好,我们好久没见了。"

季香骑着自行车出门,在广场入口的牌坊那儿停下车,琉璃瓦面的牌楼灯火通明,靠近广场中心的音乐喷泉则人山人海,黑压压一片。

这时季香看到一只流浪猫缩在牌坊的一隅墙角,它似是想穿过人群,但面对密密的脚步又不敢。

季香朝小猫走过去,冬阳从身后走上来,比她快一步伸手抱起猫。冬阳大迈步穿过人群,把流浪猫放在与自由连通的草丛,小家伙转身而去。

男孩此时转身,举手打招呼:"嗨。"

女孩笑嘻嘻地说:"你也来了。"

"我能听见声音啊——我猜到你妈今天会放行,我还猜到你会猜到我猜到,这叫心有灵犀。"

"这叫知根知底。"季香捂嘴笑,"你不能到喷泉那头,等倒数的时候再叫我吗?"

"想是想过,但人太多了,我可保证不了一定能找到你。"

"但是这样更心有灵犀哟。"

"好吧,我下次试试。"

冬阳和季香牵着手沿着广场的湖岸一圈圈漫步。零点临近,他们一起走进人海。激光投射在横跨半个湖面的喷泉上,灰色的水幕冲上夜空,天和地都是水声和光芒。代表时间的数字也在天地间跳跃着,四面八方人潮汹涌。

季香说:"你好呀,我叫麦季香。"

冬阳说:"你好,我叫田冬阳。"

季香说:"好巧哟,我们的名字合在一起,刚好像一幅画。"

冬阳静静地看着季香,季香问:"是不是只看一眼就特别喜欢?"

冬阳说:"喜欢是喜欢,但是说'特别'还需要等等。"

"需要更长的时间进行检验?"

"嗯,再过10秒钟。"

倒数结束,跨越世纪的钟声敲响,冬阳和季香拥抱接吻,那吻比一生的时间更长。

冬阳说:"和你说,我从下午5点就守在你家楼下了,看见你出门,我一直跟着你。"

季香说:"我猜到了。"

冬阳大声说:"麦季香,如果你死了,我也会死!"

广场的尽头烟花轰然升腾,在拥挤的人海里,很多人都喊着相同的话。

18岁的季香紧紧抱着她的恋人。

＊＊＊

　　千禧年过后，世界在一种象征意义中终于全面跨入新的时代。伴随全球经济走出金融危机的阴霾，重新进入高速发展的轨道，新一轮全球化浪潮进一步"推倒"各国疆界。

　　但在此之外，人间除了忠贞的爱情还有永恒的纷争。元旦那天，多国呼吁取消极刑的民众再度涌上街头，在政府门前聚集，有的甚至演变成暴乱。

　　几年后，伴随死刑制度在大多数国家废止，甚嚣尘上多年的知情权法案，即民间俗称的"另一半通知书"也陆续在各国实施。

　　许多热恋的情侣都深感时钟嘀嗒在走，觉得时间紧迫，但不包括冬阳和季香。

3

　　除了同生同死，没有人知道另一半还应当具备什么证据。

　　人们愿意相信生命之间会有一种呼应的声音，包括心有灵犀。

　　尽管从无科学研究给出过明证，但是既然缘分天注定，理应包含某种特殊美好的信号——这是对神圣和浪漫的信仰。

　　许多情侣乐于测验这一点，包括冬阳和季香。

　　季香大学考了艺术学院，主修西方美术史，大三的时候导师建议她争取保送研究生，为了提升自身条件，她就又辅修了政治、英语课程。冬阳考上了理工学院，念土木工程。季香笑他：

"你会画画吗？"冬阳不服输："我会用CAD（计算机辅助设计软件），条线比你画得直。"女孩笑了。

季香知道冬阳更多是希望得到她父母的认可。她知道他在勾画未来，感到安心和甜蜜。原本冬阳和季香报志愿时报了同一个城市的大学，但冬阳的学系安排在了分校区，头3年都在异地。冬阳学习也拼，后来拿到了本硕连读的名额，在大四提前回到了本校。

两人不在一个城市的那几年，冬阳有时嘴上会埋怨："你看我们从同桌，到不同班，到不同学校，现在连城市都不同了。"

季香拉他手笑："但我们一直都在一起。"

那几年冬阳和季香多在周末见面，一般一周一见，你坐长途大巴车过来，或者我坐短途火车过去。有时是两周一见。参加课程调研或者各自忙得昏头，也有一两个月才见一面的时候。

季香满意地说："挺好挺好，我看你都看腻了，你肯定也一样……我们都看一辈子了，还有余生我们要一起过。"

于是在一些并未约定的周末，季香打开宿舍的门，会看见冬阳杵在门口。

季香化了淡妆，身上已经穿好了约会的服装。

两人拌嘴说我早猜到你会来；另一个会说我早猜到你猜到我会来。

他们都说："我能听见你的声音。"

在这类没有约定的邂逅里，他们会说着你好，相互自我介绍，犹如初相逢，这辈子见的第一面。

***

一个没有约定的周末,冬阳和季香结伴在仍旧崭新的城市到处逛,季香说想看海了。但是城市不临海,到最近的出海口要坐3个小时的车。冬阳说想去就去呗。他们一路坐公交车直至城郊,远远望见一个野湖时,季香说:"我们在这里下车吧!"

湖边有一隅艳丽的红花开得茂盛,株茎连排在湖的两岸延伸。季香下车后蹦跳着跑过去,看见反卷的花瓣和四展的花蕊艳丽得夺目,于是发出"哇"的一声惊叹。

"真的是秋彼岸!"

冬阳插着裤兜跟过来,"哦"了一声。

"原来这个就是彼岸花。"

季香扭头笑问:"你知道这个花吗?"

"知道啊,就是两生花嘛。现在网上说得最多了。"冬阳左看右看,"但是怎么没看见一个花蒂上面有两朵花?"

女孩呵呵笑:"因为两生花是传说中的花呀,大家现在是把彼岸花当作代替。"

"那就是骗人的喽。"

"只看你愿不愿意相信。"

男孩无所谓地耸耸肩。

季香蹲下来,细嗅花香,片刻淡淡吐字。

"原来今天是秋分。"

冬阳不懂节气,只觉得野外日头闷热,他抖抖被汗粘住身体的T恤衫,说:"哪里到秋天了。"

季香说:"秋分是昼夜等长的一天。过了今天,白天会一日比一日短,夜晚会一日比一日长。所以秋分也叫彼岸日,此岸彼岸二分时。"

男孩转过头,看见女孩立在繁花丛中,神情却掠过寂寞。

冬阳说:"不管什么季节,你看反正我们在一起就是好天气。"

季香闻言嘻嘻笑起来。

但话音刚落乌云就盖过了日头,一场骤雨从天而降。两人都没有带雨伞,但他们欢乐地手牵手,冒着荒野的飘雨往回跑。

* * *

冬阳和季香上大二那年,国外有一则报道对人们的爱情观影响至深。

一个身患胰腺癌的83岁老人和他患中期阿尔茨海默病的妻子,一同申请到荷兰执行安乐死。子女陪伴他们来到阿姆斯特丹的"生命终结诊所",在一间温馨的小房间里布置鲜花和蛋糕。医生告诉他们,次日他们就可以在儿女们的围绕下,双双躺在透明胶囊的软床上,里面会充盈让人愉悦的纯净的氮气——但在第二天早晨,他们被告知申请失效了。原因是继另外几个国家之后,荷兰国会也于当日凌晨宣布废止原有的安乐死法案,他们没能赶上末班车。

新修的法案只有一项除外条款:除非申请人和他的生命耦合

对象，同时申请安乐死，并且都符合条件。

那时千禧年已经过去3年，知情权相关法案已在多国审议通过，报道没有披露那两位已结发同舟超过60个春夏的老夫妇后来有没有提出对自己生命耦合对象的查询申请，只提及三个月后那位丈夫在病魔的痛苦折磨中逝世；而那位妻子仍然在世，但她的病症进入晚期，已经全然忘记了她丈夫的名字。

这篇短短的报道扰动了星球上数以亿计人的心灵——你的生命不再私属于你一人，这份冲击力比以往更深切。

这个事件之所以比其他带有血腥味的生死之事更深切地震动人心，是因为人类对爱情寄予亘古的憧憬——你的生命同样不私属于你所坚信和选择的人生伴侣——这让向往爱情的人们不由自主地陷入一种等待未明的心焦。

等还是不等，是一个问题。

同一年，国内正式颁布了知情权的相关管理条例，申请查询的年龄下限和国际上的普遍倡议保持一致——这一点经过旷日持久的论证和考量，毕竟世界的不可分和生命的两分一样，已经无可阻挡。

＊＊＊

《公民生命情报知情权管理试行条例》（节选）

● 为了规范公民生命情报管理，保护公民关于生命情报的合法权益，维护社会运行秩序和公共利益，严格防止生命情报非法犯罪活动，并坚持人道主义伦理精神，根据《人类遗传资源管理暂行办法》等法律法规，制定本条例。

● 本条例所称生命情报，是指在当前科学技术和信息管理条件下可以获取的，与人类遗传基因以及自然寿命密切相关的资料和信息。

● 本条例所称生命耦合对象，是指符合生物学意义具有同源生命特征的特定个体。同源生命特征主要表现为两个自然人个体的同时出生和同时死亡。

● 公民对本人的生命情报，包括本人的生命耦合对象享有知情权。

● 公民应当通过合法途径获得相关生命情报。符合条件的，可以向国家公民生命情报监督管理部门提起查询申请，由国家公民生命情报监督管理部门进行审批。

● 符合以下条件的公民，可以申请查询本人的生命情报：

（一）具有完全民事行为能力；

（二）生活状态稳定；

（三）年满35周岁。

* * *

从此年轻人之间多了一句流行话:等待,还是提前找到自己的另一半。

校园的宿舍楼时常会亮起彩灯和烛光,中间拉起长长的表白横幅。

有男生站在楼下,面朝彼方高喊:"我不等了,我选定了,你就是!"

季香笑问冬阳:"嘿,你要不要等?其实你可以等……"

冬阳坚定摇头:"我不等!"

* * *

升读大四后季香决定考研,时常埋头在图书馆,一待就是一天。而回到学校本部的冬阳则放弃了本硕连读的名额,一头扎进求职市场。虽然已经重新在同一个城市,但两人相见的频率没有增加,仍然是一两周一见。有时大家各忙各的,间隔的时间会更长。

"没事,"季香笑笑说,"像以前一样就好。以前,我们也不是天天都在一起不是吗?"

异乡的城市有江河湖泊,但距离大海很远,冬阳和季香相见的日子,仍会肩并肩漫步走完城市的每个角落。有时走着走着下起雨来,冬阳慌手慌脚,季香会从背包里掏出折叠雨伞,笑嗔道:"就知道你从来都不会带伞。"

在淅淅沥沥的公园亭檐下,或者在河堤边望着风高浪急,他们相互偎依，心里会想到一句婚约的誓词：直到死亡将我们分开。

大四11月的一天，季香要参加一个校外调研活动，冬阳把她一路送到火车站的月台。季香站在月台黄线的边缘，微笑说："说了不用你送，行李给我就好了。"

冬阳握着行李箱的把手没松开，沉沉说："你不去不行吗？要去整整一周……"

"是五天。"季香笑说。

"不参加不行吗？"

"不行呀，是我要考的导师带队，我要争取个好印象，说不定考研还能加分呢。"

冬阳脸色一阵剧烈的涨红，一些更直白的反对之话他想脱口而出，但最后把情绪控制下来，只低闷地追问："不考不行吗……"

季香平和摇摇头，浅笑说："你知道的，我想试试。"

冬阳叹气松开行李箱的把手，季香笑着接过去，抬头望从远处驶近的列车。

这时月台的一头传来争吵声，冬阳和季香扭头看去，只见一对年轻男女正在拉扯，女的衣着明艳，男的则要寒碜很多。女的甩了男的一个耳光，转身向前走。

月台上很多人观望。

此时火车准备进站，男人突然跑上前拦腰抱起女人，飞快地越过黄线，跳下铁轨。被抱紧的女人和观望的人群都没有来得及惊叫，血已经伴随火车尖锐的急刹溅到月台上。

清理现场后,人们看见两具已被辗断的身躯,但手臂还搭在一起。

季香吓得蒙住眼睛,冬阳用双臂把她搂在怀里。

触手可及也触目惊心的死亡让他们年轻的灵魂震撼不已。

两天以后网上有了帖子,在火车站月台跳轨身亡的男女是一对情侣,女的要求分手,男的因为不肯接受而实施了极端行为。

那对男女刚刚同时度过他们的32岁生日。男的曾经提出两人起码再多在一起几年,起码等到35岁,女的没答应。

他们是否是对方的生命耦合对象——命中注定牢牢羁绊的那个人,他们自己和公众都已经再无机会获知。只是他们确实同日出生,也同日死去。

季香没顾冬阳的极力反对,还是乘坐另一班火车到了外地参加课程调研,但在夜里给冬阳打来电话。

季香问冬阳看到网上的帖子了吗,冬阳说看到了。

季香说:"我们分手吧。"

冬阳说:"别说傻话。"

"冬阳,我真的很害怕……"

"我现在就去接你回来,别怕,我会一直和你在一起。"

女孩捂住电话泣不成声。

4

在大三期中体检的时候,季香的血常规结果显示全血细胞减少，尤其是血小板减少得明显。尽管身体还没有呈现不适，但在冬阳和父母的坚持下，季香其后做了生化检测、凝血功能、免疫学、影像学以及骨髓涂片等一系列检查。检查还没全做完，季香就已经出现了发热、关节疼痛和脾肿大的症状。诊断证明她患上的是简称"HLH"的继发性噬血细胞综合征。

当问及病情属于什么程度的时候，医生只平平地告诉季香和她的家人——这种病的临床表现错综复杂。

初期采取了HLH-2004的治疗方案，鞘内注射大剂量类固醇激素进行冲击，也就是通过腰椎穿刺，将药物直接注射到蛛网膜下腔，由脑髓液扩散吸收。同时也做血浆置换和注射球蛋白。冲击治疗一个月，病情得到有效控制。但季香出院2个月后疾病复发，免疫调节异常，一度引起严重的脾、肺、肝、肾感染和出血。其后的一年，病情时好时坏，又反复了3次。这时候，季香的器脏、淋巴和骨髓均出现了噬血现象，大量过度活化的吞噬细胞让血细胞加速死亡，肾上腺皮质激素和球蛋白等支撑性药物都已渐渐失去功效。

医生说："到这个阶段，病情已经很凶险了，现在最有效的治疗手段是骨髓移植。"

冬阳站起说："那就用我的——我和季香同时出生，我很可能是她的生命耦合对象！"

医生抬头看了冬阳一眼，神情不置可否，平平地说："可以试试。不过就算符合生命耦合条件，也不代表能够实现全面配型。有些人迷信这个，但其实两者不是一回事。何况骨髓是最难配型的。"

骨髓配型在非血缘关系个体之间的成功率是数十万分之一。

冬阳的骨髓配型没有成功。季香的父母也没有成功。

早在季香的病二次复发的时候,廖颖和麦大伦就计划再要一个孩子。但他们都年事已高,加上心情压抑,半年内流产了两次。到季香大四上学期的秋天,她的母亲廖颖在48岁的高龄再次怀孕。那期间,季香的病情一度稳定,她母亲腹中的胎儿也稳定地生长起来。

季香和母亲都到医院做了检查,医生告诉廖颖预产期会在次年8月的夏天。

"不过你女儿的病已经进入中晚期了,虽然目前表现得稳定,但说不好什么时候病情会快速进展。"

廖颖一只手覆住小腹,一只手捏着拳头问医生:"新生儿的脐带血能用吗?"

"可以试试,但不能确定。即便确实配型成功,脐带血的造血干细胞含量较少,也不知道能否满足你女儿的病情需要。"

廖颖、麦大伦,以及冬阳都在医生的办公室里脸如死灰。

医生告诉他们,中晚期HLH的3年生存率只有10%,大多数病人会在1年内进入急变期,然后死去。

* * *

季香大三休学了近半年,这让她失去了保送研究生的资格。

她大四重返校园,决定考研。

冬阳激动地说:"你现在还考什么研啊!"

季香浅笑说:"我想试试。"她没说:"我不想留遗憾。"而冬阳无法反对。

冬阳大三疯狂地学习,最后拿到本系本硕连读的名额,在大四上学期提前从分校区回到了本校区。他和季香在同一个城市了。

从此他天天往季香的学校跑,但季香拒绝了他。

"没事,"季香微笑说,"像以前一样就好。以前,我们也不是天天都在一起不是吗?"

当冬阳极力坚持时,季香会无法抑制地涌出眼泪。

"冬阳,别这样……我不想这样……"

一瞬间男孩的眼眶也噙满泪水,女孩却抹掉眼泪笑起来。

季香伸手摸在冬阳的额头上,此时仿佛和他们只有几个月大,垫着屁股坐在同一张婴儿床上的彼时重叠。

一转眼已犹如一生。

"别哭,冬阳,我挺好的。我们从来没有分开。"

冬阳抱紧季香说:"我想有更多的时间和你在一起……"

男孩说不出从前的那句话:如果你死了,我也会死。

* * *

32岁情侣跳轨身亡事件过后一个月,冬阳和季香的生活恢

我的暑假"本色存浓":绿茶采摘
作为茶艺师,调研、与同好一起晾晒、
收集茶叶,让每每的经历,

我暑假的关于山水在阅人与身份
来爱谁弘扬承致敬敬好书生唤

复日常。

季香坚持做着以维持免疫机能为主的治疗，着力控制过度的炎症感染。每两天服用一片地塞米松，每周吊两瓶球蛋白，半个月输一次血。她的中枢神经已经受累，但精神好的日子，她仍旧到图书馆看书复习；有时乏了，会到美术馆看一场画展。

她和冬阳仍旧一两周见一次面，有时百事缠身，季香说时间间隔可以更长一些。她保持着笑容说没事，像以前一样就好。

有时冬阳把季香送回学校，他们在校园走着，抬头会看见宿舍楼亮起烛光，光芒里飘舞一条条长长的横幅。一群男生面朝楼的彼方高喊："我不等了，我选定了，你就是！"

对面楼的女生们呵呵笑着，同声回答："我也不等啦——"

这时季香会停下脚步，脸上掠过浅浅的悲怆，但随即若无其事地，她对冬阳笑。

"嘿，你要不要等？其实你可以等……"

冬阳说："我不等！"

大四回到学校本部以后，冬阳随即放弃了本硕连读的名额，一头扎进求职的市场。

12月一个稍微暖和的午后，季香穿着日常的装束到美术馆看"船系列"的画展，她在莫奈的《退潮的费康海上的船》前面坐了半个小时。她心里开始思念故乡，也思念其他。于是她起身走到美术馆的负层，在纪念商店买了画板、画纸和颜料，付钱时又多买一顶白色的渔夫帽。走出美术馆，她看见天空已经覆盖乌云。她戴上帽子，提起画板，打了一辆出租车驶出城市，直至旷野的湖岸。

季香在岸边支起画板作画，当天色昏暗起风的时候，她一手按住帽子，一手握着画笔。

直至身后传来让青草两分的脚步声，冬阳和她没有约定地不期而遇。

女孩朝男孩微笑："你好啊，我叫麦季香。"

当雨雾迷蒙了湖水的彼岸，冬阳撑开雨伞，又掏出戒指。冬阳说："我找到工作了。你想等我们毕业再结婚也可以，念研究生也可以结婚……"

隔了一会儿求婚的人认真补充："我只是想有更多的时间和你在一起。"

季香泪如泉涌。她知道他势必去过图书馆、去过美术馆，在莫奈的展厅里问遍每一个人。然后他从美术馆的顶层一路寻找到负层，打听到买了画板和渔夫帽的女孩。

"和你说，我从下午5点就守在你家楼下了，看见你出门，我一直跟着你。"

季香想起了千禧年的除夕，以及从前更多的日子，那些他和她在广袤的人间心有灵犀地相遇的原因。

5

"你好年轻哟！"

婚纱店的老板娘对站在试衣镜前的季香说。看见客人露出很浅的笑,她又连忙补充:"我不是说奉承话,脸蛋啊皮肤啊都不作准,但腰围骗不了人,我几个练健身的朋友都没有你的小腹平。而且你的手很暖,血气足。"

季香的体温时常会高于38摄氏度,皮肤很薄,身体在渐进性消瘦。

但女孩努力让笑容变得透明,她坦诚说:"我明年23岁。"

眼角微有皱纹的婚纱店老板娘开心地笑:"我就说吧,现在和你一个年纪结婚的少多了。能在最好的年华当新娘真好。"

季香点头,甜蜜地笑:"我也这么想。"

这时冬阳穿着礼服西装走过来,望着季香说:"好看,我喜欢你这套。"

季香转头望冬阳,说:"你也好看,我也喜欢你这套。"

冬阳点点头,说那就定了。说完,转身回试衣间换衣服。

老板娘目送冬阳走开,又看向季香:"你们谈恋爱很久了吧?"

季香弯身整理裙摆,笑:"是不是很像老夫老妻?"

老板娘说:"不是。虽然老夫老妻不是一个贬义词,但你们的感觉又不一样。你们俩,只是一看就有长久的感情和默契——特别长久那种。"

季香浅笑。

老板娘问:"是中学同学对不对?你们都这么年轻。"

季香说:"他明年也23岁。"

老板娘嘴唇拉了个圆形的哦字,末了低声说:"真幸福……"她又抬起头,朝镜子前的年轻新娘祝福:"我肯定你们一定会很幸福!"

季香微笑:"谢谢你。"

***

结账的时候,老板娘问刷卡还是现金,季香说现金就好,但冬阳挺直身板说:"我有信用卡。"老板娘一边包装服装,一边用余光瞥着那对年轻情侣,嘴角弯弯而笑。

下午4点钟,冬阳和季香购物完,提着几个大袋子走出商场,季香说她来提一个,冬阳没同意。路过一家水果奶茶店,冬阳说:"休息一下吧,你今天走太多路了。"季香撇撇嘴,但还是笑笑同意。

"那好吧,我也刚好想喝奶茶。"

两人坐下来,季香要了珍珠奶茶和芝士蛋糕。冬阳说:"你等会还是要正经吃饭知道吗?"季香说:"还没嫁给你呢,管多了吧?"冬阳有一阵不说话。

"你知道我喜欢吃甜的嘛。"季香露出笑容说。

冬阳点点头,说:"嗯。"

奶茶店是半户外的,延展的绿色的檐篷像产于巴布亚的巨型芭蕉叶,两人临街而坐,没有下雨,阳光灿烂。季香轻轻抚摸已戴上无名指的铂金戒指,尽管只镶嵌了10分的碎钻,但闪耀的光芒一丝不减。

"嘿,你什么时候还办信用卡了?"女孩用饶有兴致的语调问。

冬阳答道:"要买的东西多嘛,而且我也有工作了。"

季香笑:"你是不是怕别人看出来,我们是还没毕业的学生?"

冬阳不答话,算是默认。他们两个人,从来都对对方的想法一清二楚。

季香又笑:"不过刚才婚纱店的老板娘很厉害,她一眼就看出来我们是学生。然后掐指一算,估计就知道我们还没毕业,哈哈。"

冬阳沉默了一下,转头看季香:"如果你不喜欢上着学的时候结婚,我们可以毕业以后再办婚礼,我是指我毕业,你继续念研究生……就晚几个月,也不急……"

季香摇摇头:"不,是我自己的决定。是我不想等。"

冬阳捧过季香的脸,两人在微斜的日光里接吻。

求婚的时候,冬阳说:"我想有更多的时间和你在一起。"

那时季香眼泛泪光,点头同意。

* * *

冬阳原本提出先订婚,等毕业再办婚礼。他知道季香希望继续学业,希望一切如旧。而且冬阳也自觉作为一个男人,离开学校走进职场,在经济条件上会更有担当。但季香戴上戒指,在最深的感动里抱紧冬阳,说我们不等毕业了。于是两人开始准备婚礼,约定明年2月2日,在两人23岁生日那天去领结婚证。

两人把准备结婚的决定告诉家人，两边父母都不反对。

季香母亲廖颖和冬阳母亲黄凤娥抱头相拥，仿佛回到二十多年前的那个冬末初春，两人都哭红眼眶。

两个孩子上大学以后，两家人悄无声息地重修旧好，似乎分离的裂痕从未出现。一个原因是父辈年纪渐长没了争胜之心，冬阳的父母早绝了人生事业的幻念，心态反而坦然起来；而季香的母亲也不再从中作梗，心有旁想。另一个原因是两个孩子大了，他们都有学业理想，往后理应能够稳健踏上自己的人生路。对于廖颖那一代人来说，父辈的奋斗皆为孩子，所以这也就够了。

而后来更重要的原因，是季香患病。

当两个孩子提出结婚，两家人心头都荡漾满满的酸苦，泪水决堤，觉得既悲伤又幸福。孩子的父母骤然反应过来，其实他们等待这一天已经等了半辈子。

婚宴安排在家乡，计划是3月。此时季香仍在准备12月底的研究生考试，而冬阳也正在实习，人还回不来家。另外一些要张罗的物品，季香笑嘻嘻说她想和冬阳在课余时上街去买。廖颖不太放心，但她怀孕2个月正在保胎，出不了远门；黄凤娥提出她坐飞机过去帮忙，冬阳说不用，他们自己弄得来。

冬阳知道，季香希望他们有更多共处的时间。

两边父母对半出了筹备婚礼的资金，廖颖给季香多汇了一笔钱，说用来买七零八碎的东西，不算账了。这事季香没瞒着冬阳，冬阳心里虽然不舒适，但接受下来。说到底两人还没毕业，也没有什么好逞强的。大四的半年冬阳一边参加校园招聘一边做兼职，但存下的钱也不过杯水车薪。

不过在相互坦诚地说出愿望后，冬阳和季香也不再多想其他，一心想着婚事。

排除生与死的杂念，只有关于忠贞相守的仪式和誓约，此刻是他们唯一的愿望。

* * *

傍晚时分季香回到学校，6点半有校办考研集训班的最后一节冲刺课，全国研究生统一考试就安排在两天后。冬阳陪季香到校门口，本来冬阳打算把季香送进教室，他在学校等她下课，季香笑说："你要提着一麻袋结婚行头站在教学楼被围观吗？"冬阳撇撇嘴，说："那我先把东西拿回我学校，你下课我在教学楼等你。"季香问："等等你还过来吗？晚上我们还见面？"冬阳说："我妈今天打电话，说婚礼流程还有些事要商量……"季香微笑说："借口。"但她没拒绝。

"那顺便帮我打包一碗粥好吗？"

冬阳点了头。到校时已经过6点，季香说还饱着也没胃口，冬阳就没带她去吃饭。

两人分别后，季香一个人走在校道上，她看了看时间，本来想回宿舍一趟换身衣服，也把戴在手上的婚戒放下，但一阵涩涩的情感从心田淌过，她决定不回宿舍了，就这么戴着钻石戒指去上课。

到了阶梯教室，找座位坐下，同班同宿的李宝儿从后面跳过来，一把搂住季香脖子——但随即担心把她压着了，一弹而开。

季香回头笑："谢谢你给我占位置！" 她指指平放在桌子上的笔记本。

李宝儿笑脸如花："买完婚纱赶考研，这么孜孜不倦只有我们家香香了。"她看见了季香指间的闪闪生辉，眼神又一阵直。

"你戴着呢……嘿，要不我帮你戴，免得你记笔记硌手。"

季香笑着在嘴唇中间竖起食指："嘘，你小声点……"

课就开始上了。几个老师轮流上台做动员，把个别知识点捋一遍，再把考前注意事项强调一番。课时一个半小时，8点钟下课。

离开学校的冬阳估计过时间，他提着几个大购物袋，原计划坐公交车回自己学校，然后回头给季香买粥，但想起季香喜欢吃砂锅粥，有营养，于是换了一班公交车，先到立交桥下他们常去的德记粥庄下单，嘱咐店家熬好粥了打包，他回程来拿，这样时间差不多刚好。买好粥，冬阳又重新坐上公交车，但汽车刚绕过立交桥就停下来，司机回头对乘客说，前面路段刚出了事故，一个霓虹广告牌倒塌砸伤了路人，道路要封闭清理，他的车要绕路，想下车的乘客可以下车。半车人下了车。冬阳也只得拎袋子跟着下车，看了看时间心里有些焦躁，幸好下车的位置离地铁站不远，他步行去改坐地铁。好些人同行去坐地铁，冬阳匆匆提着大包小包，跟着人流挤上拥挤的地铁，地铁门好不容易关上，突然间他心头就涌起一阵心烦意乱的不祥感。

刚好遇上晚高峰，地铁车厢里水泄不通，像一只抽了真空装板鸭的袋子，冬阳两手提着的袋子又大又沉，车子一晃就往旁边的人身上扫，有人咒骂了两句。列车又临时停了几回，7点多，冬阳算着时间可能会晚，他想拿出手机给季香打电话，但被挤得腾不出手。蓦地裤兜里的手机振动不止，贴着裤子似乎感觉烫腿，冬阳心里就跳。他丢下一边袋子，伸手掏手机。旁边的乘客说："你别动来动去行不行！"冬阳举起手机，看见是季香的电话，他斜着胳膊把电话顶住耳朵："喂？"电话那边传来李宝儿的声音："冬阳！季香她呕吐，就上着上着课……"冬阳捏住电话就往车门方向挤，周围乘客喊："干什么干什么？"一直站冬阳旁边的男人大骂了一声，用肘子顶冬阳后背，冬阳回身一拳揍对方脸上，半个车厢的乘客哇哇叫起来，像潮浪一样摇摆。所幸列车到站了，"哐呲"一下停稳，但车厢里的人反而叽里呱啦摆得更厉害。冬阳疯了似的向外挤，和他对打的人说："你他妈还想走？"伸手要拉冬阳，冬阳飞起一脚，把对方踢倒在地。车门打开，冬阳冲了出去，身后有人喊："抓住他，他打人……"

　　地铁站里人太多，安保人员没能及时赶过来，冬阳快步走了出去，没人敢拦一个气势汹汹的人。到了户外，手机已经挂断，他又重拨回去，李宝儿接了电话说："冬阳，刚才怎么了……"冬阳说："季香怎么样？"李宝儿说："还好的，就是吐了一次，我已经把她送到学校医务室。"冬阳想大声说："什么叫还好的，什么叫就是吐了一次，什么叫送到学校医务室……"但忍住了，只说："好的，我现在过来。"

冬阳打了出租车，在季香的大学门口被拦下，晚上禁入外来车辆，他想大声和门卫理论，但最后还是跳下车，一路跑步到学校医务室，跑得气喘吁吁。李宝儿等在门口，迎上前，冬阳劈头问："季香呢？"李宝儿说："医生开了药，在打点滴……"

冬阳一言不发地越过对方，走进学校医务室。

季香就坐在输液房。吊瓶里还有一半消炎的针药，女孩脸色青白，但精神还好。

"看你一头汗的。"她看见冬阳进来咧嘴笑。

冬阳坐到季香身旁，伸手摸她额头："怎么不躺着？"

季香侧过头："又没头晕，医生说是轻微的肠胃炎。"

"有没有腹泻？"

"没有，就是听课听恶心了……加上喝了超大份的奶茶，哈哈。"

"都怪我……"

"是我自己想喝的！"

"我带你去医院。"

"不去！"

冬阳看着她。季香从袖子底下伸出手，轻轻钩住对方："你在这陪我就好。"

冬阳沉脸半晌，最后默默点头。

季香笑说："你还把礼服带过来了呀……"

冬阳低头看见自己手里还提着喜庆红色的购物袋，里面装着他准备在婚礼上穿的燕尾服。随即他想起来，他另一只手提着的袋子落在地铁车厢里了。

那里面装着季香的婚纱。

季香把头枕着冬阳的肩膀闭上眼睛,声调变得迷糊:"我的婚纱呢……"她又露出甜笑:"我戴着戒指的……"

冬阳无言以对,季香已沉沉欲睡。

冬阳说:"躺床上睡会吧,我在。"

季香顺从说:"嗯。"

冬阳把季香抱起来,李宝儿帮忙拎了吊瓶,两人把季香安顿到医务室的小床,季香甜甜睡着了。

冬阳转身面向李宝儿:"麻烦你了……"李宝儿摇摇头。

"你先回去吧,我陪着她。"

李宝儿点头,说有事给她打电话。冬阳说好。

李宝儿告别向外走,走几步又走回来:"差点忘了,香香的手机还在我这儿。"她把季香的手机递给冬阳,笑了笑:"你们用的手机也是同一款……你们真的很好!加油!"

冬阳低低点头:"谢谢你!"

李宝儿走后,冬阳坐在季香床边,夜里的医务室安静无人,季香也睡得安静。

冬阳想,她只是因为一边准备考试,一边忙碌婚事,所以累了。

他久久凝望季香熟悉的脸庞,因为发烧,透薄的皮肤还算有血色;他又望向她搭在被子边缘的白皙的手指,无名指上有他们誓约的闪光。

吊瓶还剩一点,护士过来量了体温,已经降到38摄氏度。

"如果你们确定不去医院,那10分钟后按铃,拔针就可以走了。"

冬阳点点头,护士转身离开。

冬阳静坐在输液室,墙角斜悬的电视机无声播放。看时间差不多,冬阳起身去上厕所,他的手机放在床头柜上,和季香的手机并排一起。上完厕所回来,他看见一只手机发出亮光。

冬阳执起手机,屏幕上有三个未接来电,一条短信息提醒。

短信息的来信人写着: 【国家公民生命情报监督管理委员会】。

心脏停跳一拍,然后身体剧震。

为什么……怎么回事……

冬阳一阵头脑空白,他焦急地翻看信息,短短一条。

"根据《公民生命情报知情权管理试行条例》第十八条,因符合相关情形,现为您提供您的生命耦合对象的基本信息:陈湖君,男,出生于1982年2月2日……"

柜子上的另一台手机开始嗡嗡振动,躺在白床上的女孩揉眼醒来。

"妈妈好像来电话了……你怎么了?"

冬阳站在床边一动不动,像死去了的人。

冬阳知道陈湖君这个名字。刚才电视新闻里有播出:几个小时前立交桥外一个霓虹广告牌倒塌,砸伤了几个路过的行人——

陈湖君是其中生命垂危的那一个。

***

《公民生命情报知情权管理试行条例》(节选)

● 为保障公民生命情报知情权,基于人道主义伦理精神,符合以下情形的,由国家公民生命情报监督管理部门向相关公民提供其生命耦合对象基本信息。

(一)生命耦合对象因疾病、意外、灾难等原因,生命处于濒临危重或难以拯救的状态。

…………

● 如符合上款情形的为突发事件且比较紧急,相关信息同时发送给公民指定的紧急联系人。

第二章
冬阳和靛泽

1

一个壮汉踩住冬阳的腮帮,黑色的皮鞋底部粘了口香糖。另一个脖子上围金链的男人蹲着,用一把银刃的水果刀拍打冬阳的嘴角。

"会道歉吗?不会的话舌头留着也没什么用。"

冬阳不说话。

戴金链的男人说:"喂,道歉,欠钱的人应该有礼貌一些。"

厕所里瓷砖湿滑,冬阳蹬了几下起不了身,小腹随即又被人踢了一脚。

"好了,别把资产踢坏了。"

一个抽着烟的矮个男人挥了挥手,他的四五个手下把冬阳从湿漉漉的地板上架起来,脸打横贴在尿便器上。

金项链不依不饶地用刀子拍冬阳的脸,说:"道歉。"

冬阳任由刀尖刺进嘴里，突然张开牙齿往刀子咬过去。金项链吓了一跳，急忙把刀子抽回来，气势就弱了。他看见那个手脚都被按住动不了的人面无表情，只一口血吐在白白的瓷砖地板上，心想这个人可能比他还要疯狂。

抽烟的矮个男人站在冬阳面前，嗤笑起来。

"田老兄，我还是头一回见到债户比债主火大的。"

冬阳又从嘴里啐了一口血："我没钱，昨天输光了。"

抽烟男摇头苦笑说："你是找我借钱的时候就想好不还啦？"

冬阳说："是又怎么样？"

金项链用小刀顶住冬阳的腰，说："没钱就用这个还。"

抽烟男吐了个烟圈，说："看你有种，别说我不卖面子，再给你三天时间。"

冬阳发出咯咯怪笑。

"是想要我的肾吗？可以啊，拿啊。这几天我会天天喝酒嗑药的，好好养养。"

金项链给了冬阳一个摆拳，冬阳额头磕在陶瓷便器上，血流如注。

矮个的抽烟男丢下烟，走过来用带茧的虎口钳住冬阳鲜血汩汩的两腮，另一只手把冬阳的舌头扯出来，冷冷地说："告诉你个事，你的肾我要，你的肝我要，你的舌头我也要，手指我也要，眼珠子我也要，新新鲜鲜的，大不了摘了放在冰箱里或者水缸里，你的每一块都能卖钱。可能还能卖个好价钱——说不定你的另一半是个大富豪呢？"

看见冬阳伸着舌头干呕，脸色也骤然变得煞白。抽烟男满意地收回手，一个手下递给他纸巾擦拭手上的血。

抽烟男望着冬阳，微笑说："所以你自己最好体面一些。"

冬阳嘴里脸上都是血，他突然从喉咙发出号叫，抵死扭动身体。身后的壮汉用手肘绞住他的脖子，冬阳眼前一黑，昏死过去。

* * *

冬阳转醒以后，发现自己趴在湿冷的瓷砖上。额头和嘴角的血漫成一摊，他听见卫生间的滴答水声，面前有熄灭的半截烟头。

冬阳爬起来，身上的夹克外套湿了一半，他脱下来搁在洗手盆旁，用冷水洗了脸，又漱了口，洗手盆红了几次，血的颜色总算慢慢淡一些了。

冬阳走上街，已经天幕漆黑，他把湿夹克像抹布一样抓在手上，身上只穿一件单衣，也不顾初春之夜的寒凉。他到药店买了创口贴，撕了两块贴在额角，药店的营业员说你口子这么大止不住血的，还是到医院缝针吧。冬阳没理她走了出去。

冬阳一路走进一个居民小区——老旧而安静，因为靠近商业街，低层的住户大多租出去做经营，灯光暖黄的林荫道两旁开满咖啡厅和小酒馆。冬阳走进一家日式居酒屋，横梁上挂着的木牌印着一个圆嘟嘟的"宝"字。

进门后，冬阳看见四五桌客人，一个染了灰亚麻色头发、打着耳钉的瘦男人在收款台旁边赖着半边身，两个手掌捂住李宝儿的手搭讪："喂，我和我哥们儿天天来捧场都一个星期了，今天怎么都得加个联系方式吧？"冬阳丢下夹克，走过去朝那个耳钉男飞踢了一脚，那麻秆身材的男人惨叫了一声，打着旋儿跌出去，压倒了一桌客人的台凳，趴在地上爬不起来。那桌客人惊呼站起。

　　冬阳又走上前，揪着倒地男人的衣领，拔萝卜一样把他拔起来。耳钉男嗷嗷叫嚷，两只脚摇摇晃晃扭着八字，屁股把旁边的另一张桌子碰翻。冬阳拎着对方的衣服，像甩一张床单，耳钉男从酒屋的门口摔出去，撞击让横梁上的木牌子也掉下来。

　　冬阳用没有起伏的声调朝他说："滚。"

　　耳钉男的两个同伴急忙跑到外头，把重重摔在花坛边的人扶起。三个人都很年轻，20岁出头，脸上涂脂抹粉，稳住脚步后本来想叫嚣，但看见立在门前的冬阳形如恶鬼，头上还挂着湿答答的血块，就不敢上前。耳钉男含糊叫道："你等着，你死定了！"三个人喝了大酒，跌跌撞撞地跑了。

　　居酒屋里杯盘狼藉，剩下的几桌客人都吓得不轻，有些急忙去买单，有些没结账就踩着一地碟子走了。转眼店里空空，李宝儿一直站在收款台后面静静看着。两个服务员忐忑地望自己的老板，拿扫帚收拾地上打碎的杯碟，李宝儿说："不收拾了，你们先走吧。"一个服务员问："今天打烊吗？"居酒屋的老板说："等等我关门就好，让师傅们也下班吧。"

服务员离开以后,冬阳站在一张餐桌旁边,用手指捏起一条顾客留下的烤多春鱼,蘸了酱油放进嘴里,吃完后吮吮手指。随即他发现手指上也沾了血。

"以后还有人来骚扰,你喊我过来。"冬阳用桌上的餐纸擦手,对李宝儿说。

李宝儿说:"喊你过来把客人全赶走吗?"

冬阳歪着嘴望着居酒屋的老板娘,笑起来:"别这么说嘛,我是帮你看场子。"

李宝儿冷冷地说:"谢谢你了。"

"有钱吗?这么说吧,帮你看场子也要收费的。"

李宝儿打开收款台的抽屉,在里面拿了一沓纸钞,她绕过吧台,顺便捡起丢在地上的夹克,走过来把钱和衣服递给冬阳。冬阳接过钱看了一眼,抽抽鼻子,塞进后面裤兜。

"你走吧。"李宝儿说。

冬阳披上夹克,又在碟子里捡了一条鱼,塞进嘴里,转身向外走。李宝儿叫住他:"等一下。"冬阳停步望她,李宝儿叹口气,"你坐着,你头上都是血,我给你包一下。"

冬阳说:"不用。"

"你坐着!"

李宝儿走进里间的储物房,拿出一个白色的小药箱,她突然莫名心跳,觉得身后有人,一转身却发现没有。李宝儿提着药箱出来,看见冬阳端坐在餐桌旁边抽烟,她顿觉松了口气。

李宝儿走过去,打开药箱拿出纱布和药水,她俯身给冬阳包扎额头的伤口，伤口又宽又深。冬阳侧身坐着抽烟，李宝儿站在他旁边，她的小腹快要贴着他的脸庞，两人都一言不发，靠得很近。居酒屋四角挂着古朴的风灯，亮着温馨淡淡的暖光，时间静静过了良久。

"还疼吗？"李宝儿问。

冬阳说："好了吗？"

李宝儿点点头："嗯，好了。"她慢慢把药品放回药箱。

冬阳站起身，把烟丢在地上踩熄。他说："把客人全赶走也挺好的吧？"

李宝儿抬头问："你说什么？"

冬阳望向李宝儿的脸，那张脸圆圆小小，翘起的鼻尖有一颗淡淡的痣，虽然那副容颜的主人已经过了最美好的年华，但仍然保留着初见时的美好。季香曾经笑嘻嘻说："我知道宝儿肯定喜欢你，她第一眼看见你就看了很久……"

冬阳撩起李宝儿的裙子，把手伸进对方的两腿之间。

李宝儿说："你干什么！别这样……"

冬阳说："你不是不喜欢在储物室吗，那今天在外面做好了。不过门开着，说不定还有客人会掀帘子进来，喜欢吗？"

"冬阳，不要这样……"

冬阳把李宝儿粗暴推倒在餐桌上，把她的内裤扯下来。

李宝儿哭泣起来，但她没有一丝力气挣扎。

冬阳用手臂把餐桌的碗碟扫开，白色的药箱飞掉在地上，药水瓶打翻了，鲜红的液体滴答流淌。

他想起季香的话:"宝儿是个好女孩,你可以像对我一样对她好……"

冬阳脱下自己的裤子,在暖黄色的酒屋中间,他咬着李宝儿的耳朵说:"是不是特别喜欢,喜欢我一直来折磨你?"他穿着敞开的夹克,像一头张臂的野兽趴在那女子身上,直至她放弃反抗。

桌上女子窄扁的目光从桌缘延伸到店门,地上掉落着印着圆圆"宝"字的木牌。她想起季香在宿舍里就给她画好了招牌设计图:"这个怎么样,是不是喜庆可爱又圆满?"李宝儿高兴地笑:"哎,我还没想好开什么店呢,不过什么店都好,你和冬阳一定要天天来……"

李宝儿在心里流泪,她知道冬阳一直折磨的不是她,而是他自己。

季香已经死去12年。

* * *

太阳偏西的直射光从出租屋的窗棂透进来,老旧的木窗四方分格,把投在地上的光芒也一分为四。冬阳酗酒一晚,躺在塑料袋、纸团和发泡饭盒的围城里昏沉而睡,这时传来轰轰的砸门声。冬阳仰面睁开眼,开始打算置若罔闻,但看见门缝下面有密密的脚步影子,而光芒空空白白,像到了死亡的终点。

冬阳撑起身,踱过去开门。门一开,五六个壮汉撞进屋内。

冬阳跌在地上，他的债主鱼贯而入，冬阳坐起来，戴金链子的男人走过来讥讽地拍他的头，冬阳挥手挡开。金项链扬声说："搜——"

几个壮汉踢开满地的垃圾，开始翻箱倒柜；金项链自己也动手，走到床边把枕头撕开，把床垫掀起来，扬起一屋子灰尘和臭味。他们矮个的老大也迈步走进来。

冬阳原地坐在夕照和灰尘里，一声不吭。那矮个老大这回没抽烟，他拿出一张纸，抖了抖说："田老兄，我是讲信誉的人，借条我带着来，今天钱还上，这张纸今天就撕了。"

冬阳晃着沉重的脑袋哈哈笑，说："好啊，我告诉你们，我家的床垫最值钱——另外那堆易拉罐别忘了拿，卖了足够能给你们当利息。"

搜屋的人不理他，坚持不懈地又翻又丢，有人用力拉衣柜门，生锈的合页"嘎吱"一声就断了。

冬阳不耐烦起来，扭头说："你们在找什么！我这里只有破烂，你们来收破烂吗？"

矮个老大脸色阴冷起来，说："田冬阳，别给脸不要脸，有钱就还钱，做人最好体面些。"

冬阳失笑："你们还真是来找钱的？找到了麻烦告诉我一声，我自己都忘记藏哪儿了。"

矮个老大说："别给我装，我们知道你傍了人发了横财。"

戴金项链的副手哼哼笑："是富婆吧，你小子的舌头原来留着还真有用。"

"你说什么……"

"找到了，"这时一个穿背心的打手喊，"口袋里有银行卡。"他从衣柜里捡出一件馊皱的牛仔夹克，口袋里掉出一张墨金色的银行卡。

站一旁的金项链接过去看，劈头骂了一句："这是信用卡，有个屁钱！"

冬阳看见那张被翻出来的信用卡，心头感到一阵酸。那是他大学毕业找工作那年特地跑到银行申办的信用卡，5000元的额度，他用来买过戒指和婚纱。那张信用卡只有3年有效期，但这些年他一直留在身边。冬阳想爬起来，想把那卡片抢回来……但最后只说出嘲讽的话。

"要帮我还账单吗？谢谢了！不过你们也还不了，这张卡早就过期了。"

但说完脑海却跳出来疑问：这张留作念想的信用卡不是搁在抽屉一类地方吗？什么时候揣进衣服口袋里了？

金项链将信将疑地把信用卡递给老大，矮个老大翻过来看，对冬阳说："喂，这卡是新办的，有效期还有10年。"

冬阳闻言吃了一惊，腾地站起来："给我看……"

老大把卡片收进掌心，几个打手立刻过来抓住冬阳的肩膀。老大诡笑说："楼下就有银行，咱们一起去看。"

冬阳心里跳着，摆动肩膀挣开那几只按住他的手，同时把乏力晃动的脚站稳一些，他低沉说："走吧。"

五六个人围住冬阳，走下墙体斑驳的楼梯，穿过滴水的巷子,径直走向街对面一家银行。矮个老大看看表,精明地说:"银行还有半小时才关门,先用ATM试试。"

几个人走到自动取款机旁边,冬阳伸手说:"给我。"

矮个老大把银行卡递给债务人,说:"别耍花样,当个体面人。"

冬阳接过卡片,立刻发现那并非自己的——那张信用卡相当新净,没有半丝刮痕——但样式和他留在身边那张一模一样,完整卡号他记不住,但后四位没有错,背面刻印着他的名字,有效期至10年后。

冬阳回头说:"这张卡不是我的,我也不知道密码。"

金项链推他一把:"还说废话,上面的名字是不是田冬阳?"

冬阳怀着又惊又疑的心情,把卡片插进提款机。

金项链说:"按密码!"

冬阳自己也说不清理由,只在心里吸了口气。

他想起久远的时光:他和季香同坐在阳光西斜的奶茶店外间,季香把玩着他崭新的墨金色的信用卡,有一种业已成年的欢喜,季香笑嘻嘻说:"我家冬阳能用额度最大、有效期最长的白金卡,以后,等有效期满了,我给你换……"

820202。冬阳按下密码。

屏幕进入了交易页面。金项链一把把冬阳推开,冬阳有些茫然,退后了一步。

矮个老大问:"怎么样?"

金项链按完查询键,说:"您看看。"

老大过去看了一眼，笑起来。冬阳也看到了：信用卡没有欠款，反而有30万元溢缴款。

金项链说："老大，这张卡用提款机最多能提现金5万。"

矮个老大按了退出键，把信用卡退出来，递给站在旁边发愣的冬阳。

他说："田老兄，讲个信字，你体体面面去营业厅拿钱吧，我们在门口等你。"

冬阳默默接了。金项链拍他肩膀，哼哼说："你小子可以啊，白金卡，额度50万，以后你也犯不着找我们借钱。"

冬阳拿着卡，走进银行营业厅取了等待号，在银行关门前办了业务，他把信用卡里的30万元溢缴款全部提出来，柜员给他一只大纸袋装着。整个过程，冬阳都觉得恍惚。走出营业厅的门，债主们站在花坛旁边抽烟，等待得耐心。

冬阳一声不吭把纸袋子递给对方，金项链点了点，又递给矮个老大。

矮个老大从里面抽出几叠，连同借条还给冬阳："我说了我们讲信誉，你一共借了20万，2个月账期，超期10天，利息就算3万整吧。"

冬阳把捆了纸条的崭新纸钞捏在手里，一个虎口能拿稳。

五六个社会人转身离开，临走前，金项链又拍冬阳的肩膀，说："你小子幸福啊，不像我们就赚点辛苦钱。"

* * *

当天晚上，冬阳去了全城最火爆的酒吧，他点了最贵的酒，放了两响礼炮，让酒水销售安排了几个穿短裙的女孩作陪，全场喧喧嚷嚷的时候，酒水销售也过来陪他喝。在鼎沸的音响和迷幻的灯光里，冬阳点着烟问酒水销售："有货吗？"销售凑近问："哪种？"冬阳说："都行。"销售说："老板我们到后面。"

冬阳穿过漆暗簇集的道路，四面八方都是滚烫摇摆的胴体，DJ在高台上声嘶力竭地喊"Are you ready"，冬阳想起千禧年前夜等待倒数的人海。他搂着一个和他一样迷糊的女孩一起走，那女孩趴在他肩头，抱住他的脸吻个不停。走到酒吧的角落，那里已经坐了几桌人，瘫着或者跳着，瞳孔都放大，二楼的横梁上装着红色的摇头灯，这是深谙此道的装置，确保灯光摆动的频率和那些狂欢的人保持一致。酒水销售让冬阳和他的女伴拼桌坐下，已经坐在那里的四五个男女毫不介意，对新加入的人摇着头热情地笑。

冬阳朝他丢了一卷扎住的钱，销售笑道："谢谢老板照顾，玩得开心。"说罢遁入黑暗。

冬阳的女伴像麻绳一样缠住他的脖子，冬阳把她推开，在桌子上摆开代表不归的烟盒。正当冬阳就范之时，一个穿西装的男人跨到他面前，抓住他的手腕。

那人语气不容置疑："跟我走。"

冬阳一言不发，跟着那个男人循墙壁走出酒吧。他早已脚步不稳，只是努力走得有个人样。

时值烟花三月的初春，当两人离开热浪滚滚的闹室，从一个低矮的小门钻进酒吧的后巷,深宵的凉风扑面而来。冷巷对面站着一个脸色很白的男人。他看上去和冬阳年纪相仿,但嘴唇青紫,身材单薄,拄着一根深蓝色的狮头手杖,在凉风里低低咳了两声。

那个男人挥了挥手,把冬阳带出来的西装男退到一旁。

冬阳抵着滑腻的墙壁不让身体发抖:"你……是不是一直跟着我?你是谁?"

"你好,我叫余靛泽。"男人静静望住冬阳,"初次见面。"

冬阳突然弯下身,"哗"的一声呕吐出来。

"看来你已经猜到我是谁了。"名叫余靛泽的男人冷冷地笑着,"毕竟,我也只看你一眼就觉得恶心,特别恶心。"

冬阳扑上前,一拳打在那个拄拐杖的男人脸上。

2

穿西装的男人叫谭松,平日给余靛泽开车。冬阳后来细看他的相貌,国字脸,眉毛和嘴唇都横直,而两鬓已经有了灰白。谭松55岁,曾经是一家小型电子元件厂的老板,后来经营不善,欠下巨债,一家德资企业将之整体收购下来,他因而到了这家企业当员工。

这家德资企业就是余靛泽的。

余靛泽在国内出生,他的父母早年到德国务工,12岁以后他到了梅克伦堡-前波美拉尼亚州的首府什未林上学。余靛泽从小体弱多病，左脚因患有轻度小儿麻痹，终身走路都要拄着拐杖，但他的脑子却异常卓越。他16岁考上了慕尼黑工业大学，攻读作为该校和慕尼黑大学、奥格斯堡大学联办项目的高级材料学专业，本科的毕业论文就有知名的半导体企业要买专利，他没卖，几年后在自建的实验室研发出新型的金属氧化物，技术入股一家大公司，经验丰富后又做了股权剥离，自己成为一家独立公司的老板，30岁出头已经实现财务自由。他原本入了德籍，但几年前回到国内投资设厂，一口气买了好几家濒临破产的本地工厂，包括谭松的那家，其后他把公司本部迁到国内，于是公司从德资变成了中资。国内的复籍和绿卡政策都滞后，但这个外籍客商的此番作为让当地政府笑逐颜开，因此获得了特殊国民待遇和"准公民"的身份，其中一项，就是享有和本国公民同等的生命情报知情权。

35岁生日一过，余靛泽就提出了生命耦合对象的查询申请。

由此余靛泽找到冬阳，冬阳一拳打在对方的脸上，把他打得站立不稳。但那一拳打完就算了。冬阳用力过猛自己也摔倒在地，半晌爬不起来。在湿冷无人的酒吧后巷里，余靛泽和冬阳相互瞪着对方，呼呼喘气。

天快亮时，余靛泽坐上一辆宽长的黑色奔驰车。谭松给他的老板关上车门，回头告诉冬阳，那张墨金色写着冬阳名字的信用卡是他老板的安排，冬阳在厕所被债主打晕过去后，谭松把那张信用卡塞进昏迷者的牛仔外套里。当晚冬阳去居酒屋见了李宝儿，回家后把衣服皱巴巴丢下一直没发觉，谭松就找人放出冬阳有钱还债的消息。谭松对冬阳说，给他办一张本人的旧样式的白金信用卡也好，日常盯着他上哪儿也好，都是易如反掌的事，那张信用卡他以后随便用，要找工作也可以给他安排。

身穿黑西装的司机递过去一张名片，他站在冬阳面前，俯视对方。

"余总说，你最好活得像个人样，别给他丢脸。"

冬阳呕吐完以后脸色苍白，他把名片撕碎丢在水洼里，对谭松冷笑："我就知道我如果沾毒品你一定会跳出来阻拦。"他目光倾斜盯着坐在黑色车窗后面的人，"你的老板不是怕丢脸，他是怕丢命。"

* * *

冬阳回到家洗了个澡，冷水浇头淋下，他仰起满是水流的脸。

洗完澡，冬阳赤裸上身坐在被翻得凌乱的垃圾堆一样的出租屋里。因为想不起来，他自己也找了半天，最后在书桌抽屉深处翻出两本灰扑扑的笔记本，一本封面印着在海浪里航行的帆船，一本印着海岛上的灯塔，那是10岁那年他和季香相互送给对方的生日礼物。他翻开封面印着灯塔的那一本，中间页静静夹着一张墨金色的信用卡，有效期3年，早就过了。

"我家冬阳能用额度最大、有效期最长的白金卡。"

冬阳想起季香的笑靥如花。

"以后，等有效期满了，我给你换……"

冬阳又感悲从中来。

他从裤兜里掏出新的信用卡，颜色和样式几无差别，连账户号码也一样，仿佛是一张续卡，只是额度等级升级，有效期限则延伸到最长。冬阳想起谭松说的话"办这种事易如反掌"。一股巨大的愤慨冲上脑门，冬阳想把那张信用卡拦腰拗断……但一种说不清道不明的情绪又涌上胸口，他默默叹息，最后把崭新的信用卡插在笔记本的合页里，和旧的那张并排，然后把本子盖上，放回抽屉里。

* * *

冬阳睡了一个上午，下午起来以后去了打工的船厂。港口停着一艘正在补漆的货船，一排涂装工人戴着安全帽和防护口罩，腰上系着吊缆，挂在几十米高的船舱外沿。他们用长杆滚筒粉刷船体，吃水线下要刷五道油漆，两道防锈，一道过渡，两道防污，加上隔舱内的作业，加起来有几十万平方米。3月的海面没有吹来季风，阳光白晃晃刺目生痛，船身钢板的温度在午后上升到60摄氏度，到夏天则会进一步变成烤架。有工人摘下像浸过水的棉线手套，拧一把又甩一甩，汗水砸在甲板上"吧嗒"的一声，转瞬蒸发得无影无踪。

冬阳找工头要工装，工头正站在船底督工，弯着腰低头查看底部管道有没有漏漆，厚底鞋上油迹斑斑，听到冬阳叫他，敲着背直起身。

"田冬阳，"工头抬头说，"原来你还来啊？你旷工了有没有两个月？"

冬阳说："最近不舒服，请个假。"

工头使劲眯了一下眼，睫毛上挂着的汗珠顺着脸颊滚落，消失在裹脸的布巾里。

"喂，我提醒你，身体不好这活可干不了。"

冬阳说："我去船舱里面。"

"呵！"工头翘嘴唇笑了一下，说，"随你便，自己去拿衣服吧。"

冬阳点头走开，听见有人在身后议论。

"钱工这人谁啊，想来就来？快交船了，新手不要耽误事啊。"

工头说："算啦，某个老板塞的关系户，也不是新手，干好几年了。"

"关系户去刷内舱？"

"所以说随他便。"

"哪个老板的关系户？"

"上游的老板，好像是女的，姓廖。"

冬阳换了厚厚的工装，提着短柄滚筒刷和一只五公斤重的油漆桶，钻进一个舱室。那舱室一米高，两米宽，只容一人，冬阳背贴着滚烫的钢板，蜷缩着工作。舱内的温度比太阳底下的甲板更高，四周蒸腾起一层白茫茫的热气，那种热烤得人感觉连汗都出不来。冬阳弯着腰，把滚筒捅进油漆里，搅拌、抽出，抵着墙壁用力推动，狭窄的空间里空气很快变得稀薄而刺鼻，熏得人睁不开眼。

铁屋里的油漆工视线模糊，呼吸困难，但持续重复着用力推动。那种苦无法言喻。

船内和船外的面积一样辽阔。船厂的油漆工宁愿干在外头日晒的活。

太阳下山后，冬阳从舱室里爬出来，他脱去被汗水浸湿的沉重衣服，摘下坚韧的橡胶手套和肥大的口罩，但身体里有散不出去的异味。冬阳站起身，两眼发黑，扶着栏杆把胃里昨夜留下的酒呕吐得精光。

工头走过来给冬阳结了当天的工资，半天工时120元。

工头说："明天还来吧？你想干活有的是活干，有几十万平方米。"

* * *

晚上在街边吃盒饭的时候，母亲黄凤娥打来电话，冬阳一边扒饭一边接了。

黄凤娥叫了一声儿子，问冬阳最近有空能不能回家一趟。

"有什么事？"冬阳问，"给你汇的钱有没有收到？"

黄凤娥说收到了，正好能用上。

冬阳合上饭盒的泡沫盖子，问："什么事？"

他的母亲答道:"儿子,我准备结婚了。"

3

季香去世以后,冬阳留在了他们上大学的城市。他们曾经离家千里去求学,他们一同走遍了那个大都市的角落,将一个陌生的城市走得熟悉。那个城市和他们的故乡一样,也有废弃的铁道和绵长的斜坡,只是海港在很远的地方;他们曾经计划好要在那里搭建他们新的家。结果如同顺从命运的号召,他们在千里之外遇见了自己的另一半。

季香是再无法回家,而冬阳则是不想回去。他应届毕业之前原本找到一份在城市设计院的工作,但后来没有去报到,岗位自然也不会给他留着,那之后他就一直靠体力打零工过活。他在社区里当过水管维修工,也给居民用麻布搬运新购或不要的家具,后来到了季香母亲廖颖介绍的船厂刷油漆。白天打完工,晚上他会到小酒馆喝一杯啤酒,也定期或者不定期地走进李宝儿开的那家,大部分时候他会安静地坐在角落一个人举杯,但有时毫无征兆地向邻桌的人挥舞拳头。比如有人向他多看了两眼,他会把别人揍得满脸开花,自己也把指骨弄折。平日他对人爱理不理,面无表情,包括楼下小卖铺的年轻售货员冲他甜笑的时候;深夜他坐在出租屋的二手沙发里,凝望一片雪花的电视机。

冬阳也说不清自己在那个已经空空如也的城市里游荡是为了什么,或者说像孤魂一样活着是为了什么。这里面势必有一份沉重的责任，另外可能还有一个等待。这一等就等到了35岁。

冬阳坐飞机降落在省会的机场，然后坐上开往家乡县城的城际火车。他已经好几年没有回过家，7年前他父亲田康建和母亲黄凤娥离了婚。

田康建很早就有婚外情，对象是供销社里的一个合同工。那年轻姑娘从农村来，供销社科长运用他手中仅有的权力把她的合同从临时转正，从仓库调到营业部，姑娘感激献身，这让他的身体和精神都得到满足。而等到冬阳成年、大学毕业，其后这儿子又变得和没有一样，田康建就在知命之年和结发妻子黄凤娥离了婚。田康建再婚后从供销社辞职，在年轻妻子的支持下办起了农副产品的运输业务，很快小有积累。

那段时间黄凤娥又哭又闹，但无济于事。她年轻的时候喜欢评论他人，直至渐渐失去评论他人的资本，其后半辈子都骂骂咧咧。儿子冬阳和季香始终相恋，又眼看着谈婚论嫁，她内心其实支持，这些事某种意义上让她燃起盼头，和季香的母亲廖颖抱在一起红了眼睛也是真情实感。可惜世事变幻，当儿子和丈夫一个接一个离她而去，她就跌入了怨天尤人的泥沼。

离婚前后，黄凤娥隔三岔五去供销社闹，闹得人仰马翻，这导致田康建离职，反而自己干起事业。黄凤娥公闹无门，于是开始天天诅咒，找人请小人敲钢钉，恨不得她的前夫暴毙而亡。这些事传到她所在的卫生院，领导找她谈话开导，说身为医护工作者得良善宽容，这让她怒火更大。黄凤娥持续每天在人偶的手手脚脚上打钉子，没想到3年后诅咒就生了效，田康建有一回开车到外地跑货，被一道村民设下的路障掀翻了车，一车货被村民哄抢而去，人则压在驾驶室里流了几个小时的血，警察和救护车赶到时身体已经凉透了。

冬阳回家参加父亲的葬礼时，看见母亲和父亲另娶的年轻新妻在灵堂里厮打，转身走了出去。父亲下葬后，他再不曾回家。他想起他的父母以前天天吵闹，两人从没有心思想所谓"另一半"的事，只要家不散就行——而事实上，无论有没有浪漫的念想，还是安于世俗。人要分离、家要崩散，都不以意志为转移。

其后几年，冬阳在异乡游荡，只日复一日地接到母亲哭哭啼啼的长途电话。那个把前夫咒死了的女人告诉儿子她被"狐狸精"及其七姑八姨骚扰，被单位逼着提前退休，被街市的妇女们拒绝在外。后来她又告诉儿子，她向国家公民生命情报监督管理委员会提交查询申请了，结果在本国的数据库什么都没查到，大体她的另一半远在大洋彼岸，所以那都是骗人的玩意，而她此生注定孤独终老……冬阳就把母亲的电话挂断了。

再后来，母亲的电话越来越少，冬阳定期给家里汇点钱，其他事也不再过问。

* * *

车窗远处飞驰过渔船的桅杆，一群海鸟振翅高飞，冬阳嗅到海风的咸味，望见在阳光下变得晶莹的海湾。海湾月牙形，尽头有一只狭长的离岸岛，距离海岸线不过几里，仿佛丝丝连连，是大陆刚刚滚落的泪珠。

白色的灯塔就长久伫立在海岛最南端隆起的礁石上。

冬阳长久望着,直至火车在海边的小站停稳。他下了车,列车鸣笛驶离后,他跳下站台,背着一只简单的书包,沿着铁轨的枕木、碎石和杂草向前走。他翻过篱笆,走出小站,又走过海角的老街。冬阳一路步行,走上连接街尾的长长坡道。那坡道延伸向上,尽头在天边画出一条白茫茫的短线,那条白线尽管短,但因为托着蓝天、飞鸟和船帆,看一眼就能联想到海,看一眼就令人喜欢。冬阳的家就坐落在白线的左边。

冬阳的父母离婚时,田康建把海边的房子留给了前妻。房子是供销社早期分的房改房,楼龄比冬阳年纪还大,10年前就传出拆迁的消息,只是那消息犹如夜里放的风筝,不知何时就飞到了别的地方,也不知何时才会落地。田康建和黄凤娥闹离婚讨论财产分割的期间,消息一度吹回来,所以田康建觉得把房子让出来算是公道。然而一过经年,坡道一带始终保留着老城区的面貌。这里临近港口,遥望一片集装箱吊臂,以前住着很多船厂的家属,后来船厂以及其他厂企相继倒闭,人员搬迁,很多民居改成商铺,做归航船员的生意,街道热闹过一阵,但随着其他商业区的落成,这里渐渐又归于萧条和平静。时移世易,有人离去有人留下,也和长长坡道的上上下下一样,一轮又一轮……

太阳下山前,冬阳走到坡道的尽头,他走得微微出汗,推开家门,听见厨房里有剁肉的声音,黄凤娥用围裙擦着手走出来,微笑面对儿子说话。

"你回来啦——"

冬阳有些惊讶。

母亲气色不错，相貌比他离家多年前的印象更年轻。黄凤娥招呼儿子放下行李，给他泡了杯蜂蜜红茶，让他坐下休息，还有半小时就能吃饭。冬阳感到既熟悉又不习惯。

黄凤娥的厨艺说不上好，晚饭包了饺子，做了羹汤，还有草籽年糕。两母子坐下吃饭，黄凤娥笑说，本来冬阳到家就能开饭的，但下锅才觉得饺子包少了，不够，所以又剁肉多包了一些。

两母子边吃边聊，几年没见话也有一搭没一搭。黄凤娥问及儿子最近怎么样，在外面过得好吗，冬阳平平地说还好。饭过大半，冬阳问："那个人没过来吗？"黄凤娥脸上的红晕一掠而过，回答说："今天冬阳你刚回来嘛，他说明天过来，和你见见。"

母亲的再婚对象冬阳其实知道。

那人叫胡援军，50出头，比黄凤娥还小5岁。原来做医疗设备代理，常到医院跑服务拉生意，看见谁都寒暄一番，于是认识了在卫生院当护士的黄凤娥。他很多年前就和老婆离了婚，女儿随母亲出国，他单身独居多年。黄凤娥离异、前夫丧命，又被卫生院辞退后，有一日两人在公园的长凳上重遇，叙旧一番，而后慢慢交往起来。两人处了有一两年，这事黄凤娥在和冬阳疏离的电话里提起过，冬阳没放心上，语气也说不上认可。胡援军矮矮胖胖，做医疗设备销售时多少有些滑腻，后来业绩不好，又转行卖扫描仪、复印机等一类会发光的办公用品。他早年学的是技工专业，在国营的光学镜头厂开模具，下岗后开始跑代理，一辈子穿着印着各种商标的工装东奔西跑，点头哈腰，收入断断续续，一辈子也没多少积蓄。

冬阳问母亲："为什么突然就谈结婚？"

"是他提出的。"黄凤娥表情略带羞赧，"最近他找到了一份工作，是管理岗位，工资不错，把前些年的社保也续上了……所以，他就向我求婚了。"

冬阳问："是什么工作？"

"一家很好的公司，专门给国外的相机大厂商供货的，做数码相机呢，很先进，援军他懂技术也懂业务嘛，所以那公司让他去管一条生产线。"

冬阳问："那家公司在哪里？"

"在县郊，不过每天都有班车开到我们家的。"

"我们家？"

黄凤娥低了低头，轻声说："到他家……以后，我也住过去，不过也不远的……"

冬阳沉默不语。

黄凤娥抬起头，问儿子："冬阳，你会同意吗？"

冬阳良久不说话，最后默默点点头。他的母亲高兴地收拾碗筷。

看见母亲用着"求婚"的词语，似又回到了那些年轻的春天，冬阳终究还是感到安心。他想起最近给母亲汇的钱，母亲说正好能用上。

"那笔钱，你结婚够不够？"冬阳问母亲，"不够我手头还有一些。"

黄凤娥一边在厨房和饭厅之间来回，一边笑答："20万当然够了，我打算把这间房子翻新一下。这房子可是面朝大海，就是旧了点而已。"

冬阳疑惑地问："你不是要搬出去吗？"

"留给你。"黄凤娥攥齐筷子，露出冬阳多年不曾见过的温柔笑容，"这些年你寄回来的钱我都给你存着。妈要出嫁了，总得给儿子留点什么。以后你多回来住吧，这是你出生的地方。"

* * *

晚上，冬阳上网查询了一下建在县郊工业园的那家光学零部件厂。

股权一穿透，情况就很清楚：关联公司有几家电子厂，母公司是一家半导体材料企业，原本是德资，现在落户本地。冬阳知道了是怎么一回事，脑海里浮现出在酒吧后巷看见余靛泽青白而傲慢的脸。

余靛泽的司机谭松对他说：要找工作也可以给他安排……

冬阳心里厌忿，但不得不承认那个人安排到了点子上。

4

第二天，黄凤娥的未婚夫胡援军过来吃午饭，冬阳和他见了一面。那个圆脸的男人头发稀疏，话很多，语气却客气过头，冬阳看着不舒服，冷冷应对；但席间胡援军用各种坊间野闻把黄凤娥逗笑了几次，还说黄凤娥做的菜饭比世上任何人做的都好吃，黄凤娥红着脸喜上眉梢，这让冬阳渐渐感到母亲选择的那个男人虽然圆滑但是温暖的本性。他也知足，他习惯说着滑舌和讨好的话，甘于对生活低头，其实是另一种责任感。

黄凤娥和胡援军打算一个月后结婚，婚礼就不办了，能请的人也不多，简单摆一桌饭，黄凤娥问冬阳回来家里待几天，什么时候走。冬阳说他明天就走，还要上班。胡援军让冬阳不要耽误工作，家里的事不用担心……说完又急忙改口说不用担心你妈妈，把"家里的事"几个字盖过去。黄凤娥对儿子说："那到时回来吃饭——到时，我也请上你廖阿姨和麦叔叔。"冬阳沉默，片刻说到时再说。

饭后，胡援军准备回县郊的厂里上班，冬阳叫住他，说陪他走一段。胡援军有点受宠若惊，嗫嚅地说他没有车，班车也过点了，我们走路去公交车站好不好？

冬阳说："打车吧，我送你。"

冬阳叫了出租车，黄凤娥挺开心，所以送两人出门时，她自然而然地说："厂区那边刚好离得不远，冬阳你如果明天就走，其实可以顺道去……"但话说了一半就没说下去。那个母亲低了低头，她终于意识到自己淡忘了一些伤心。

她的儿子没说话，转身走向出租车。

冬阳和胡援军一起坐进出租车的后座，开始胡援军以为对方有什么话要说，神情严阵以待，但冬阳却一路无话，只侧目望着窗外；胡援军搭话了几次，看对方冷淡不接话，后来只得放弃。出租车行驶了半个多小时，在县郊的产业园区停下，两人下了车，冬阳手指面前连排的白色厂房，冷冷地问："你就是在这里上班吗？"胡援军这才反应过来，原来他的准继子要看的是他工作的场所——他急急掏出工牌，说他在这里上班，真的，在研磨车间的3号生产线，当质检主管。冬阳望住对方，那个矮小的中年男人也热切地回望他，眼神有些紧张，但也自豪。冬阳心里软化了。

"你怎么找到这份工作的？"冬阳问。

"人才市场帮我找的。"胡援军高兴地笑，"我在人才市场挂了简历，其实挂几年了，上个月他们终于给我打电话，说有家公司看中了让我去上班。"他停了停，用诚恳的神情望冬阳："其实我刚开始和你妈谈朋友，就在人才市场挂了简历……"

冬阳默默站着。胡援军说："那，我去上班了……"

"嗯，胡叔叔，你去吧。"

矮矮的中年男人站直身，正容说："冬阳你不用担心，不用担心你妈妈，我一定会照顾好她！"

* * *

胡援军走进厂区以后，冬阳在周围徘徊了一下，一个保安模样的人走过来。冬阳低头说："我这就走。"但那保安摆了摆手。

"没事,我看见你跟着胡主任进来。"穿着整齐工服的保安眼角带皱纹,他轻快地说,"你想进去参观也可以,我们这里经常有人来参观,我们很欢迎。"

冬阳望向四面的厂房,午后阳光明朗,广阔延展的建筑物整齐划一地刷着白色的油漆,显得干净如新。它们都有圆滚滚的拱顶,在白日下一间间亮闪闪,冬阳生出一种感觉,觉得像茧房。

"那边几个厂也是一起的。"老保安朝远处指了指,"好几个厂,都被一个归国老板买了。总公司也建在这边。"

冬阳问:"老板是不是叫余靛泽?"

"是啊,你也知道吧,很年轻的!"

"他平时会过来吗?"

"当然啊,不是过来,是回来。他说他家乡就在这里。"

冬阳沉默不语。

"要不要进去看看?别看外观像新的,其实是十几年的老厂子。"上了年纪的老保安自豪地提出邀请,"本来眼看要救不活的,但现在获得了新生。"

* * *

产业园区打不到出租车,冬阳走到公交车站,等了一刻钟,他坐上往西行的公交车,坐了3站在松柏站下车。

墓园也建在县郊,距离厂区几个公交车站。

清明节还有一个月才到,此时是扫墓的淡季,冬阳走进冷清的墓园。空气清冽,满山的柏树静默肃穆。冬阳先在山脚的便民店买了一束白菊,沿着台阶走上半山,放在父亲田康建的墓碑前。四下安静无人,冬阳在父亲坟前合十片刻,却说不出话,发现心里没有多少追忆的内容。父亲的二婚妻子几年前已改嫁,现在他的原配也准备改嫁,冬阳觉得伴随家庭的离解和生命的消失,父母亲只剩余血缘的符号。这时头顶的浮云像一面幡旗飘过来盖住日光,林间一开始变得阴沉,再渐渐从树梢落下霏雨。冬阳想起以前和季香外出,天气也是说变就变,而他知道季香总会带伞。

冬阳往墓园的深处走,穿过山墓区以后,眼前呈现一片地势平坦的谷地。这是墓园开发的高端墓区,山谷里绿草如茵,逝者被四面的山花包围。这12年间,季香就埋葬在这里。所以冬阳没给她带花,他想无论在她的墓碑前面放下什么,都是空落落的。冬阳举步走进半圆的山谷,沿着平整的石板路前行,雨大了一些,因为无遮无挡,很快湿了衣衫和脸颊。

冬阳想起出门前母亲的吞吞吐吐,其实冬阳自己也觉得应该来看看季香。他有12年没有来过这里了,12年仿若轮回,冬阳也想起工厂老保安说的话。

"但现在获得了新生……"

在提前来临的霏雨里,冬阳蓦然看见几顶黑色的雨伞,他立刻停住脚步。季香的父母廖颖和麦大伦出现在远处,他们撑着伞站在靛青色的山坡上,山坡旁边立着墓碑。

还有一个女孩站在他们中间。两只异常纤幼的小手斜斜举着，拉住她的爸爸妈妈的手欢乐地摇荡，雨伞交叠在她头顶。

那女孩叫麦夏，冬阳知道她将要度过12岁的生日，但智力发育停留在5岁。

冬阳悲从中来。

他理应想到季香父母会来祭奠逝去的女儿，季香去世于3月20日的春分，也就是12年前的今天。而12年前的两个月后，麦夏就出生了。她预产期本在7月的大暑，但因为母亲廖颖过度悲伤，早产了两个月。那新生的孩子患有嵌合型唐氏综合征，加上早产，从出生起就比同龄人四肢短小，心脏衰弱，至今念不出文字。

冬阳躲起来。他躲在一个潮湿的凹地远望季香的家人，他望见廖颖和麦大伦松开小女儿的手，麦夏张开手臂挥舞着，在雨中传来咿咿呀呀的笑声，廖颖为她打着伞说着什么，12岁的女孩伸手拍拍她姐姐的墓碑。冬阳感觉眼泪要涌出来。

山谷里的细雨沉默无边，这时撑着雨伞的祭奠人在墓碑前微微躬身，他们重新牵住女儿幼细的手，一家三口走下山坡。冬阳转身就跑，他在湿滑的草地上摔了一跤，爬起来继续跑。他跑出山谷，穿过柏树林，沿着台阶跌跌撞撞跑下山，衣服和鞋子全是泥水。冬阳回头望，身后没有人，他失神地走出墓园，在雨中沿着盘山公路继续前行。雨越下越大，他走过了公交车站，仍旧向前走，不久他听见汽车的引擎声，他举头望见山路的转角驶过一辆灰色的沃尔沃，认出那是季香母亲廖颖的车。于是他慌了神,四处张望,但是半山路上围了高高的挡土墙,哪里有躲藏的地方?冬阳开始向山下跑,回头只见季香家人的车从山腰向下盘旋,像一只不断降落的气球,越落越近——这时一辆黑色的奔驰车先一步驶到他近旁。

车停下,车窗也摇下来。冬阳看见余靛泽坐在车里,蓝色的手杖放在腿边,雄狮造型的杖头有些湿。他脸庞斜向没有看冬阳。

司机谭松从驾驶室探出头,雨水刮在他的白发上,他用和雨一样冷冰的声音说:"余总说看你跑得狼狈,要上车也可以。"

5

往回的路没多远,不久黑色的轿车驶进厂区,驶过排列如茧的厂房。再往前开,穿过一片待开发的旷地,又沿着土路拐过削了一半的山坳,最后停在湖边一栋白色小屋前。

雨已经停了。

冬阳坐在副驾座,回头问坐在后排的人:"开到这里来干什么?"

青白脸的老板声调有些傲娇:"我没有义务送你回家吧?"

"哦?原来这里是你的家?"

余靛泽没吭声,司机谭松代答:"这里是余总建的厂,这一片地都是余总的。"

冬阳冷笑:"我知道,我下午专程来参观过,余总的家面积够大啊。"

余靛泽执起手杖往车门敲了一下,谭松过去给他拉开车门。余靛泽披着深红色的围巾,这让他的脸多点血色,他下车后咳嗽了几声,谭松双手平放站立在一旁。

冬阳跟着下了车,他拨去发角的水滴,手插裤兜冷冷追问:"你是不是一直跟着我?跑到外地又跑回来,还要让我搭顺风车,真是辛苦你了!"

余靛泽漠然看了他一眼,说:"少说自以为是的话。"说罢转身,拄着手杖向前走。

这时冬阳看见余靛泽肩披的围巾边缘也缀着水珠,心里想到他刚才去了什么地方,一时也说不出话。谭松走过他身边说:"来了就进去吧,余总有话和你说。"

冬阳低头想了想,踩着土路的水洼向前走去。

谭松越过余靛泽走在前面,掏出钥匙打开房屋的门。他既是司机,也照顾老板的起居。

白色的房子有四层高,门面有些过分华丽,但走进去却显得空落。三人走进屋内,穿过玄关是打通的前厅,但没有家居摆设,没有能坐人的地方,看着不像住所,只像个展厅。几面墙上都挂着大幅的摄影照片,一排铁艺展架上陈列着各种相机,从古老的皮腔相机到现代数码相机都有。中台有一个玻璃柜,里面放着一枚黛青色的金属片,火柴盒大小,底部托着蜈蚣一样的针脚,表面却光洁而层叠,从不同角度能看见彩色的光泽。冬阳驻足看了一阵。

"这是互补金属氧化物半导体。"谭松开口说,"也就是常说的CMOS芯片,特点是功耗很低。"

冬阳没搭话。余靛泽略带嘲讽地说:"你说这些他也听不懂。"

冬阳意外地没有动气,回应说:"我知道,这是数码相机用的传感器。你就是靠搞这个发家的。"

余靛泽愣了一下,从鼻子里微哼了一声。他脱下微湿的长领大衣和围巾,谭松走过去把衣服收挂起来。

脱下大衣、解下围巾的时候,冬阳瞥见那个年轻富商后脖颈的位置,有一小片粉色的皮肤,延伸到后背——那是被火烧过的伤疤。

余靛泽很快转过身来。

冬阳收回眼光,兀自在前厅走了一圈,仰望墙上悬挂的摄影照片。里面都是各种风景,雪山、荒漠、森林、湖泊,没有一个人,画面大气而孤独。其中一张竖幅的拍了海滩上搁浅的木船。

"这些都是你拍的?你喜欢拍照?"冬阳问。

余靛泽短短"嗯"了一声。

冬阳说:"我认识的人喜欢画画。"

"画画拍照都一样,能留下虚像,留不下人。"

冬阳望向对方:"刚才,你是不是也去了墓园?"

余靛泽说:"我去看麦季香需要征求你同意吗?我可没有像你一样落荒而逃——不过我不明白你为什么要跑?"

冬阳不作声。

余靛泽挂着手杖走到厅角,半圆形的吧台旁边,举起台面的一瓶威士忌："喝酒吗？"

冬阳说："干吗不喝？"

余靛泽扬了扬头，谭松走过来，从酒柜里取出两只宽口酒杯拭擦干净，扭开酒瓶倒了两杯酒。余靛泽说："客人要加冰。"谭松打开酒柜下摆，从袖珍冰箱里取出冰盒，用冰夹子往金色的液体里投入透明的冰块。

余靛泽把酒杯递给冬阳，冬阳接了。

"到外面坐吧。"余靛泽托着酒杯，从前厅走出露台，露台摆着茶几和白色藤椅，上面水露未干，滴滴答答，但屋主人不在意地坐下，把手杖搁在一旁。冬阳跟出来，也坐在湿漉漉的藤椅上。两人各自坐着默默喝酒，谭松隔远垂手站在一旁。

露台面朝开阔的湖面，雨后的湖水轻烟薄雾，湿度粘住滩地的芒草和碎石，远处白茫茫一片，隐约望见黛色的山峰，还有一只水鸟随风滑翔而过。

景色由于朦胧而显得广阔，仿佛望着一片青色的海。

"你为什么要说你的家在这里？"冬阳把酒杯搁下，盯住侧边的人，"你祖籍根本不在这里，你父母是山东胶州人。"

"哦，"余靛泽从嘴唇边移开酒杯，"原来你也调查我了。"

"这是肯定的。回答我的问题。"

余靛泽露出暧昧的笑："就是个噱头，我在这里投资建厂，那些官员也喜欢对外宣传这种华侨归故里的故事。"

"你说不说？"

余靛泽脸上掠过不可察的落寞，嘴角却冷冷一笑："我告诉你一个你查不到的秘密吧。"

"什么秘密？"

"我是被抱养的。我不知道我的亲生父母是谁，也不知道自己祖籍在哪里。可能连国籍也不好说，说不定我本来是哪个岛国的皇室遗孤呢？"

冬阳愕然愣住，说："这不可能，网上没有……"

"我说了这是秘密，网上当然查不到。"年轻的商业巨子耸耸肩，又笑起来，"是我母亲生前偷偷告诉我的。"

冬阳有一阵说不出话，片刻问："你妈去世了吗？"

"嗯，有小10年了吧。我父亲就死得更早了。"余靛泽重新端起酒杯喝酒，"对了，顺便告诉你，我和我母亲原来住在德国最穷的州，我母亲的工作是给别人洗衣服所以——"余靛泽朝面前的山水豪迈地张开手臂，"我可是自己白手起家的哟！"

冬阳沉着脸没搭腔。

这时已日薄西山，但光芒透不出来，湖水里倒映着苍白的落日和铅色的云。

"我知道你想问我什么。"余靛泽勾勾手，谭松走过来往他杯子里加了酒，那个老板抿了一口，"你想问我为什么要回国吧？其实答案就是你想的那个。"

冬阳不说话。

"你知道的吧，虽然数据库打通，但是知情权有国别隔离。"余靛泽兀自说，"我在德国查找不到我的耦合对象，所以要到其他地方找。这也是一件没办法的麻烦事。"

冬阳沉声说:"你怎么知道一定在这里?你把你的整个公司都搬过来了。"

"当然不知道,"余靛泽哈哈笑,"我已经去过十多个国家了。各国之间的管控条件不同,在这里,需要我把产业带过来,才能享有国民查询权。"

冬阳追问:"这没回答你为什么要来这里!"

"因为这里人多啊。"这位外籍老板露齿笑,"人口多意味着找到人的概率自然也最高。所以只好赌一把了——说不定是冥冥的召唤呢?"

冬阳半晌不语,望着对方:"所以你做这些事,就是为了查一个名字?"

那个从国外回来的富商哼哼笑了一下。

"你知道为什么是35岁吗?"

"什么?"

"我是说,为什么那些看重发展的国家,包括这里,会限定公民在35岁以后才能查生命耦合对象?如果年龄定得太晚民众肯定不答应,众所周知,公开渠道一旦缺位,地下手段就会泛滥——但为什么不定得更早一些?"

冬阳没回答。余靛泽喝了一口酒。

"因为所谓另一半不是什么浪漫幻想,而是拖油瓶——这一点,你不是也深有体会吗?"

冬阳的眼睛烧起火苗,但对方没理会往下说。

"枷锁、包袱、累赘,叫什么都无所谓,总之只要存在侥幸和不平衡的心理，人如果太早知道自己和谁终身绑在一起，就必然是个人和国家发展的负累。另外也冲击秩序。社会治安的稳定、政权的巩固、意识形态、宗教信仰、对外开放程度、国土情报安全……每一点都需要考虑。"

余靛泽边喝酒边侃侃而谈。

"对了，你知道互补金属氧化物半导体的好处吧？"他仰头朝向站一旁的谭松，"你刚才没说完，给我的客人再解释一下，说专业点也行，看来我的客人听得懂。"

谭松不带声调起伏地回答："传统电路有N型的MOS管和P型的MOS管，而CMOS带有一对的门电路，瞬时要么P门导通，要么N门导通，要么一同截止，所以效率更高，能量消耗也更少。"

"真啰唆——"余靛泽笑起来，"反正一句话，互补能够带来节约！所以上帝捏小泥人也捏得很节约——一份泥巴两份用——毕竟人这种东西，捏多了也是浪费……"

边喝酒边大笑的人停下来，他脸色变成潮红色，发出连连的咳嗽声。

"不过，世事就是这样，有好处就有坏处——"那富商停止咳嗽，又问他的员工，"告诉我的客人，坏处是什么？"

谭松说："因为信号干扰，容易出现杂点。"

"对，就是杂点。"富商点头，他转头傲慢望住和他并排坐的人，"对于我来说，自己的生命握在另一个人手里，是不能接受的事情！"

落日从湖面消失了，水雾从茫白色变成浓稠的暗黑。冬阳举杯把酒喝完。

"你查到名字应该很失望吧？"冬阳问。

富商说："肯定的。如果可以，我也不想和你扯上关系，可惜这没办法。杂点呢，就是只能降低无法消尽的东西。"

"所以你帮我还了高利贷的债？"

"是的，总不能让你被人摘掉一个肾吧。"

"我妈准备结婚的那个人，也是你给他安排的工作吧？"

"是的，这是举手之劳。"

"那我得说谢谢。实话和你说，我借的20万高利贷，就是给我妈的。"

"是吗？那挺好，少了后顾之忧。既然话说开了，我也不废话。你如果想要钱搞点个人追求，我可以给，也可以拉你一把。你想干什么都可以，只要别给我添乱就行。你想来我这里上班也可以，工资不会亏待你。"

冬阳问："当个关系户吗？"

"不用客气。"余靛泽笑起来，他伸手指指站立着的谭松，"你看这个人，原来也是个老板，身家破产了还不是在我这里谋份差事。"

冬阳说："当关系户就不用了。"

"随你便，要钱也行。"那富商停了停，他收敛了趾高气扬，叹了一声，换上一种坦诚的口气，"田冬阳，我知道麦季香死了以后你一直很消沉，不过现在有机会，你就好好把握吧……"

"我说当关系户就不用了,我现在就有一份关系户的工作。"

余靛泽愣了一下,问:"什么工作?"

"你不知道吗?我在船厂有工作。钻进几平方米的船舱里刷氯化橡胶漆,耐候防腐,太热太闷可以脱下工装,摘掉口罩。你不知道我干很多年了吧?我告诉你,这是一份正儿八经的工作,你也没有理由拦着。虽然会慢性中毒。甲醛、苯和金属粉尘会缓慢地一年一年地渗进身体里——不过,不积累到一定分量也没什么影响。一般人能干七八年。我会尽量多干几年的,毕竟这是季香的母亲给我介绍的工作。"

余靛泽扭过头,呈现骇然的脸色:"喂,你在说什么?"

冬阳在暮色里冷笑起来。

"你又在说什么呢?找我来喝一杯洋酒,说要给我发钱,然后希望我按照你想要的方式过活?玩笑开大了吧?你知道我为什么吊着命到现在吗?你什么都不知道!可惜啊,你注定和我这种杂点绑在一起了!这么和你说吧,你想也好不想也罢,你的命都在我手里,我不活的时候,你也活不了——所以如果你想长命百岁,最好的办法是把我的心脏挖走。"

余靛泽捏住手杖,脸色变得苍白如雪。

而冬阳仰背靠向藤椅,脑海里浮出他和廖颖12年前的对话。

"廖阿姨,是我杀死了季香。"

廖颖掩面而哭:"你为什么要这么做?我一辈子都不会原谅你啊……"

6

天色全黑后,余靓泽还坐在潮湿的露台上。他肩上披着红色的围巾,开了一瓶黑珍版的路易十三,拔开花头水晶酒塞,自己静静地往郁金香杯里斟酒。

谭松打开露台的壁灯,站在他老板身后的阴暗里,问:"刚才为什么不喝这个酒?"

余靓泽自嘲地笑了笑:"怎么说呢,我不想太过耀武扬威……"

"但是你一直在耀武扬威。"

余靓泽沉默地点点头。

谭松声音冰冷地问:"这算确认了吗?"

"嗯,你也看到了,我已经给过他机会。"

"现在你打算怎么办?"

余靓泽抬起头,笑了笑:"你放心好了,我不会食言的。"他又给自己添了酒,声音平静:"股权文件和任命书我已经签好,放在桌子上,到时你自己处理吧。过了今晚,你也不用再给我开车和倒酒。"

灰白头发的男人低沉发问:"今晚吗?"

年轻的富商享受地呷了一口酒,舒服地靠在藤椅上。夜里云层散了,月光下能看见泛蓝的湖水和倒映的星空。

"嗯,你现在走吧,帮我关上灯。想来我还没认真看过星星。"

* * *

黄凤娥给儿子打了个电话，冬阳站在街头昏黄的路灯下面接听，黄凤娥问儿子晚上回不回家吃饭，冬阳说不回了。

"晚上要回家的吧？"

冬阳没答话。

黄凤娥平时很少多问，但这时有种不明的预感："你去哪儿呢？"

冬阳沉默了一阵："医院。"

电话那边有几秒钟不说话，似乎那是一个不能触及的禁词。

"给你留门。"挂上电话前，冬阳的母亲说。

冬阳打车进城，从县城到市里30公里，贯穿城市后驶至坐落在市郊的晨曦康复医院。医院占地很大，几年前市政府为进一步打造示范工程批新地，医院又扩建了两栋楼，接着从德国进口了一整批高尖设备，目前硬件条件和收费标准都是本市乃至全省最高的。

疗养区要求安静，外来车辆禁入，出租车停在水波粼粼的人工湖旁边。冬阳下了车，夜里没什么人，迎面是幽静而繁茂的花圃，冬阳穿过回字形的草坪，步行走到最新建的华侨住院楼。初春夜寒，但冬阳走进大堂时，额角和手心却微微有汗珠。

昏迷促醒中心位于12楼到16楼，共占5层。冬阳坐电梯到了12楼，一层层往上询问，最后在顶层的前台问到了病房号。

"在19号单人房。"

站在椭圆接待台后面的护士很年轻,她戴着纸船形状的蓝色帽子,双手互叠放在小腹上,露出8颗皓齿的标准笑容。

冬阳询问病人的病情怎么样,相貌甜美的护士微笑回答。

"今天很好,脸色红润,可能知道有客人来探望他。"

冬阳沉默一会儿道了谢,护士说不用客气。冬阳走开两步,又走回来,他犹豫了一下问:"我想问一下,病人的医疗费结清了吗?"

"您稍等,我查一下。"

护士站立着敲击电脑,片刻抬起头。

"预缴费很充足,康复治疗和看护费用半年内都没问题。"

冬阳默默点点头。

"谢谢。"

甜美的护士鞠躬说:"不用客气。"

冬阳走过洁白静谧的长廊,在拐角的尽头推开19号病房的门。床侧坐着一个中年女人正在玩手机,看见有人来访急急从陪护椅上站起。

冬阳也愣了一下,他没想到除了医院费用不菲的看护,还有一对一的护工。

"晚上好!"

中年女人点点下巴说。她不到50岁,体格健壮,理着整齐的齐肩短发。

"你好……"冬阳说,"怎么称呼你?"

"我姓周,你叫我周姐就好!"周姐上下打量访客,发现是没见过的,神情轻松下来,"你是哪一位?"

冬阳含糊回答:"我是病人的朋友,来探病……"

"朋友?探病?"周姐侧侧头,她显然对这两个词都感到疑惑,"我来这里干活3年了,怎么没见过有外人来过呀?"她扁扁嘴唇想了想,"哦——你是廖小姐的朋友对吧?是不是亲属?"

冬阳模糊地"嗯"了一声。

"廖阿……廖小姐会常来吗?"冬阳问。

"今天上午才来过呀,还把田先生和他们女儿也带过来了。不过平时倒是来得不多,你也看到嘛,老来也没用嘛。廖小姐每个月给我结一次钱,那个时候会过来看一看——我都干这么久了,他们是很放心的。我呢已经照顾过3个这样的病人了,他们说我比之前几个护理的经验都要丰富……"

可能是日常缺少说话对象,周姐打开话匣就停不住。

"我说,今天是不是什么特别日子?听见这么多人过来,病人都精神起来了!"

冬阳惊讶地问:"他听得见?"

护工呵呵笑:"当然只是这么一说啦,总不能说能看见吧?不过呢,这也说不准。"

"平时有人来看他吗?"

"刚才我不是说了吗,我做护理的这几年是没有见过其他人来。不过,医生倒是每天来检查。"

"他……情况好吗?"

"今天挺好。医生说挺好。主要呢，他的脸色我也看不太出来。"

冬阳摆过头，把目光投在病床上——这个动作需要他很大的决心。

平睡着的人的外貌经过这些年有多大变化，冬阳已经记不清，此时他盖着白色的被单，这让他外露的半截脖子显得黝黑。不过深肤色也抵消了脸色的苍白，所以面容混合成干涸的灰青色。他的头发天然卷曲，发色乌黯，这也让它们不容易看出枯黄的程度。嘴唇似乎没有初见时宽厚，他原本带着异域的长相，但因为两颊旷日持久地凹陷，现在则像在丧气地嘟着嘴。

他是一个混血儿，父亲是中国人，母亲是非裔，但国籍已不可查。

被子均匀而安静地起伏，冬阳看不见覆盖在下面的身躯，但他知道那会是消瘦如骨架的光景，手足的关节像骨折一样弯曲，肌肉殆尽，皮肤则像个瘪了的布袋。最寒冷的时节已经过去了，病人耳朵的冻疮还没结痂，上面挂着浅绿色的鼻饲管。冬阳知道那根管子会穿过鼻腔、咽喉、食道，最后通达胃，每天往里打水打食之前要先抽吸胃液，以确保没有堵塞。胃管长期置留就需要更换，晚间拔管，次晨再从另一侧鼻孔插入，普通胃管一周换一次，硅胶的一个月换一次。换管的时候，哪怕是只保留最小意识的病人，身体也会因为痛苦而抖动。

冬阳知道在这个人身上，这样的痛苦已经发生过一百多次。

"放心好了，"可能是看见来探望的人表情忧虑，经验丰富的护工朗然安慰,"我听医生说了,病人的心脏功能很好,脑子又没有萎缩,所以可以稳稳生存这么久。"

冬阳闻言疼痛不已。这些他都知道,因为这正是最悲哀的事情。

有些陷入昏迷的人会睁眼和流泪,肚子饿了会吞咽,喉咙还能发出咕哝的语音——但这些事在这个人身上再也没有发生。许多年前,医生曾在他的后颈切开一个口子,在脑干和颈髓的交界区植入电极,每天从早上8点到晚上8点用脉冲电流持续刺激12个小时,促醒治疗在3个月后因为无效而终止。

医生说,病人的身体已经没有问题,只要活着一天就有苏醒的机会。也许剩下只是意志的问题——他想不想活着和醒来。

"你们放心好了,天气好的时候,我会推轮椅带他下楼晒太阳。"周姐走过来拉齐病人的被角,抬头对冬阳笑,"草坪上人多开心,人开心就会长寿。"

"谢谢,辛苦你了……"

来探望的人压住胸口涌起的哽咽,其实只要活着一天,就是最悲哀的事情。

冬阳再次望向静躺在病床上那个肤色黝青的人,他一直孤独地沉睡,已经睡了12年。床头挂着刚换新的病人信息卡,35岁,出生于1982年2月2日。

那个人就是陈湖君。

* * *

余靛泽从漆黑的露台拄着手杖走进屋内,房间也没有开灯。

他把签好的各样文件放在桌面上,走进厨房拉开一个大冰柜的门,冰柜亮起明亮的光,里面有满满一铁桶冰块。冰柜的门半敞着,就借那点亮光,余靛泽拐着脚,双手提起冰凉的铁桶走进旁边的浴室。他想了想,还是打开一盏暖黄的灯。

余靛泽扭开浴缸的进水阀,趁放水的空当,他回身到厨房拎起酒瓶,用手指夹着酒杯,另一只手还拄着他深蓝色的手杖。他把酒瓶和酒杯摆放在浴缸的边沿,给自己斟上酒,蓝色的手杖斜靠在旁边,雄狮造型的杖头和水晶杯子里的酒一样闪着金黄的光。浴缸的水已经有一半了。

从铁桶里挑了几颗小块的冰,投入酒杯。余靛泽想起和冬阳同坐在露台,同望着迷蒙的湖水喝酒。因为迷蒙无边,所以像海。

冬阳说,你根本不知道我为什么吊着命到现在——余靛泽在心里冷笑这真是讽刺。

不过这就够了。这句话就是确认:这个人和我一样。

他留下钱给他的母亲,而我帮他母亲的未婚夫安排了工作,那挺好的。少了后顾之忧。留下这些就够了。

生命握在另一个人手里是不能接受的事情。

这让人很为难——就连不想活下去也失去了权利。

把报警电话打完,余靛泽将铁桶里剩下的冰倾倒进浴缸,冰和水混合时发出"哗哗"的声音。他跨进那片冰凉,慢慢坐下来,很快肌肉和灵魂都感到刺骨和宁静。

脑海开始走马灯了，余靛泽想起他被挖去双肾的母亲，想起刺进安娜胸口的那把血淋淋的细尖的刀，也想起焚烧的火焰、黑烟和一些无声的哭喊……

　　在暖黄和冰冷交叠的空间里，余靛泽坐着静静喝完杯里的酒，他伸手从壁龛取下一个方盒，里面有一小瓶来自海洋动物的透明的药水。

＊＊＊

　　心跳和血氧那两行数字跳动，监护设备亮起报警的红光。

　　站在病床旁的冬阳如遭霹雳，他惶然望向陈湖君。但心脏刹那间却被一种事物钳住，气管则像灌进了泥浆，呼吸无以为继。他脚下虚浮，身体如同苇秆一样摇摆。

　　手机振动着，冬阳在眼前变得一片乌黑之前看了一眼：【国家公民生命情报监督管理委员会】应急信息。

＊＊＊

《公民生命情报知情权管理试行条例》（节选）

　　● 为保障公民生命情报知情权，基于人道主义伦理精神，符合以下情形的，由国家公民生命情报监督管理部门向相关公民提供其生命耦合对象基本信息。

（一）生命耦合对象因疾病、意外、灾难等原因，生命处于垂危或难以拯救的状态。

（二）生命耦合对象已经采取二次（含）以上的自杀行为。

....

第三章
靛泽和安娜

1

"'靛'是一种什么样的颜色?"安娜问。

* * *

靛泽的养母叫余海鲭,山东胶州人,祖上几辈都是渔民,撑着手摇的小木船在黄海捕鱼,最远能越过成山角和长山串,望见朝鲜半岛。到余海鲭父亲余潮新一辈,黄渤海渔场渐渐有了规模,那个与时俱进的汉子就承包了养殖田,不再每天摇船出海,只住在用蓝色塑料桶撑起的漂漂浮浮的渔排上。余海鲭天资聪慧,是恢复高考后的第一批大学生。那时候,黄海的海矿资源得到开发,周沿的矿产工业快速发展,余海鲭的父亲受够了祖祖辈辈的风雨飘摇,生个女儿力气又不够,所以希望余海鲭学点现代技术。余海艏的母亲伍德妹也坐在棚屋的角落,一边用长竹签织补网箱的破洞,一边不抬头地说:"对啊,干点有用的,做个有用的人。"他们的女儿深以为然,于是报考了青岛海洋大学的采矿工程专业。可惜在她还有一年毕业的时候,一股从西太平洋生成的飓风掠过胶东半岛,把他们家的渔排尽数掀翻,父亲余潮新在拉网箱时被风浪卷走,母亲伍德妹则被困渔筏在海上漂了3天,得救后两只眼睛变成灰白色。这番困境导致余海艏没有拿到毕业证。

辍学后,余海艏一度远离海和船,先是在临沂的金刚石公司找了一份工作,后来又到了丹东的金矿打工,"金"字总让她联想到富足。但从红色的国有矿又到灰色的民营矿,几年下来都没有赚到钱。余海艏一直希望凭靠知识和技术取得个人发展,却最多只能在选矿车间里手提着蓝色的塑料桶,望着一排排在浑浊泥水里翻滚的浮选机叶片,和她早已见惯的拼命划的船桨一样。

后来她和别人一起去洗洞,偷偷钻进山腹中那些已经关停的废矿,用主要成分是氰化钠的"提金药剂"反复冲淋,把半座山变成闻一口就能致死的剧毒空间,最后得到一小捧青黄色的细沙。余海艏分到一些钱,那之后回归了海岸。她和几个人合伙买了两艘充气艇,把油箱容量从100升改装成400升,从丹东的一个码头假装出海捕鱼,跨越领海线偷渡到韩国找工作。那时她听说海对岸的邻国的工业制造业异军突起,遍地机会。在渡海途中她的小船被海警侦查队拦截住。

离家打拼的那几年,余海艏交往过几个男人,其中一个许诺带她到韩国共创崭新的人生。被海警抓进拘留所问话时，那个人把责任往余海䲠头上推，余海䲠直接走过去往他脸上踹了一脚。拘留半个月后释放，余海䲠就回了家。她回到胶州，回到父辈一辈子营生最后丧生的渔场，也凭靠剩余的父辈关系的照拂接一些修理渔船的活儿。渔场里无论男女双手都粗糙带茧，余海䲠一脸油污拿着扳手从逼仄的船底里钻进钻出，还是有长辈说她应该找个男人了，余海䲠没一点兴趣。她心里只有不平。这样的活儿又干了两年，到20世纪80年代中期，第一批出国务工潮兴盛起来，余海䲠又开始四处找人操作。既然去就去远的、好的地方，她选了德国。

余海䲠在记录上有污点，找了很多人都说办不成，后来一个中介对她说有办法，她要是结婚了会好办一些。德国作为对思潮包容度最高的国家，对于生命情报知情权的问题一直走在前沿，在制度上也给予公民生命耦合对象查询的便捷——但也正因如此，签证和移民政策从严，审查的一个重点是：你别抱着找另一半的动机来我这里。

于是余海䲠花钱办了个假结婚。中介提供了一条龙服务，对象也是胶州人，以表明关系的稳固。第一次签证没通过，余海䲠不依不饶，说已经给过钱了，中介说那就再加个码，除了老公，你最好还有个孩子。余海䲠为此又加了钱，半个月后中介传回消息，说在胶东某个农村有一户人家，几年前在海边捡了一个弃婴，因为是男的所以带回家养，但养了几年发现有残疾，不想养了。中介问余海䲠要不要，不用办领养手续，办成亲生的，这样申请签证能大大加分。余海鯖已经铁了心，点头说要，于是中介给她带回来一个三四岁的瘦骨嶙峋的男孩。

这个男孩就是余靛泽。

* * *

靛泽由外祖母养大。余海鯖的母亲伍德妹在风灾海难中几乎失去了全部视力，她眼球浑浊，像镶了两颗转不动的石珠子。除此以外头部受过木桅的撞击，脑子也渐渐变成转不动的石头。余海鯖长年离家，她的老母仍旧住在漂浮的棚房里，那次风灾过后，政府打造民生工程，重点提高沿海渔民的生活保障，在岸上建了救济机构和公益食堂，伍德妹就每天拄着拐杖踏过浮板走上岸，到食堂领一份免费的菜饭。余海鯖把领回来的孩子交给母亲，说已经很大了，自己会吃会睡，你打饭时多打一点，就是多一双筷子的事。伍德妹仰着灰白的眼珠，用手上下捏那个三四岁大的男孩的骨头，喉咙含糊不清说："很瘦……"她又抬头："这尕娃你的吗？"余海鯖说："你不用管。"伍德妹问："你又要去哪里？"她的女儿答道："出国，赚钱，干有用的。"

到德国的劳工签证批了下来，余海鯖遂了愿，那个捡回来的孩子成功当了加分项。至于这个孩子本身，反正平时也看不见。海边的人祖辈信奉天生天养，就是多双筷子的事，余海鯖尤其信奉。那是个残疾的没人要的弃儿，给他一口饭吃就是积善，谈不上什么责任和负担。余海鯖心情愉快地奔赴梦想之地，此后一两年才回家一次，她定期给她母亲寄生活费，每次走之前留一包小孩的衣物，后来看见靛泽长得慢，就改成每两次留一包，免得浪费。靛泽的名字是她做户籍登记时改的，那个孩子原本的名字老土而难听，余海艚觉得既然跟她的姓氏，名字也得显得有文化。出国后余海艚染了明丽的金色头发，过年回家喝完酒，看见缩在角落面容青白而陌生的几岁孩童，兴之所至会说："喊声妈妈听听。"靛泽顺从地叫了声妈妈。金发女人哈哈大笑，把她的养子抱起来。

靛泽在海边的渔排上缓慢地长大。他天生患有轻微的小儿麻痹症，但从未得到妥善医治，从小拖着一只脚走路。他从小学会安静和顺从，他的外祖母用枯干开裂却如鹰爪般有力的手捏遍他的全身骨头时，他也一声不发，一动不动。他从四五岁开始负责去食堂领饭。他每天拖着一只脚踏过浮板走上岸，除了没有拐杖，步伐和他的外祖母差不多。领饭时他默默低头排在队伍的最后面，饭堂的阿姨会多给他分一个馒头。做完家务，他喜欢蹲在岸边玩泥沙，他发现从泥里滤出来的水没有海里的水那么咸。他有时也待在渔排上，看膜布上因为太阳蒸发而凝结的微小水珠。他伸出手指贪婪地去尝。有些孩子走过来，或者同龄或者年长一些，个头都比大他一截儿，他们一脚把他踢进海里，边笑边说："看这个潮巴！"初时他会呛水呼喊，后来他学会安静地像螃蟹一样攀住蓝色的塑料桶，爬回浮浮沉沉的筏板。他看见他的外祖母安静地坐在棚屋外面，两只灰色的眼睛没有焦点，口中呓语一样地说："对啊，干点有用的，做个有用的人……"

靓泽不知道自己的生日，余海鲭把他领回来在户口登记时改名，顺便把出生日写成1月1日，都是新的。过新年时母亲会回家，靓泽觉得那就是自己的生日。他6岁生日那天，余海鲭也从大洋彼岸回来了，靓泽跑着迎出门，伸手叫妈妈抱——他的金发母亲在德国最穷的州已经打工经年，她烦躁地挥臂，像扔垃圾一样把他扫开。

* * *

靓泽7岁那年，民政局有人到渔场里走访调研，路过他家时亲切问了一句孩子你多大了。靓泽摇摇头。他的外祖母说不知道。

"孩子的父母现在在哪里？"

"不知道。"

靓泽永远比同龄的孩子长得慢，瘦弱得看不出年龄，但是因为领导当场有指示，民政局的工作人员回去以后还是查了户籍，从登记的信息里算出他已满7周岁。工作人员返回渔排，对伍德妹说："现在有义务教育啦，孩子满7岁就一定要去上学！"

盲眼的老人说："不知道。"

国家推行义务教育正当时，民政局会商教育局减免了所有学杂费用，特事特办为他申请了每月都有的资助补贴，从此靓泽每天从海边出发走路5公里，到镇上的小学上学。

上小学的头两年，靓泽每天回家校服都是脏的，有时衣袖和裤脚还会沾上学校厕所里的粪便。直到三年级以后，同学们才停止了有事没事在他身后推一把的行为。一方面是因为靛泽的身体渐渐长得健壮些了，另一方面是老师开始三令五申，把靛泽重点保护起来。靛泽的学习成绩好得足以备受保护。三年级下学期，老师让他参加市里的奥数竞赛，他顺从地去了，拿回来一等奖后，校长责怪他的班主任，说按这个水平，完全应该报省里的比赛。那之后，靛泽就被保护起来。校长委派最好的老师轮番给他开小灶，甚至请来校外的师资。后来市里的重点小学来抢人，说要把靛泽安排在新设的精英班，市教育局也出面指导，说人才要在最适合的地方培养，镇上的小学只好放人。靛泽到了市里的名校跳级上五年级，那年他为学校拿下了全国小学生自然科学竞赛的金奖，并且拿到国外参展。因为路远，学校安排他住校，方便加强集训，那之后靛泽每周只回家一次。

　　转校的时候，学校原本想通知远在海外的余海艚，但打了几次长途电话都没打通，就急忙把资料带到漂在海上的棚屋，递给眼睛和脑子都迷蒙的靛泽的外祖母。伍德妹摸着笔和纸，思索半刻后签了名字。在海上漂流的夜里，伍德妹张开枯干如爪的手掌抚摸靛泽的后脑勺，含糊不清说："有用啊，还是儿子有用……"余海艚隔年回来，抱着儿子亲了一遍又一遍。

　　六年级上学期，靛泽在一个周六的黄昏回到家，听人说伍德妹下午刚从海里被打捞上来。靛泽拖着腿跨过蓝色的塑料桶和青色的浮板，踏上渔排，看见他的外祖母就平躺在棚屋旁边。有人说白天晴朗无云，看得清楚伍德妹不是失足落水，而是自己跳下去的。那个孤独的老女人眼睛虽然不好使，但一辈子和海打交道，从来没有走错步站不稳；可惜她脑子也渐渐不好使，不想活了大概也不需要理由。

靛泽跪在外祖母旁边，在夕阳的余晖里看见那个和他生活了近10年的人的身上，湿漉漉的海水已经蒸发得差不多，她的手掌再次蜷缩如爪，凹陷的两腮缀满发光的晶粒。靛泽伸出手指刮了一些放进嘴里，味道比海水更咸。

半个月后余海鲭回来，抱着靛泽说："妈妈带你出国去，手续通通办好了，你能到最好的地方上最好的学校呢！儿子，以后妈妈和你一起生活。"

当天晚上，余海鲭领着儿子去镇上住酒店。深夜里靛泽悄悄溜出房间，他拖着脚跑回渔场，跳上渔排，望着在月光下明亮摇晃的紫蓝色的海。

12岁的余靛泽纵身跳进海里。

2

靛泽被夜钓的渔人救上来。他从医院的急救室苏醒，在病床上睡了3天。出院后，他的母亲就带着他到了德国的梅克伦堡。

梅克伦堡位于德国北部一隅，属于前民主德国。该州在历史上聚聚合合，曾在16世纪的元年一分为二，二战前夕一度重归于一，其后又再解散，直至余海鲭过去务工的几年，才重新成为独立的州郡。该州经济落后，失业比例高，和中介当初向余海鲭承诺的差距甚远。余海鲭落脚后，先后在当地的造船厂和化工厂开过叉车,后来抗议外来劳工抢占饭碗的示威声音越来越大,她的"技术岗位"就丢了。为了延续留德的务工证,余海鯖四处求职,一路寻到州首府什未林,最后谋得一份洗衣房的工作。24小时营业的店,余海鯖上晚8点到早8点的通宵班,在寂静的夜晚,她戴着口罩和手套再次回到轰轰响的机器的包围之中。因为长期接触碱性的溶液和潮湿的空气,余海鯖双手皮肤角质干裂,脸上浮起黄褐色的斑,骨头里也渗进风湿,和一辈子在海里翻滚的她的母亲一样。这份工作她一直干着,干了好多年,直至她的儿子来到德国。政府给的奖学金足够支持学业和家庭的开支。

靛泽被当地一所公立高级文理中学录取,他的水平测试分非常高,小学五年级参加的全国小学生自然科学竞赛曾作为国际交流项目,成果在几个国家巡回展出,也包括在德国汉堡。得知靛泽拿奖的消息以后,余海鯖就开始为儿子张罗出国手续和申请奖学金。她的母亲跳海之前,这事已经办得差不多。

余海鯖牵着靛泽铅白色的手走出什未林机场,踏足这片陌生的土地。余海鯖租了一辆敞篷的宝马轿车,自豪地对儿子说:"妈妈开车带你回家。"他们驶在德国北部狭窄而厚实的乡间柏油路上,沿途看见绝美的田野风光,无垠碧空下连成一片的麦田、树林,以及散落其间的整洁小屋,仿佛浑然天成。靛泽探出头看得发呆。余海鯖一边开车一边明媚地笑:"怎么样?这里叫什未林,是个历史名城!妈妈住的地方是不是很美?"那条路只有90公里长,一头连着被人遗忘在历史里的老城,另一头连着欧洲最繁华富裕的城市。余海鯖说:"路的尽头更美,那里就是汉堡。靛泽以后要到那里上大学！"

什未林叫"七湖之城"，他们经过一个接一个如镜子般明亮的湖泊，草地上泊着五颜六色的儿童的自行车，一个母亲躺在草间，将儿子向天空高高举起。这时靛泽看见宽阔的湖面上，耸立着一座白墙蓝顶的城堡。男孩趴在敞篷车的窗沿，和那座童话梦幻的城堡隔湖相望。

"喜欢吗？这是什未林堡，也叫新天鹅城堡。"

手掌轻轻落在手背上，又暖暖握住。12岁的男孩转过头，在最明媚的风景里看见他的母亲一只手扶着圆形的蓝色的方向盘，金色的长发一半拂过脸颊，另一半被风卷向天空。

* * *

德国的小学是4年制，文理中学从五年级到十三年级，孩子一般是10岁左右就读，因为余海鯖心急，靛泽没念语言学校就直接入了学。头半年靛泽学得很苦，幸好德语还算好学。靛泽发现德语是一门"讲道理"的语言，许多语言现象下面都隐藏着固定的语法规则，所以关键在于分析和推演，靛泽擅长这一点。年龄比同班的同学大一些，这一点也给他带来珍贵的舒适。班上的孩子们的身子还没长开，而且白色、黑色皮肤都有，他那瘦弱的手臂和青白的脸色也不再显得那么异类。在他天天背诵德语单词的时候，还有一个金发碧眼的小女孩热情地帮助他，放学后拉着他的手一起回家。女孩也拉着他爬上能俯望田野的梧桐树，在落日的光芒里朝他仰起脸，闭上眼睛。不过1年后，那女孩就长得比他高了，有一天晚上两人骑着自行车，一个黑醉汉从路边跑出来和他们撞在一起。那醉汉满脸络腮胡，爬起来生气地踢女孩的自行车，女孩尖叫道："靛，帮帮我！"靛泽举起两只鸡蛋大小的拳头，醉汉转而向他走过去，身躯像一座山，靛泽吓得胆丧而跑，没跑几步狠狠摔了一跤，趴在地上双手双脚继续逃窜。醉汉见状哈哈大笑，女孩则呜呜地哭起来。后来女孩的两个哥哥从家里跨过庭院的围栏奔出来，一个手执棒球棍，一个将垃圾桶的铁盖丢过去，那醉汉就跑了。女孩的哥哥拄着球棍指远处，问女孩："你在指望那只'黄皮猴子'保护你？"在他们指望的方向，靛泽就站在街角，他都看见，也都听见。他远远原地站立，一步不敢上前，默默扶着自行车走进家的庭院的女孩和他对望了一眼。他的自行车还横倒在街心，车轮在路灯下的光晕里打转。那之后，靛泽躲着那个比他年幼的女孩，而对方也再没有和他说过话。

靛泽的身体随着年龄的成长健壮了一些，但灵魂并没有。

不过他的成绩没话说。他上中学的那几年，他的母亲辞了工作在家照顾他、培养他，每天给他洗衣服，睡前吻他的脸。夜里余海鯖抱着靛泽说：你知道吗？妈妈原来的化学成绩最好，大学如果不是学矿业，上的就是高分子材料的学科，现在能赚大钱。

那几年余海鯖没再染发，头发渐渐变回乌黑，她温柔拥眠她的儿子，蓬软的黑发覆住他的脸。

随后靛泽跳了几个年级，14岁上了文理中学的十年级，班上同学的年龄又和他持平了。到15岁那年,一个火红头发的高挑女生把他拉进更衣室,和他接吻,把手伸进他的裤裆里。后来他们都脱下裤子。靛泽希望从内心释放所积聚的全部欲望,却发现那欲望无法传导到下半身。

和他同岁的女生抽着香烟,对他说:"你是真的没用啊。"

余海婧在家没事干的日子,时常会招呼一些男人回家,在床上做爱做得地动山摇。好几次靛泽提前放学回家,听见卧室里传来粗重的呻吟声。

* * *

16岁的新年过后,靛泽提前上了大学,他没有到公路另一头的汉堡上学,而是考取了离家700公里的慕尼黑工业大学。靛泽对母亲说,慕尼黑工业大学和慕尼黑大学、奥格斯堡大学有一个享负盛名的联办项目,是高级材料学专业。余海婧双眼发光说:"那太好了——我搬过去和你一起住。"

靛泽从心底想远离他的母亲,但没有成功。

余海婧在学校旁边租了一间房子,继续每天给儿子洗衣服。她没同意靛泽独居,她对儿子说:"你还小呢,自己住谁照顾你?妈妈怎么放心?"德国的学生宿舍不属于大学管辖,大部分学生自己租公寓,申请住宿舍的学生比例很少,尤其在冬季要排队一整个学期才能安排到房间。靛泽只好继续每天和母亲同住。

入读大学后,靛泽拿到更高的奖学金,余海婧租了一间带壁炉的白色房屋，石墙古旧而厚实。在白雪皑皑的冬季，靛泽在华灯初上的夜晚站在窗边，望着黑茫茫的天空飘着闪烁灰光的大雪，母亲在身后说："大餐准备好了——"靛泽转过身，看见桌上摆着热气升腾的烤羔羊。那年的冬季始终走不远，从北格陵兰持续刮来的寒流为德国全境带来白色的4月，应了那句农谚"圣诞的绿叶复活的雪"，而低温的谷底还在前方等候。壁炉里柴火噼啪作响，屋内烛光融融，温暖如春。余海腈招手："过来吧，今天是复活节，我们两个人好好庆祝。"

靛泽笑起来，向他母亲走过去。

* * *

慕尼黑工业大学位于德国南部的巴伐利亚州。其实余海腈说错了一件事，坐落在湖心小岛上的什末林堡并不是新天鹅堡，只是被称作"北方的新天鹅堡"。正版的新天鹅城堡建在巴伐利亚西南方海拔800米的山峰上，它不在水的中央，只高高俯瞰连片的湖泊。

这是一座中世纪骑士风格的石头城堡，高塔尖矗，许多动画电影里的那些气势磅礴的童话之城，就是以此为原型。1868年的夏天，它始建在一片残垣断壁之上，巴伐利亚国王路德维希二世炸毁了"前高天鹅堡"和"后高天鹅堡"两座遗城，然后在废墟里兴建起新的梦幻城堡。新天鹅堡是那个国王一个未完成的梦，他一生孤寂，最后一次视察完城堡的工程进度，在返程途中他独自消失在夜幕里，第二天清晨人们在施坦贝尔格湖畔找到他的尸体。

考大学之前的夏天，上文理中学12年级的靛泽跟随学校组织的夏令营来到这座真正的新天鹅城堡。他拖着脚步爬上白色塔楼的顶端，俯瞰无边葱绿的崇山和深邃的湖泊。靛泽张开手臂迎风叫喊，一遍一遍让自己变得勇敢。他吊着弯曲的腿努力爬上墙垛，青白的脸颊变得通红，他想站起来，一阵山谷的旋风吹得他身体摇晃，这时一个金头发的女人快步走来，伸手有力地扯住他。

靛泽惊吓得脸色重归青白，那个女人看上去不到30岁，身形特别矫健敏捷，既青春又成熟，靛泽以为对方肯定会呵斥他，但那个女人却露齿一笑。

"很美吧，是不是只看一眼就特别喜欢？不过我和你说，你应该等到冬天再来看一次，那时候你肯定会两倍的喜欢。"

靛泽呆蒙地点点头。

"你自己能下来吗？你是一个男人别想我抱你。"女人松开靛泽的手，"不过我可以借一个肩膀给你，你可以踩着下来。"

靛泽低语说："能……我真没用……"

女人不为所动地半蹲身，靛泽借着她的肩膀往下爬，她技巧十足地带了一把，靛泽发现自己平稳地落了地。女人愉快地说："你比我想象中灵活！"靛泽也以为自己变得灵活。

"你好，我叫安娜。"金发女人伸出手。

"你好，我叫余靛泽。"靛泽伸出瘦白的手和她相握。

"你是中国人吗？我很喜欢中国。你几岁了？"

"15岁……快16岁了，到明年元旦……"

"1月1号？天啊，我们竟然是同一天生日！我还以为这辈子都遇不到和我一样厉害的新年和生日一起庆祝的人呢。不过我刚好比你大12岁——我知道中国的生肖，我们是同一种动物的生肖对不对？"

安娜灿烂地笑起来，那种笑容靛泽从未见过。

"你的名字怎么写？"安娜从上衣口袋掏出一个小笔记本，一支笔。

靛泽把自己的名字写在一页白纸上，告诉金发的女子每一个汉字的意思。

"'靛'是一种什么样的颜色？"安娜问。

靛泽想了想，伸手指指映在群山深处的深蓝色的湖泊。

"应该比那更深一些。"

安娜向前眺望，侧头思索说："嗯，有一点忧郁。"她又把头转回，凝视男孩的眼睛。

"余靛泽，很高兴认识你。"安娜露出金色的笑容，"到冬天你一定要再来，我带你看两倍的风景。"

7年后，靛泽在慕尼黑重遇安娜。那时候他再一次打算自杀，而安娜再一次救了他。

3

在德国求学的日子里，靛泽虽然顶着殊不合群的瘦削体魄和黄色皮肤，但反倒少了冷不丁被人从身后推一把的事。靛泽一度以为歧视和霸凌离他远些了，但后来才知道比歧视更残暴的事物叫竞争。

他毕竟是天才，在中学阶段对同龄人有着碾压的优势，直至上大学这种优势开始收窄，靛泽头一次在学业上感到压力。德国的本科学制是3年，但超过80%的学生无法如期毕业。靛泽的导师汉默教授是一个老派的日耳曼学究，身材魁梧，鼻子鹰钩，表情严肃如铁，很多学生背地里喊他法西斯，说他曾和民族社会主义工人党暗通款曲。他会把课程报告丢得满天飞，脸色涨红指着撰写人的鼻子骂："猪猡、笨蛋、没用的废物！"他在实验室背着手来回踱步，像一只怒气冲冲处于求偶期的阿拉斯加灰熊，最后停步站定："目标，最重要的是目标，你应当意识到你的研究有没有目标！你想要干什么，你想要得到什么，必须把这个问题解决好，否则将一无所用——靛，你没有目标，这是你最大的问题。"

后来汉默教授送给靛泽一台徕卡牌的相机，他和马格南图片社一个大牌摄影师是多年的好友。老教授把带转盘的老相机和几枚黑白胶卷塞到靛泽手里，对他说："把你想拍的东西拍下来。"靛泽捧着相机回到家，想了想对母亲说："妈，我给你拍照片好不好？"余海鯖躺在沙发里，就着香肠和啤酒看电视，慵懒地咀嚼着说："别整没用的，你好好搞研究。"靛泽背着相机走到街上，拍着各种巴伐利亚巴洛克风格的建筑物，曲线尖顶的建筑立面融合了古典和时尚，放荡不羁又极尽奢华。靛泽又来到遍布城市各处的茂密森林，在翠绿的林荫道里望见偶尔结伴而行的路人。他一直等到太阳只剩余晖，树林只剩静谧。最后他还是来到远离城市的广袤湖泊，面对阿尔卑斯山北麓史前冰川的遗址、无人问津的杂草岛和红顶肃穆的修道院。靛泽拨动相机的银色卷轴，静静地拍了一张又一张照片。

靛泽把照片冲晒出来交给他的导师，汉默教授看着一张张黑白灰的影像，寂静的画面里空无一人。教授说："拍得很好，这些是不是你真实想要的？"靛泽思考后点点头："我喜欢这样的风景。"教授说好。

"那么，你就好好记住这样的风景，好好记住你想要的。"

"但是，我不知道有什么用。"

那位日耳曼的老教授低下架住鼻梁的小圆眼镜，大声笑起来："靛，我们做学问应当只追求想要，不追求有用——不过最想要的，最终会变成最有用的。"

靛泽的毕业论文被他的导师退回了七八次，最后答辩拿到了满分。他关于"单个晶胞结构及其枝状生长"的理论成果距离应用和投产甚远，但在他导师的保荐下参加了德国最高规格的慕尼黑半导体展览会，一家龙头企业随即提出要高价买下专利。

靛泽没卖。他卷起他的图纸，只深深喜欢着那些密密团在一起的原子和树枝般长大的网格。

***

直升硕博连读的研究生以后，靛泽住进实验员宿舍，余海腈无法再提出反对，只要求她的儿子每个周末都回家。靛泽没有出售专利的事余海腈也没有反对，她认同有用的东西需要收着，这叫奇货可居。等儿子念完全职博士学位，再在高级科研实验室有个体面差事，他和他的母亲入籍德国将顺理成章。

"小泽，你要听妈妈的，听你导师的，要做最有用的研究！"

靛泽一直跟着他的导师。汉默教授是慕尼黑工业大学和慕尼黑大学、奥格斯堡大学联办的高级材料学系院长兼实验室带头人，指导靛泽到博士又给他安排了单独的实验室。那一届汉默教授只招了两名博士生，一个是靛泽，另一个年轻人叫卢卡斯。卢卡斯有25%的雅利安血统，祖上是巴伐利亚贵族，有一头铂金色的头发和碧绿的眼睛。靛泽和他成了朋友。靛泽和卢卡斯在实验室里搭档，到了假日，卢卡斯邀请靛泽到他庄园般的家里聚会。高朋满座的宴会结束后，卢卡斯体贴地说："靛，我知道这些很没意思，下回我也可以到你家做客。"随后的周末，靛泽和卢卡斯一同回了家，在带壁炉的白色房屋里，两人靠着斑驳而暖和的石墙看书。余海腈端着热烘烘的脆皮松饼，脚步噔噔地送进房间。后来卢卡斯又做主喊上实验室的其他同学，大伙儿一起到靛泽家做客，让那个两居的小屋变得拥挤而热闹。

那是靛泽最热闹的一段人生。

靛泽上博士二年级的初冬，汉默教授在学校结冰的湖边散步时不慎摔倒，回家后在寒夜里中风，抢救一个月后最终没有成功，在新年的2月与世长辞。汉默教授留给靛泽一箱照片，都是黑白灰的无人的风景，有森林、有湖泊、有冰山、有沙丘，也有桥梁；还有停泊在海滩的渡人的木船。靛泽把导师送给他的老相机摆在案头，眼泪安静地流。

汉默教授的遗物里还有厚厚几叠笔记本，以及保存在电脑里尚未发表的论文，教授临终含糊表示："把这些留给我最有用的学生。"后事办结又过了一个月，学系开始着手研究他的学术承接人选——这时在学生之间无声无息流传开两段视频。

一段是靛泽在凌晨时分走进汉默教授的家门。

另一段则是三四个学生在和一个亚裔的中年女人做爱。

那女人体态臃肿，轮番坐在几个健壮的年轻人身上恣意叫喊，她松垮的肚皮层层叠叠。有一阵儿，手持的摄像机转过来，靛泽看清了他母亲余海䲠的脸。

"哥们儿，我很抱歉，"卢卡斯的头发闪烁迷人的光芒，那位贵族的后裔俯下身，微笑对靛泽耳语，"事实上你母亲最想和我做，她当然想，不过你们怎么会认为我会对她感兴趣？"

靛泽脸色青白，犹如将死之人。离开实验室的时候，他感到草木葱郁的校园四处是凝视他的眼睛，整个天空都在旋转。没有什么比这更绝望。

靛泽逃回家把自己关进房间。

余海䲠火急火燎地回来，她拼命敲门，房间里的人最后还是把门打开。他的母亲披散着头发，抱着她儿子的大腿说她错了。

她恳求她的儿子原谅她。

靛泽望着对方面无表情:"你不是我的母亲……"

余海艚比起手指:"你不能和别人乱说,不然我会被遣返!儿子,我知道你觉得丢脸,是妈妈不对,不过这种事不要紧,不用怕,这种事等一等就过去了……儿子,再等一等,等我们入了国籍……"

靛泽长久的情绪爆发出来,他站起身挣开他的母亲,大声怒吼:"我从来不是你的儿子,我只是你有用就拿来用的工具!"

余海艚心慌了,她仰望那个她捡来的病瘦的孩童,现在已经长成比她更高的大人,她着急说:"小泽你不能丢下我……"

她复又张臂抱住对方,谄谄地笑。

"你要是不想我当你妈妈也可以的……有些事情……"

靛泽夺门而出,他跑了很远,然后抱着头发出一声惨叫。

* * *

位于新天鹅城堡北边的施坦贝尔格湖是德国第五大湖,那里储存着从阿尔卑斯山脉千年消融的冰雪,200多年前巴伐利亚国王路德维希二世葬身于此。曾让这位国王一生魂牵梦萦的奥地利王后——他的表姑茜茜公主,童年居住的珀森霍芬宫就坐落在湖畔。路德维希二世厌倦政务,沉醉在艺术的幻想中,他多年隐居在湖心的玫瑰岛,茜茜公主划着小船去看望他。直至他为她依山建起那座能俯瞰故地的白色城堡,然后纵身跃入湖中。

他的梦中人则于12年之后与世长辞。

现在这片风景壮丽之地已成为远近闻名的富人区，因为水色深蓝呈椭圆形，被人们称为"慕尼黑人的浴缸"。

靛泽没有跳进那片"浴缸"里。他带上他的导师留给他的相机，在深冬飘雪的夜里开一辆二手车，从慕尼黑开至25公里外的施坦贝尔格湖，但通行景区的道路封闭，他没能如愿划船登上湖中的玫瑰岛，哪怕远眺藏在夜幕的群山；也没能望见雪白色的城堡。

靛泽于是掉转车头往回开，他驶过灯火明丽的富裕街区，最后停在寂静无人的林间公路旁边。他早已疲惫不堪，没有一丝余力再等待至天明。他熄灭车灯，把暖气开到最大；他耳边听着发动机怠速运转的低鸣，寒夜里雪花渐渐覆满车顶。

靛泽沉沉入睡，他在梦中听见砸碎玻璃的声音，睡醒就看见了安娜的脸。

* * *

"余靛泽，我只看一眼就认出你了。"

7年后安娜双手利落地插进长装风衣，站在白色的床前。施坦贝尔格湖寒夜飘雪那天，她正好在那一片办差，命运让她和靛泽的生命再次捆绑，她再次把对方的生命挽救下来。几天后她到医院探望刚刚苏醒的病人，露出旧日的朗朗笑容，也一如旧日不做拆穿。

"你是不是来看雪?来看两倍的风景。我就确信你会记住我的话。"

又一回从鬼门关折返的人深卧病榻,那时候,他刚做完20次高氧压治疗,一氧化碳中毒造成的脑水肿尚未全部消除,无论身体还是灵魂依旧虚弱不堪,但心里流淌一股温热。他想原因是和这个女人的重逢。猎猎的风衣下面套一件红色高领毛衣,像冬日里一团明目的火。那团火此后守护他多年,也相伴他多年,直至熄灭。靛泽无法忘记她的笑容和她说过的所有话。

"嗯……我自己开车来,就是中途累了……"

"所以说不能着急。夜里下了雪,你等到第二天早晨,必定能看见颜色纯净的天地。"

靛泽从白床上支起头望对方,而那个金色头发的女人开始摆起手指批评他。

"非常危险呢!如果不是我当机立断把车窗拍碎,你完全有可能小命不保。"

身材矫健的女人扬起一根深蓝色的短拍,牛皮质地,针线缝制,小巧扁平如一把汤勺,但手柄内夹钢片,一端包裹铅块,一拍之力足以折断骨头。

"SAP,一种皮革冲击武器,也叫波士顿皮拍。别看个头小,厉害着呢!"安娜做了个鬼脸,"其实有些州说不让配,但我还是喜欢带着。"

"给你添麻烦了……谢谢……"

"麻烦倒说不上,你可以谢谢我们遇见了。我的工作呢,是保护所有我遇见的人。"

"你是……"

"警察。你肯定已经看出来了。"

"嗯……"

那一刻,靛泽心里的温热又化为安全感。

"对了,我的全名叫安娜·阿玛斯,是一名联邦刑警。现在我们再次认识了。你好,和我同一天生日的人!"

安娜·阿玛斯伸出手,和靛泽前方的空气相握。

"你躺着就好,反正我们早就已经握过手——不过记住了,人的生命无比宝贵!它不只关乎你一个人。"

靛泽还记得那个异国女警说这句话时恰如其分地板着脸,但她又略微犹豫起来,中途停顿了几秒钟。

"比如……我需要告诉你,你的母亲现在回去休息了——但这几天她一直在你的床边看护你,陪伴你,寸步不离。"

"我知道,"靛泽淡漠回答,"有用就宝贵。"

安娜略略一呆。她偏头望向床侧,然后走过去,从沙发座椅上拾起一台相机。那台相机已经丢在一旁无人问津好几天。

"搁在这里呀——"安娜笑起来,"那天我把你放在车厢的相机拿出来了。你是准备用它拍雪吗?这是我们这里生产得很棒的相机!你是不是喜欢拍照?"

靛泽说:"嗯……"

"我也喜欢。总觉得,用眼睛看,也拍下来,就能得到两倍的风景。我想这就是相机的有用之处。"

"也许吧……"

"不过呢,其实不全对。摄影是一种艺术没错吧?"德国女人偏偏头,"虽然我也说不好,你知道奥斯卡·王尔德吗?"

靛泽摇摇头,但支撑身体缓缓从床上坐起来。

"一个爱尔兰的诗人。他说一切艺术都是无用的。只有毫无用处的事物——起码是这个事物没有丝毫功能作用的那个部分——才真正称得上美。嗯,虽然是一家之言,但大概是这个意思。"

在洁白的房室里,23岁的余靛泽看见35岁的安娜·阿玛斯站在随风飘摆的窗帘旁边,那个女子有金色的笑容。

"所以,余靛泽,有用没用都无所谓。没用不代表不宝贵。"

靛泽从病榻上望向窗帘之外,雪住后树枝的尖端隐有绿芽,那一天刚过完3月的春分。

4

靛泽休学了两个月,然后回学校把博士学位攻读完。汉默教授的实验室已改由慕尼黑大学的一位终身教授主理,卢卡斯投入新主任门下,并被委以继承汉默教授未竟的研究方向。卢卡斯的家族成员在过往一个世纪里都担任着慕尼黑多所大学基金会的理事和校董,哪怕在战争时期也被奉为上宾,其实那个年轻的雅利安贵族从未把竞争对手放在眼里,他只是乐意羞辱对方。

但靛泽已不再在意。复学后他换了一个实验室,重新拾起他在本科阶段关于单晶胞结构的研究,重新摊开那些密密成团的原子图画和树枝般成长的网格。

只是他从纯理论转向应用。那时候,他已经知悉自己想要什么。

1年后博士毕业,他发表了互补金属氧化物半导体新型材料的论文,一个政府主导的产业孵化计划项目给了他一笔钱,他筹建了自己的实验室,成品出来后,在风投公司的跟进下实现了量产。这种新材料后来被广泛应用于CMOS芯片。随着研发迭代,采样能力越来越强,图像质量越来越好,功率消耗越来越低,最终全面取代了原本由电荷耦合器件CCD统领的天下——而且由于量产成本更低,推动数码影像进入高速发展和民用普及的黄金时代。

在确定研究的方向之前,靛泽问了安娜的意见。

"我……还是想发挥作用。"他抿嘴思考,然后确定,"我想把风景保存下来,保存更多份,就有更多倍。"

那个给了他最温暖力量的女子笑靥如花。

"虽然我搞不懂,不过我觉得好极了。一听就特别好。无论是风景的加倍,还是互补这个词。"

* * *

靛泽在几年间声名鹊起,是一颗冉冉新星。一个占据德国半导体材料产业链半壁江山、由某个巴伐利亚财阀操盘的化工集团高价邀请他技术入股,抛出橄榄枝的人是卢卡斯。为表诚意,那个继承了家族荣耀的商业巨子站在宽大的办公室里等待靛泽，笑着向对方伸手，他的头发在穿透落地玻璃的阳光里更闪金辉。

靛泽与之相握。

那时候，他已经自觉身心成长，不计前嫌。

又隔3年，当企业集团将材料技术的应用拓展至更广阔的工业领域，靛泽提出退出。卢卡斯以厚道的价格买下了他的股票。靛泽不再拥有技术专利，但对他来说无所谓，技术成就也好，金钱效益也罢，他想要的事物本就和它们无关。

那时候，他已经看见每个旅人手里都拿着自己的数码相机。

再后来，他买下一家光学公司，其后又回国收购了几家零部件工厂——机械和电子都有，他只是留在影像的国度，想着到底用何种方法才能保存那些总是转眼消失的风景。

那时候，他做什么都自由。

他已无须再对谁证明自己有用与否，也无须再听谁的话。因为已无人的话可听。

那时与他人生捆绑的人都已不在，他了无牵挂。

有一句话靛泽始终没有机会对安娜·阿玛斯说出口："没有其他人，我只想保存你的风景。"

* * *

靛泽博士毕业那年，德国新的移民法案刚好通过实施，正式成为移民国家。靛泽被评定为高级专业人才，符合技术移民资格。他的母亲也如愿跟随入籍，公民纸签发当天，余海鲭就把2年一签的居留许可证丢进了垃圾桶。

靛泽提出过办绿卡，不入德籍但享有永居权，但她的母亲不同意，坚持要丢弃原本的国籍。余海鲭说："没用的东西就应该丢掉。"于是靛泽也只得换了国籍。

靛泽一生不知自己出生的时间和地点，不知道家在何方。

康复出院以后，安娜请他吃饭，靛泽深感懊恼：明明应当由他提出邀请以表谢意。他呢喃道歉。德国女子哈哈笑："那就我请客，你买单。"

安娜选了一家环境特别的餐厅，厅角有一整面墙的玻璃水缸，水缸上下装了射灯，缸里养满水母。那些柔软透明的生物摆动触须，缓慢地上下漂浮，在迷离的灯光里变幻着色彩，像盛放了一整个夜空的烟花。靛泽望了很久。

"在找你的颜色吗？"

靛泽转过头，看见安娜端着红酒杯，笑容在琼浆和烛光里摇荡，有成熟的风情。

"也找你的颜色。"

"哦？我是什么颜色呢？"

靛泽想说金色，想了想又想说红色，最终犹豫着说不出来。

"有点，没想好……"

"呵呵——那以后慢慢想。现在你只管专心吃饭。"

餐厅的菜谱很综合，安娜虽然小酌着红酒，切着牛肉卷，但给靛泽点了煮青菜和白粥。

"我找了几家餐厅才找到会做大米粥的,但是如果在考芬格大街订一家中餐厅又显得太迁就你了!"德国女子朗朗坦率地笑,"我也不愿意给你省钱,不过还是下次再请你吃烤猪肘子和喝啤酒的好。"

靛泽无奈地说:"你要知道,我在德国已经12年了,另外出院也已经够久。"

安娜耸耸肩,麻利地用刀叉给靛泽分菜:"你可以吃苹果馅饼。总之我问过医生了,现阶段你仍旧应当多吃苹果、橘子、酸枣仁、芹菜和大米粥。"

在放松的气氛里,靛泽笑说:"你是准备要当我妈妈吗?"

"既然如此,下次我带你去游乐场玩。"

"游乐场?"

"嗯,到SKYLINE PARK吧!可以坐BD火车去,穿过一片麦田就到了。那里的SKY WHEEL过山车很棒。"

"我还没坐过过山车……"

"你是不是不敢坐?"

"没有不敢。"靛泽挺挺胸,"只是没去过……"

"那下个周末一起去好了,我争取到了假期,毕竟答应他很久了。"

"他?"

"我儿子。今年6岁,他坚信自己已经能够坐过山车。"

"哦……"

"那么,下周可有空?"

靛泽摇了摇头。

"抱歉,下周我回学校办复学手续。"

安娜点点头。

"是我考虑不周。你身体刚恢复也不适合。以后再找时间。"

"嗯,以后再找时间。"

安娜举杯喝了红酒,两人有一阵沉默,铺着红色绒布的餐桌两头只有刀叉碰击的声音。

"对了,你母亲好吗?"安娜问,"你送到医院的时候,我看见她哭得非常伤心。"

"嗯,我的母亲对我很好。"靛泽回答,"我是她唯一的亲人,她也是我唯一的亲人。"

在后来的相处的日子里,靛泽时常对比他年长12岁的安娜说起他的母亲。他告诉安娜他和母亲一直住在一起,两人相依为命;他的母亲在异国他乡辛苦地供养他,她是他最爱的人。他也告诉安娜,他想用他的相机给母亲拍照片,她是他想加倍保存的风景。

几年后余海菁被人摘去双肾杀死,靛泽在安娜面前哭得咬牙切齿。

* * *

重遇后的数年,靛泽和安娜一直平淡相交,他们有时会相约喝个咖啡,聊聊近况,咖啡喝完,安娜说要到利德超市大采购,喊靛泽搭把手，靛泽会说好。偶然有亚洲电影上映，两人也一同去看。安娜意外地喜欢日本动画片，背包挂一个《夏目友人帐》中猫老师的铃铛。

并无太多特殊时刻，只是时间慢慢累积他们感情的厚度。

不过安娜没见过靛泽的母亲，靛泽也没见过安娜的儿子。也许是没有找到合适的机会，也许是他们各自心有屏障。

安娜带着的是一个遗腹子，她没有结过婚。其实安娜和靛泽说起自己往事的时候不多，靛泽只知道她的未婚夫死于车祸；而她的父母则在她7岁那年，双双殒命于瘾君子的入室抢劫。

在恶性犯罪率逐年攀升，一些案件的调查也杳无寸进的时候，安娜会对靛泽说："唉，我宁愿骑着摩托车当一个巡警……你知道吗？当一个警察最痛苦的事情是什么？只有案件已经发生了我才出现！"女刑警低垂着头说："我总是宣称我要保护所有我遇见的人——其实无论是我遇见的还是我没有遇见的人，我都从来没有能力保护他们……"

那时候她在酒吧买醉至凌晨，情绪低落，偏头靠在靛泽的肩膀上。靛泽明白了这个每时每刻都明亮如金色太阳的女人需要被保护的部分。

"靛，你说，后知后觉的警察有什么用？"

靛泽说："有用。哪怕不能阻断犯罪，但可以惩治犯罪。而受害人或者他们的家属得到告慰，也具有重要价值。"

"靛，你越来越像一个讲理性的德国人了！但是就算破案，也……"

靛泽说:"安娜,我知道你为什么感到疲惫和沮丧。在极刑取消的这个时代,比任何时代都更需要执法力量,需要你们。但是不应当把所有压力加诸你们身上,这不公平——也许应当改革。"

安娜抬起头望靛泽,眼神却有些茫然。

"靛,你是支持'替代刑'……"

靛泽说:"我也不知道。我只知道有必要加大对犯罪者的惩罚,想尽办法。"

酒吧老板过来说要打烊了。巴伐利亚地区的酒吧比其他商铺关得晚得多,大多直到天明,但这些年随着治安形势的严峻,政府还是呼吁大家尽量早归。在一些特殊时期还会实施宵禁。

酒吧老板望了靛泽一眼,问:"你能够照顾你的女伴吗?"

靛泽给安娜披上围巾,说:"当然。"

靛泽搀扶安娜走在慕尼黑深夜的街头,有些小雨,他走得一脚浅一脚深。但那时他已经拥有一个自己的实验室,并且正在筹建一家创业公司,他觉得自己天生力量不足的身体,无论如何都要有支撑自己和别人的力量。

这时有黑影从后面追上来,几个穿着夹克的男人围住他们。一个男人伸手摸安娜的脸:"我们看见这个瘦猴都快累坏了,要不要换我们来保护你?"安娜在酒醉中下意识地挺直身板,展臂把靛泽拦在身后。几个男人大笑:"原来是你保护他。"女警把伸手的男人的手腕扭过来,但没能使出力气,对方挣脱了,随即有人给了她一拳头,"还挺火爆火辣呀!"又有人朝她肚子踢了一脚。安娜的围巾散落在地,被几个男人踏在水洼里。她已经接近昏迷,眼睛都是雨水。

"靛,快跑!"

靛泽跪下身,探手伸进安娜的腰间。安娜用最后的意识说:"不要……"靛泽没有拿女警的配枪,他把挂在带扣上的深蓝色的皮拍抽出来。他连着黑色的雨滴凶猛地一甩,把一个靠上来的男人的膝盖拍至粉碎。

* * *

25岁生日那天,靛泽送给安娜一条深红色的围巾。

"你之前的那条围巾被踩坏了。"

安娜笑起来:"想好我是红色了?"

靛泽说:"我想你喜欢红色。你像太阳,但更像不会灭的火。"

安娜乐呵呵地说:"靛,你是越来越会说话了。"

安娜送给靛泽一根深蓝色的手杖,杖身光洁无瑕,杖头镶嵌一只金光闪闪的雄狮。

"你会介意拄手杖吗?"

靛泽说:"一点不会,实在太好了。下个星期我的公司奠基,我会带着它上台讲话——嗯,用它防身也更加趁手,哈哈!"

安娜说:"靛,我知道你能够自己支持自己往前走——走得稳健而高洁。"

27岁生日那天,靛泽送给安娜一台最昂贵的数码相机。

"芯片是标准的135全画幅,核心材料用了我的专利。"

安娜说:"真的好棒!"她又叹气,"唉,靛,现在我都不知道我还能送给你什么了。"

但她很快露出笑容。

"靛,你要用这台相机给你妈妈拍很多照片哟!她是你想加倍保存的风景。"

***

在重遇3年多的一天,安娜和靛泽说起她那天为什么会在施坦贝尔格湖区办差,恰逢其时地把靛泽从充盈一氧化碳的汽车车厢里救出来。

"那天你开车来景区,应该看到道路封闭吧?"

靛泽点头,说:"我还以为是晚上景区关门了。"

安娜浅笑说:"湖区哪里有门,而且也没必要封路。"

"那是出了什么事情吗——是需要联邦警察出动的恶性案件?"

"凶杀案。"联邦女刑警回答,"接报后我们封锁道路,协同州警在周边进行地毯式搜查——否则也发现不了你那辆停在林道边的黑乎乎的车。"

靛泽愕然张嘴,原来3年前他的性命是在如此情形下得救。

"是怎么回事?听起来动静不小。"

"施坦贝尔格湖区周边是富人区,一个富商晚上沿湖散步时被人抹了脖子。"女警平淡陈说,停顿了一下,"死者是犹太籍。"

靛泽思路敏捷,惊诧地问:"案件和种族主义有关吗?"

"不好说,不过前一案的死者也是犹太人。"

"前一案?"

"在那之前3个月,纽伦堡也有一个犹太人被杀。也是利刃割喉。"

"是不是还有其他共同点?我想,犹太人身份和用刀作为凶器都不少见。"

安娜瞥了靛泽一眼,这个外表羸弱的年轻人的潜力她从不怀疑。

"简单来说,两个死者身上留有同样的东西。一种植物。"

"所以是连环命案?"靛泽突然吸了口气,"植物?啊,难道你是说最近新闻报道的那起……"

"没有定论呢……"女刑警侧转头望向街道的风景,脸上掠过低落,"案件至今未破。"

5

从2004年冬天到2008年夏天的小四年间,巴伐利亚南部地区陆续发生了四起命案。第一起案件的时间是2004年11月22日,一个51岁居住在纽伦堡的犹太籍牧师,清晨时分被人发现倒毙在社区教堂的花砖地板上,脖子的连气管被切开,血流成一朵绽开的礼花。3个月后的2005年3月19日晚上,在慕尼黑西南郊郊外的施坦贝尔格湖富人居住区,一个47岁的金融业大亨傍晚时分出门去散步，久久未归，其后尸体被家人在湖边发现，同样是被锋利的刀具割断咽喉，血染湖泊。法医鉴定两名死者都是一刀毙命，伤口细长整齐，凶器大概率是一把外科手术刀。

由于第二名死者的身份举足轻重，案子由德国联邦警察总局的慕尼黑地方局主理；而两起案件其后予以并案，除了民族特性和死状相同，重要理由是两个案发现场——准确而言是两个死者身上——都留有一种叫风车草的植物。这是一种多生于湖畔和沼泽的草本植物，根茎粗壮，细长的叶片辐射向外展开，如一把残破雨伞的骨架。第一起案件，那束蓬蓬的绿草平整地置于死者胸前，像追悼会上的献花；第二起案件则是连叶带茎一大把，干脆地塞进死者嘴里。

听到这里时，靛泽开口提出，凶手会不会是为了避免这种植物和其他青草混在一起？女刑警点头称赞说："你的分析一针见血，组里也是这么判断。"

施坦贝尔格湖岸植被葱郁，也长满风车草。如果仅仅把草叶放在死者身上，那么一阵风的事，遍地的青草将不分彼此。因此凶手把风车草塞进死者口中，这个意图很明确——他把这种植物作为案件的标志物，目的是让警察把多个案件合并起来。

安娜续道："而现在，连环命案这一点变得更加无法回避。"

气候偏暖的巴伐利亚州在2008年又度过了一个久违的白色复活节，冰雪直至4月底才全止住，当积雪消融，人们在慕尼黑南郊通往施利尔塞的一条野陌上，看到一个满脸胡楂儿的流浪汉半截身体从挂着霜白的草丛里露出来。他死去已一周，尸体如冰,脖颈处的切口僵固成一个直愣愣的笑容。另外肚皮上破了个洞,洞里塞进去业已枯干的风车草。

尽管这次的死者身份低微,殊无惊喜,但媒体和网络却兴趣浓浓地做了广泛报道——包括用干草填充内脏的事。当地警局事后检讨,相比于3年前的牧师和富商谋杀案,这次案件的舆情管控是疏忽大意了。不久就有人把经年的三宗案件联系起来,于是"风车草连环杀人魔"的称号不胫而走,在素享财阀恶名和吸血鬼传说的巴伐利亚地区热烈萦绕。事到如今联邦警局也无法再三缄其口,在记者招待会上通告有关案件在形式上具有一定相似性,默认了几起案件的连续性。

在此背景下,加之调查困顿不前,安娜和靛泽谈及这些案件。

安娜耸肩说:"本来不该和你说这些。不过你自己也会看新闻,3年前的事和你一句不提,显得不够朋友……"

但靛泽思维迅速,语音低落起来:"原来我不理解,现在我想明白了。"

"想明白什么?"

"那时候你约我吃饭的原因。"

安娜愣了愣,红润丰厚的嘴唇抿了一下:"你说说看。"

"我想到当时你们判断案件可能有和种族主义相关的理由。除了两个死者都是犹太人,那段时期的时局才是重点对吧?虽然我不关心政治,但也知道那些支持国家社会主义的政党在个别地方支持率到10%了。"

联邦女刑警点点头:"那时候一些右翼团派没少干出格的

事——和最近一样。"

"所以,在凶案现场附近出现一个有状况的黄皮肤,你们不可能不上心。我想,你后来肯定知道我和一个叫卢卡斯的同班同学有争端,而他的家族正好是右翼政党的献金主……"

安娜没说话。

靛泽望住对方:"那时候你找我吃饭,还邀请我一起出游,我一直不理解我有什么值得你这么做。现在才明白——其实是调查的需要对吧?"

安娜低头想了想,轻叹口气:"靛,你非常聪明,我不否认这是一部分原因……"

靛泽接口说:"不要紧,我不在意。那时的我确实没有什么值得你关注。不过现在呢?今天你和我谈这些,还是因为调查需要吗?"

"我想听听你的意见。我很重视你的想法,你能看到我看不到的东西。"安娜坦率说,她略微停顿,看向靛泽,"而且我心里相信命运,我觉得有一种命运把我们关联在一起。"

靛泽心情好起来,他自信地说:"能说的和我说说,我很高兴能帮上你的忙!"

第三宗案件被热门报道,是因为死者被人用手术刀切开腹腔,摘走了两个肾脏。

* * *

新纳粹主义的思潮从未停歇。20世纪90年代苏联解体后,这些强调民族排他和国家集中的政治复辟运动大量崛起；后来全球经济衰退、欧元区债务危机、中亚战乱难民以及国际话语权此消彼长等问题进一步深化了矛盾，直至席卷蓝色星球的每个国家。犹如事物的辩证统一，越共同则越撕裂，越紧密则越排斥，全球化的进程反而让民族主义变得不分国别，哪里都有。而其中还有一个极其矛盾又无从回避的问题：生命耦合现象已被证实。

这个蓝色星球的葱郁生机自有本源，不分彼此；而人和人之间生命关联之紧密直至生与死，不分地界、不分民族——他们被称为命运共同体。

种族主义与之势不两立。

信奉种族纯洁性和优越性的种族主义者，无法接受自身和不特定肤色之人生命共为一体的可能性。在某个时期，全球多国接连出现极端右翼分子剖腹或者自焚事件。那时候，各主流国家和温和派政党陆续开始支持生命知情权是一项基本人权，他们推动立法，致力全面放开公民对其生命耦合对象的查询权利——于是那些种族主义者以自裁的方式予以抗议。他们以死明志，以死杀死与他们种族相异的"命运共同体"。

因此经过剧烈的社会动荡，又屈从于更复杂的国际利益博弈，最终生命情报知情权大多局限在本国范围，也即一个国家的公民只能查询所在国的生命耦合对象——如果你的"另一半"身在异国他乡，你将无从查知。

种族主义者一度不再公开采取"同归于尽"的极端举措，但随着另一个医学成果的出现，却又滋生出隐秘残忍的罪恶。而这种罪恶并不新颖。

人们发现器官移植捐献者的死亡不会引起其生命耦合对象的死亡。也就是说，只要一个人的某些器官还保有活力，还在持续搏动和持续新陈代谢——哪怕是在别人的身体里——意味着此人的生命之火尚未全部熄灭，于是他的"另一半"也能活。

医学界认为这涉及"死亡"的重新定义：是大脑机能的全部丧失，是心脏的不再跳动，还是某个瞬间整个躯体全部细胞的分裂骤然而永久的终止……也许"生命"这一事物比想象中更坚韧。

宗教界认为这是灵魂不灭的证据。而民间只用最古老最朴素的句子做出注释：他们还活着，他们会以某种形式一直活下去。

而这些浪漫的表达落入现实，就衍生成了罪恶。

传统的人体器官买卖更加猖獗。原本对器官移植有需求的仅是病患，现在需求在黑暗的地下市场扩大开来。一如信奉那些"吃掉敌人的心脏能变得强大"的古老而异端的风俗，极端主义者明白过来异族的"另一半"不过是自己生命扩展的载体；而权贵者则多了另一份贪婪的念想：把那个人身体的一部分放在我的身体里，生命重归于一——说不定这就是永生的法门。

* * *

安娜告诉靛泽，他们也考虑过模仿犯罪的可能性，主要原因是3年前的案件没有拿走死者器官的做法。

"其实器官买卖的犯罪由来已久，也说不上非和种族主义扯上关系不可。"

靛泽想了想问："那案件和种族主义还有其他关联因素吗？比如犯人在死者身上留下风车草，这种植物是不是和种族主义有关？"

女刑警摇摇头："没有确切的相关性，我们没有找到哪个种族主义记号是风车草。我个人查了一下，这种植物的寓意只有离别、希望和健康。"

她停了停，又继续说："所以话说回来，前两次案件也未必和种族主义有关。只不过联盟警察总局针对政治局势，指示要重点调查。而最近的局势又刚好类似，你知道上个月的游行吧？"

靛泽点头说看了新闻。

上个月在前民主德国地区，因为隶属新纳粹组织的某个领袖去世，数千光头党成员聚集街头为这个领导人举办葬礼；而反对人士也相应组织了示威游行。大批警力沿街戒严，但仍旧阻止不了双方爆发冲突。这之后光头党扬言报复，社会治安又趋严峻，犯罪活动频发，一些地区甚至实施宵禁令。

女刑警说："所以这个时候再次出现命案，不免让人怀疑。"

靛泽问："但是你刚才说，摘走死者器官的做法和种族主义关系也不大？"

"是的。掠夺器官这种犯罪活动这些年确实越发猖獗，但说到底还是地下市场的生意，与其说和种族主义有关，还不如说更多指向某些权贵阶层。而且这类犯罪一般会把受害者绑架走，不会把尸体留在现场，不然根据生命耦合信息一查就结案了。"女刑警顿了顿,"总之无论怎么看,凶手都说不上在行……"

"是不是下刀的手法也不专业?"

安娜望了望靛泽,点头。

"你看得非常准确。应该说凶手有一定的手术刀使用经验,几个案件都是一刀致死。但是解剖一类的操作肯定不熟悉,我们的法医不认为他摘取的肾脏能保持完整并具有变卖的价值。"

"那就是说,案件既不像和种族主义有关,也不像和器官买卖有关。这样模拟犯罪的推论不是站不住脚吗?"

女刑警闻言一愕,问:"靛,你有什么想法?"

"我在想,凶手可能还是同一个人。他也许之前想过把案件推到种族主义分子头上,现在则又想往器官买卖上面靠——就和蹭热度的做法差不多,但都不在行。"

安娜说:"你是说凶手在扰乱调查方向?但如果是蹭热度,为什么要在再次出现民粹动荡的时候改变作案方式呢?"

靛泽答道:"有没有可能,事情刚好是反过来?"

"反过来?"

"凶手选这个时间再次作案不是投其所好;正相反,因为极端分子四处逞凶,凶手反而不敢让这些案件贴上种族主义的标签。"

"你是说,他害怕了?"

"嗯,说不定相比于警方,他更怕那些手段无所不用其极的光头党。如果事情败露,他可能会遭到比被警察抓捕更严重的报复——所以他希望把案件引向其他方向,比如故意把案件弄得更血腥邪恶一些,超出种族主义的范畴。当然了,也不排除犯人只是个纯粹的杀人狂魔,做这些事无非是为向警方挑衅。"

女刑警低头沉思,片刻说:"靛,你的思路很有参考价值!"

那时候,靛泽为自己发挥所长帮上忙而感开心。

"我还想到一件事。"他坐直身说。

"你说。"

"前两个案件相隔不过几个月对吧,而现在案件再起……我在想,如果犯人考虑扰乱视线,是不是近期还会作案呢?"

靛泽没想过这会一语成谶。

* * *

靛泽说相比警察,罪犯可能更怕可以运用一切手段的极端分子,这是一个准确的评价。安娜对此也心中默认。

在人的生命两两捆绑的时代,许多国家相继取消极刑,已不仅仅是基于人道主义和司法纠正空间的考虑。许多人权组织甚至声势浩大地呼吁,应当切实提高服刑犯人的生存待遇,因为他们的生存关乎另一个人的生存。这些声音要求立法禁止严苛的惩戒手段和关禁环境,认为国家机器不能因为针对犯罪者采取强制措施,而侵害到另一个无辜者的生命权。于是长期以来提倡"以教化目的取代惩罚目的",崇尚个人道德意志的伦理主义者也协同发声,他们趁势主张量刑尺度的审慎降低,直至全面缩短刑期。

可想而知,同样声势浩大的是反对的声音。

伴随全球范围刑罚的松解和对罪犯的仁慈思潮,无可避免带来了社会治安压力的上升,尤其是贩毒、人口买卖、谋杀等重大恶性案件在一种类狂欢的气氛里呈现恶化势头。那些极恶犯叫嚣着,来办我呀,无论杀掉多少人我都无须填命;而那些反社会的心理失衡者则说,向我开枪吧,顺便让我那个人生精彩的另一半陪我一起下地狱……

更关键也难以规避的一点是:在抗击和抓捕罪犯的过程中,致命性武器的使用须被严格限制。

有一年,德国第九边境防卫队在巡查时与一个贩毒集团短兵相接,因为开火时的片刻犹豫,导致5名特警殉职。贩毒团伙那边则最终被击毙3人,大部分成员逃脱。事后当局却要面向社会鞠躬道歉:伴随那几名毒枭的毙命而失去生命的人,是为国家和全人类奉献了生命……

又有一年,一个投资破产的中年男人持伞兵刀闯入一家公立小学,刺死6个学生,1个老师,其后逃逸而去。联邦警局组织了大量警力追捕。当晚接到情报,犯人在一个富裕社区里焚烧汽车,因为一些考量,上级下达了"非极端必要情况不得射杀嫌犯"的最严格指令,十多名警员与犯人近身肉搏,花了很长时间用电棍将之制服。当宣读完米兰达警告,回过头来才发现,原来还有两个女孩被捆绑在燃烧的汽车里,已然变成焦炭。

参与追捕行动的警员,也包括安娜。

这场屠杀一共有18个死者。后来其中有14个受害者的数十个家属围在警察局门口,他们有的跨越半个国家而来,每一个都哭得撕心裂肺。

他们有人给了安娜一个耳光。

那时凶手戴着手铐从警局拘留所被押解出来，安娜看见他望向那一群拥挤着的悲恸的人，笑得肆无忌惮又毛骨悚然。

而他在面向媒体时笑声更大："我手里还有更大的炸弹哈哈哈！等我想说的时候再说……"

就是那次案件结束后，安娜夜里在酒吧酗酒，把头倚靠在靛泽的肩膀上。

那时悬挂在酒保头顶后面的电视机，正在播放着白天街头游行的画面，很多暴怒的民众高举木牌，上面写着血红字"支持替代刑"。

所谓替代刑，是用其他惩罚填补极刑的缺席。

事实上德国早在战后就从宪法层面废除了"死刑"二字，彼时是迎合和平之声，而在后至的取消现代极刑的历史巨潮里也属先行——但这无助于掩盖矛盾，相反数十年里社会争论撕扯不休。而随着规限逮捕手段等严格勒令的实施，执法成本高居不下，社会罪案势头凶猛，民意进一步出现剧烈反弹，与那些提出"宽仁"的观点针锋相对：禁止严苛的惩戒手段和关禁环境？开什么玩笑，罪犯越来越凶恶，也越来越难抓，难道抓住了反而伺候他们好吃好喝？

——当前的法律，明明应当发挥对犯罪者更强力的震慑！

于是"替代刑"提法兴起。主张者认为对于那些死不足惜的恶徒，留其一命可以，但作为替代，则应当辅以"前现代"手段以加严惩。

譬如摘掉他们的眼球,截去他们的四肢。反正当下时代,因为庞然崛起的需求,关于"吊命"的医学技术发展得一日千里。

另外还有割舌、剜鼻、阉割、切除脑额叶等林林总总的选择。毕竟人体的器官很多,只要活着就行。

所谓前现代的手段,只是古老的罚则。

也有人提出开刀切大脑就切更多的部分,直至剥夺犯人全部的意识——这才是真正的死刑的替代……

这些残酷的文明倒退的声音,在人类矛盾深锁的时代有了重生的土壤。而仇视与生命知情权有关的一切法案的种族主义党派,已然在推动法律改革的提案上跃跃欲试。

安娜醉倒在酒吧的长桌上,那之前她说出的话迷糊而悲伤。

"杀死妈妈和爸爸的那个人,为什么他却还活着……"

靛泽只觉血脉偾张,他给疲惫忧伤的安娜·阿玛斯披上深红色的围巾,望着他想保护的人说:"我支持严惩那些人渣。"

6

尽管靛泽告诉安娜他和母亲一直相濡以沫,但其实博士毕业以后,他就和余海腈断了往来。那时余海腈已经拿到了德国国籍,对这个自称是他母亲的人靛泽仁至义尽,也再没有什么力量将他们捆绑在一起。

取得德国公民资格以后,余海腈也获得了在整个欧盟区查询生命耦合对象的权利，靛泽离开前对她说："祝你找到你的另一半。"在那之前，国内的生命情报知情权条例也已实施，靛泽不知道余海鯖有没有回国提起过查询申请，余海鯖对自己出生国度的一切都厌恶而没有留恋。她常坚定说，我的归宿一定在富饶而不摇晃的地方。

靛泽知道他的养母说这话时，心里一定想起在腥咸海浪里浮沉的祖辈的船。

后来靛泽在商界崭露头角，余海鯖倒没有一直在经济上赖着这个养子，她也有基本的廉耻之心，色情录像的事让她失去了立场和资格。她只是还有沾沾自喜的虚荣，逢人会骄傲地大声说：我的儿子是耀目的新星！

虽然多年没有工作，但因为入了国籍，余海鯖每月领取社会补助金，衣食住行的开销基本能应付。有一年余海鯖找靛泽借5000欧元，说想帮男友换一个新的船引擎，靛泽才知道余海鯖在和一个丹麦籍的男人同居，两人住在停靠在码头旁边的一艘渔船里。

"等雨季结束，麦斯和我想试试开船到汉堡，穿过多瑙河折上易北河。就是引擎太老了，麦斯和我一起动手修，合力修了几次还是冒黑烟。我一直没去过汉堡呢，那里有最大的港口，运气好的话，也许还能一直开出海上。"

靛泽想起许多年前，余海鯖曾经希望他考汉堡的大学，但后来则跟随他一直住在深入内陆的慕尼黑，远离了大海。

靛泽给余海鯖开了一张2万欧元的支票，余海鯖笑着说谢谢,麦斯和她可以在船里装上暖气,然后在船顶搭一个小阳台。

6月21日夏至,靛泽接到安娜的电话,得悉了余海鲭遇害的消息。

她生前喝了很多酒,摇晃的足迹从城市的边缘延至乡郊厚实的土路,尸体被发现平平地躺卧在一片已经成熟的金黄麦田里。

她是"风车草杀人魔"刀下的第四个受害者,距离发生在雪融日的上一起命案不足两个月。喉咙和腹部被切开,塞进的草叶替代了被摘走的肾脏。夏末的风车草颜色深青。

靛泽后来找到那个和余海鲭同居名字叫麦斯的丹麦人,失去母亲的人双目通红,悲怒得青筋凸起——但对方身材高大强壮,厌烦地把他一把推开。

"警察已经找过我了呀,你又是谁啊?"

"我母亲和我说过,她说等雨季结束,会和你一起乘船去汉堡!"

丹麦人愣了愣,然后皱起眉头。

"你在说什么啊?那都是2年前的事了,我和她老早就分手了。"

* * *

余海鲭下葬后,靛泽拄着手杖站在灰白色的花岗岩墓碑前,身体颤抖。那时他已是业内明星,不少人因他之名前来参加追思会,当身穿西装手执白花的人逐一离开,只剩安娜一人陪在身旁，靛泽单膝跪下来。

"我明明应该多去看她的，不应该用太忙当作借口……"

余海靖生前的一段时间重新独居，她在慕尼黑城郊租了一间便宜的旧房屋，两居室，带壁炉，灰白色的石墙古旧而厚实。警方在调查时没有深问靛泽多久没有见过他的母亲，安娜也没有问。

安娜伸手扶住靛泽的肩膀，丧母之人的眼泪夺眶而出，直至哭得不能自已。

靛泽自己也说不清，那些眼泪只是他始终在比他年长12岁的安娜面前伪装着他和他母亲有深厚感情，还是真实的巨大的伤悲和惭疚，以及真实的、对抚养他长大的那个女人的爱。

最后他抬头问安娜："你们会抓住凶手吗？"

女刑警沉沉地点头。

靛泽跪在冰冷的墓碑前，咬牙切齿地说："我支持替代刑！"

后来卢卡斯代表家族财阀抛来橄榄枝，以高价邀请靛泽技术入股，那个有着雅利安血统的贵族后裔站在阳光金灿的办公室里，笑着伸手。

靛泽和他相握。

"我只有一个条件，希望你们继续在刑罚改革上发挥影响。"

* * *

随着事业的爬升，靛泽对处世的规则多了决心，这种决心又反过来推动他事业的爬升。靛泽明白了原来天赋和能力都不重要，态度也无用，真正有用的是你选择当一个什么人。靛泽拄着金色狮头的手杖，越发坚信自己能够支持自己往前走。暴怒的时候，他也会倒转手杖，把金色狮头挥舞到对他不尊敬的下属身上，一如他用沉重的铅铁拍碎欺辱他的人的膝盖。

那段时期，这个年轻的新贵也开始参加社会活动。他运用公共影响力，表态支持加重惩治力度的刑法改革，直至推动实施替代刑。生母被残忍杀害的亲身遭遇，让他主张的声音变得铿锵有力。

"我坚信警方会把谋杀我的母亲，以及杀害你们的至亲好友的每一个凶手缉拿归案，我坚信每一个罪犯都会伏法；但我不愿意相信届时这些恶徒仍会受到仁慈的待遇。他们早已失去资格。毋庸置疑的一点是，正义得到伸张、受害人得到告慰，都建立在罪恶得到严惩的基础上。事实上，这也是我们敬爱的用生命抗制罪恶的执法者得到切实支援的基础——在罪恶发生之前遏制它的发生。我们不需要软弱的法律！我们不能让受害人和执法者的血白流！为了我们的母亲、孩子在黑夜里不再惶然无眠，为了我们国家的强大和慕尼黑的城市安全，当前的我们已经不能继续畏首畏尾！"

靛泽的声音得到民众和警员的鼓掌。

但安娜和他有争执。

"靛，我不认可刑罚的扩大化。"

靛泽说："为什么呢？因为刑罚应该遵从保障人类自由权

益的谦抑性原则吗？但是非罪化和轻刑化，只适用于存在其他可替代的罚则，并且这些罚则具备效益的情况。而当前的关键症结正是没有替代罚则。至于身体刑不符合人道主义和文明象征的问题，我认为此一时彼一时，文明的定义应当符合历史观，事实证明重典治乱在众多历史时期都是必需的，当前就是这样的时期。"

安娜无从反驳。

"何况——"对面的人提高声音，"那个凶手杀死了我的母亲，用最残忍的方法。我的母亲是我唯一的亲人！难道我应该原谅他，宽恕他，看着他舒舒服服地住在单间或者套房里？安娜，我知道你也一样，你也一样憎恨杀死你父母亲的凶手——但是几十年来他一直好好地活着！"

闻言，安娜两片红润的嘴唇颤抖，她张张嘴，但良久说不出话。

靛泽也沉默了一会儿，再开口时声音变得沉着坚定。

"安娜，其实我希望的是这个城市再次变得安全。你竭尽一切保护这个城市，保护这个城市的每一个人——就像你当初保护了我。安娜，我想帮助你。"

安娜轻轻叹息："靛，但是这不是我想要的。"

靛泽站起身，绕过户外咖啡厅的桌子，捧起安娜的脸吻在她的唇上。

金发女子睁大眼睛，呆愣住。

靛泽说："这是我想要的。"

*　*　*

　　从重遇日算起，靛泽和安娜相处了将近7年。在这7年里，他们的相聚从偶尔到安定，他们交谈甚欢，一直是朋友。
　　靛泽无法定义自己对这个比他年长一轮的女人的感情。
　　她的保护给了他安全和温暖，而金色的一颦一笑永久烙印在他的脑海。还有红色艳艳的热情火焰。他也曾尝试把对母亲的情感投射在对方身上，但当安娜告诉他她有一个儿子的一瞬，他只觉慌张不已。于是他连忙告诉对方，他有一个爱他的母亲……
　　直到多年以后，直到他的母亲死去以后，靛泽才明白这个叫安娜·阿玛斯的金发女人，在他心里并不是那个叫余海鲭的黑发女人的替代。
　　30岁的余靛泽已经事业有成，他成为新型半导体材料尖端领域的明日之星，成为一个巨型企业集团的董事会成员，成为一个社会活动家；于是他挂着深蓝色的手杖，平稳站在42岁的金发女子面前，他们有几乎一样的身高，不等四目相对，他不由分说地轻吻她的唇。
　　直到多年以后靛泽才得以确认，他爱安娜。
　　那时他甚至买好了求婚的戒指，尽管只是提前准备。当他们结束一场不大不小的争论，靛泽决定勇敢表白。不过气氛和事件都仓促，戒指自然不会拿出来，那操之过急。
　　需要时间，靛泽想，以后有时间。

7

"风车草连环命案"告破是在余海艏遇害的3年后，靛泽在其中发挥了许多作用。

那几年靛泽紧盯案件的调查进展，自己也私下调查。虽然安娜担心他感情用事，作为案件的主理刑警也有回避纪律，但无法对靛泽说出"请你完全置身事外，等着就好"的话。

他们在一定范围里讨论案情，必要时也交换线索和想法，凶嫌的画像多少有了形状。

结合案件现场痕证和作案手段等因素，案件专责组很早就推断，凶手不一定很强壮。他所选择的侵害目标包括年长者、流浪汉和醉酒的女人，反抗能力都偏弱。不过从凶手使用手术刀一刀割喉的手法来看，他的身高应该不会太矮——尤其是第二个死者，那个47岁的金融大亨虽然身材肥胖，举止蹒跚，但个头足有一米八，如果凶手没有相当的身高，挥刀的动作孰不容易，刀痕也不会平整。另外凶手可能是或者曾经是医护人员，能够接触手术刀，但解剖技术不熟练，看上去不像是外科医生。还有就是凶手作案范围始终在慕尼黑及其周边，可以合理推断其活动半径有限，大概率就是本地住民。

但线索只有这么多。

案发现场基本在郊野，没有目击证人，没有监控录像，案件调查多年没有进展——无差别杀人的命案从来都最难破。

随着社会治安形势的严峻，积案日多，加上4起命案后再无新增受害人,这宗案件也无可避免地沉没。

专责组解散以后,靛泽不死心,有一次问起安娜风车草这条线索后来有没有发现,安娜摇头说没有。这种多年生的草本植物水陆皆可生,虽然性喜温暖湿润,但生命坚韧,恶劣的环境也能活,所以从东半球到西半球,从海拔30米到3000米,山坡、草地、林下、路边、湖畔随处可见——没有比这更不具备价值的线索了。

"这种草的原产地倒是在非洲,但现在是哪里都有了。"安娜停顿一下,补充了一句,"就和人类的发源一样。"

靛泽深感失望低头,但脑海掠过什么,仿佛乍现的灵感:"非洲、人类发源……"

安娜闻言抬头:"靛,你想到什么,你认为凶手在标榜人类主义一类的概念吗?"

"我也说不清,人类什么的概念太夸张……也许我们想多了,那种草只是代表更简单的意义……"

女刑警沉思,说:"我想起我们以前分析过,在种族主义组织搞暴动那阵子,凶手可能是为了转移视线而改变作案方式。"

"嗯,可能只是掺杂了我个人因素的一种直觉:如果凶手对种族主义分子有惧怕,那么他会不会本身就有明显的种族特征呢?譬如肤色。"

女刑警沉沉点头。

"我也有相同的直觉。"

无差别杀人的命案向来都最难侦破,也总是破案于偶合、闪现的因素——在那之前谁也没有预期。

在那次讨论后又过了一年，有一天靓泽出席一个关于宠物摄影的活动，活动结束后不知从哪里窜出来一只脱了绳套的成年金毛犬，安保人员把靓泽挡开，但他身旁一个女助理被扑倒在地。靓泽挥舞手杖想把那只立人高的大狗赶开，女助理忙笑说没事没事，她认识艾伦——她躺在地上轻揉艾伦金绒绒的脖子，然后整理裙子站起来。

那个瞬间在靓泽心里化作一道闪电。

如果死者生前像狗一样趴伏，那在他身下的人身材不用多高，就能用刀平齐地割开他的脖子。

靓泽曾经雇过私家侦探做调查，他想起侦探社交来的厚厚报告书里的一个不大不小的情报：第二名死者有嫖娼习惯，而且嗜好隐秘不为人知悉，他喜欢黑皮肤的女人。

靓泽急忙给安娜打了电话，把自己的想法告诉对方。

"能拿着刀凶狠杀人而且身材较高，所以凶手大概率是男性——这个预判会不会是先入为主？"

安娜在电话对面静默几秒，然后吸了口气。

"你说得对。现在我想起了一件事。"

"什么事？"

"7年前在调查第二起案件的时候，我们曾经侦讯过一个光头党，因为案发当晚他在附近出现过。你也知道，那时我们的调查重点方向是种族主义问题。当然后来没有证据，这个人被释放了。"

"然后呢?"

"3年多前,也就是第三起案件发生之前,这个人又被警方逮捕过一次。原因是他参加了那段时间的新纳粹运动,并且非法闯进了几户人家打砸。如果我没有记错,其中一个被闯入室的户主,就是一个非裔的女人——我们还找她做过笔录,她说她作罢不追究。"

靛泽大声说:"那快去找这个人!她很可能在7年前作案时见过那个光头党,这就是她害怕被报复而想引开调查方向的原因!"

安娜说:"嗯,我马上调阅这个人的资料,如果有重大嫌疑,我会上报逮捕申请。"

说完她挂断电话。

那一天,是靛泽亲吻了安娜的第三天。安娜说对于两人的关系她想思考一下,靛泽说好,两人本来约好三天后再见面。

* * *

靛泽在办公室里挂着手杖来回走了半个小时,心情莫名越来越焦虑。

他给私家侦探社打了电话,让他们帮忙查3年多前光头党入室砸抢民居,并且涉及非裔的信息,那边很快反馈了一个大致的居民区。

靛泽离开公司,独自驾车前往,因为还没查到更具体的住址,他开着车在街区里打转。那是慕尼黑南边的老城区,靠近驻扎在城市边缘的难民营,再往南就是乡陌和田野。那里租金低廉,治安混乱,种族多样。余海靖生前也曾住在那里。

不久,靛泽隐约听见枪声,随即又听见警笛的刺耳鸣响。他驱车赶过去,看见五六辆警车停在一栋老旧的居民楼前,电线在天空杂乱密布。靛泽停车,跑过去,被外围的警员拦住。

靛泽大声问:"安娜·阿玛斯警官是不是在里面,我认识她!"

倒是有警员认出了靛泽。

"余先生,你先退到外面。安娜应该先到一步,我们已经有同事上去支援。"

靛泽着急等着,几分钟后,两个高壮的警员从居民楼冲出来,他们一前一后,两个人都浑身鲜血,疾声大喊:"救护车呢——"

他们的手臂里各抱一个女人,一个皮肤黝黑,一个皮肤白皙。

靛泽看见安娜被金发覆盖白皙的脸庞,胸口插着红色的利刃。

* * *

警方在搜查对象的房间里看见一盆栽种在湿润泥土里的风车草,其后又在床底找到一个铁盒,铁盒里用红布包裹着一把手术刀,刀锋残留各个受害人的血迹,案件就破了。

凶手名叫米兰·娜奥美,出生在西非加纳共和国的阿散蒂地区，那里是风车草之乡。20多年前，她在十三四岁的年纪偷渡来到德国，非法居留期间曾经在一家给偷渡客和道上人挖子弹包伤口的地下诊所帮忙，后来被一个神父收留照顾，神父请托一个教会医疗服务机构让她在那里当护工，得益于此，几年后她取得了在德国的永居权，资料也得以进入公民库。这个多年前照顾帮助过她的神父叫鲁本·胡勒曼，犹太人，就是连环命案的第一个死者。

照理说鲁本神父对米兰有恩，但警方后来回溯一些不被公开的封存档案，掌握到当年那家隶属教会名下的医疗服务机构有着极深的黑幕，大体是利用当时在规管上仍漏洞百出的生命情报信息打造黑色产业链条，甚至涉及婴儿培育实验和人体器官交易。因为影响太大，更具体的内幕已禁止重提。另外警方从鲁本毙命于教堂，喉咙被划开前的姿势很可能是趴在持刀人身上的这点推测，这位神职人员当初收留未成年的外籍女孩，真实的情形也许更加不堪。但这些已无从追查。

警方只查到在那家医疗服务机构关闭后，米兰多年来仍一直居住在慕尼黑，但日子说不上好。她大多数时候打着零工，30岁的时候结过一次婚，丈夫是一个因抢劫入狱的假释犯，也是非裔，和她是同乡。婚后米兰时常遭到家暴，她丈夫爱用刀子抵着她的喉咙和肚子说话，所幸后来这个人因吸毒过量而死。再往后米兰一直独居，在街头当妓女。根据调查，7年前她姿色尚好的时候，也到过富人街区当特殊应召女郎，她到过的地方，包括第二起命案所发生的施坦贝尔格湖区。

除了7年前的前两起命案，3年前的后两起命案和米兰的关联证据也得到了基本查实。驱动她4年后再犯两案的原因，很可能和她的家被一个叫卡尔·奥托的光头党成员暴力闯入有关。那个光头党成员7年前刚好在施坦贝尔格湖区入室盗窃，被警方抓获后，也重点侦讯他是否与湖边的凶杀案有关联，为此前后关了他一个月，然后又判他坐了一年牢才释放。3年前他又积极参加种族主义运动，拿着铁棍跑到新移民和少数族裔聚居的街区打砸抢，因而再次被逮捕。在警方的再次调查侦讯中，卡尔表示自己没见过米兰，闯入她家搞破坏只是因为她是低等人种。但警方相信米兰见过卡尔并且认得，无论是光头还是脸上的刀疤都让人过目不忘——她见过卡尔的地点，应该就是第二起命案的现场附近。而米兰不确定卡尔是不是也看见了她。所以几年后这个人突然闯入她家里，让她骤然感到恐慌——尽管卡尔说他对米兰和米兰破旧的住处毫无印象，但一个合理可能是，米兰一直在家里种着一大盆风车草，这让她更害怕对方会认出自己。

而让米兰进一步惧怕的还有后来的事。卡尔再次被捕又释放后，曾经故意带着一班光头党回到街区耀武扬威，他们一伙人走进一家酒吧，倒没有闹事，但是肆无忌惮地边喝酒边大放厥词。卡尔说到他最近又被"臭条子"关起来问话，也说起几年前他就曾经陷入冤狱。

"就是那个让我们的财产变成负债的犹太猪被人割喉的事，条子千方百计想栽赃给我们党，没有比这对党更大的侮辱了！被我知道是谁干的，我一定会杀了他。那些条子只能把他关起来，把他像猪一样喂着，但我可以杀了他！"

在回溯的调查中，酒吧老板告诉警方，米兰以前有来他的酒吧给客人派名片，光头党结队来的那天晚上她也在——她表现得惊慌，躲在厨房不敢出来——但酒吧老板认为这种反应再正常不过。

光头党暴乱过后一个月，就发生了第三起命案。死者是一个住在慕尼黑南部镇施利尔塞的无业游民，但他是一个土生土长的日耳曼人。除了遭到割喉，死者的肚子也被剖开，肾脏被摘走——这些因素都让警方的调查重心和媒体的兴趣话题转移到种族主义之外。

从另外一个角度看，更残忍血腥的作案手段还能够制造一种"即使是恶狠的光头党也要避之则吉"的信号——凶残的形象其实是一种威吓的自保。

其后又过了几个月，从春开至夏落，为了让案件显得更有连续性，好把调查的方向引得更远，凶手再犯一案。此后她觉得威吓够了，也就不再作案。

最后一案的死者就是余海鲭。

米兰也许认识或者见过同住一个贫户区的余海鲭，她和她一样孑然一身。凶手考虑的是扰乱案件方向，最好不要制造更大的麻烦，所以选择流浪汉和独居者下手。某夜，余海鲭在廉价的酒馆喝了半宿的海盗啤酒，酒馆打烊后她摇摇晃晃地从城郊走到野路，像乘上一条孤独出海的渔船，米兰于是跟在她的身后。

案件至此告结，尽管凶手无法提供供词——她胸口中枪，被

PPK警用手枪的7.65毫米子弹穿过左边的心室，在救护车到达之前脉搏已经停止跳动。

* * *

专责组后来推演过安娜和凶徒搏斗的过程，但开枪在前还是在后无法定论。

安娜接听完靛泽的电话以后，随即在警用系统调阅了米兰的资料，米兰几年前曾录过笔录，资料也好查。拥有医护工作的经验，又曾在施坦贝尔格湖区一带从事过色情服务职业，安娜立刻在系统上报了嫌疑人通缉令的申请。不过她没有原地等待增援，而是独自赶往嫌疑人的住处——一栋鱼龙混杂的廉租楼，窗户朝里开，楼顶铺瓦片，楼体还留有二战时期的弹坑。

米兰住在顶层7楼，居室后面有铁楼梯通上天台。安娜到达后先敲门，她应该听见房间里有动静，但无人应门，然后她从门缝里望见了靠近阳台的方向有闪动的人影，以及迎风摆动的一大盆风车草。于是她果断地破门而入，嫌疑犯向天台逃窜，她迅速追过去，在爬上天台的当即和对方发生了近身搏斗。那场搏斗并未持续太久。

增援的警员大约比她晚到15分钟，在刚开进街区的时候就已听见枪声。七八名警员往楼上赶，但沿途冲出来不少被枪声惊扰的住户，他们赤膊上身，手持棍棒和刀具向警方挥舞，惶然叫嚷——他们以为警方的目标是他们，所以用威吓以自保。

警方制伏多名叫嚣人员，一边警戒一边挺进而上。当他们赶到已经破门的目标住所，又爬上天台，看见女刑警和杀人犯已经双双静卧在血泊中。

女刑警开枪击中杀人犯，而杀人犯手里的刀也刺中了她。那是一把规格最小的一次性手术刀，塑料刀柄，刀锋不足8毫米。

利刃刺穿了安娜的心室。

搏斗也许短暂而不激烈，天台上甚至没有瓦片破碎。可能安娜在刚刚登上天台的瞬间，米兰的刀就刺了过来。

也可能是安娜先开了枪。

* * *

靛泽独自坐在殓房外间的冰冷长凳上，目光呆滞，仿佛失去了灵魂。

这时和安娜同队的一个警长走过来，他脚步沉重而缓慢，但最后停在靛泽跟前。靛泽茫然抬头望他。

"余先生，很抱歉，安娜没有来得及送到医院。"警长低头说，"事实上，你在现场也看到了，她没能撑到救护车到达。"

靛泽一言不发，他有撕心裂肺的怒火，但心里又疼痛得近乎麻木。

"余先生，我们需要感谢你提供的有用的线索，可以说，你对这宗旷日持久的连环命案的侦破做出了极大的贡献……"警长微微鞠躬，然后沉默了一阵，"我想说，我相信安娜也一样这样认为。"

靛泽拄着手杖,压住恼怒,说:"你想说什么?说这些有什么用?"

警长静静回答:"我知道安娜和你有长久的友谊和感情,安娜甚至在出发前给我打电话说,她把她家的钥匙放在了办公桌上,让我回头交给你——所以有一件事我们经过考虑,觉得还是应该告诉你。"

靛泽眼睛睁大,心里不明所以却涌起巨大的不祥。

"什么事……为什么出发前……"

警长说:"我们检查过安娜的配枪,她先上膛然后解除保险,这和当前'非极端必要情况限制使用致命武器'的出警守则存在违背。安娜是一个非常优秀的联邦刑警,我们认为她或许从一开始就做好了开枪的准备。"

"你到底在说什么……无论如何,击毙一个杀人犯有什么不对!"

"余先生,你可能不了解,当涉及重案罪犯的通缉令上报,关于生命情报在特殊情形下的紧急通报会随即触发。这是基于人道主义和公民人身权益考虑的以防万一,毕竟在这种情形下,另一个人应当有知情权……"警长停了停,"所以安娜在提交通缉申请的一分钟以后,手机接到了短信。"

靛泽感觉心脏轰然爆破,他摇晃身体站起来,却意识到自己丧失了呼吸。

"余先生,杀害你母亲以及多名受害人的凶手米兰·娜奥美出生于1970年1月1日,今年42岁,她的生命耦合对象是安娜·阿玛斯。"

警长面对靛泽静静说:"她们同日而生,也同日而死,安娜在出发前应该已经考虑过这件事。"

8

秋天来临的一天,靛泽去了一趟兰兹贝格监狱。那是一家距离慕尼黑70公里,有着百年历史的老字号监狱,虽然洗澡室共用,但每个犯人的牢房有10平方米。户外还有游泳池和足球场。

后来根据社政形势的需要,监狱又修建了特定区,专门关押刑期超过30年乃至终身监禁的重犯。

靛泽被告知到特定区提交申请,他要见一个叫奥斯卡·格伦宁的犯人。办手续的是一个戴眼镜的黑人女人,接过申请表时抬起头,望了望靛泽的脸。

"你确定是见这个人?"

靛泽点头说确定。

"你是哪个人权组织的人吗?我先提醒你,见也没用,我们只会做好我们该做的事。"

靛泽愣了一下,问这是什么意思?

黑人女人推推眼镜,从厚厚的两片嘴唇之间吐字。

"你不知道吗?他不会动,更不会说话,只是还有一口气而已。"

靛泽闻言惊诧不已。

其后他在特定区见到了奥斯卡·格伦宁，那个犯人戴着手铐，住在一间没关门的10平方米的单人房间里。手铐扣在床头，犯人一动不动躺在床上，耳朵挂着鼻饲管。

那个人已经消瘦成一具骨架，皮肉像一张单层的被单披在上面。

一个腰插警棍的狱警把靛泽带到房间门口。一个穿白袍的医生闻讯也从医疗室跑过来，他站在床侧把听诊器放在犯人的胸口听，看不出是作秀还是凑热闹。

"看一眼就走吧，你的胡子多久没刮了？"狱警望住靛泽冷冷地说，"——犯人最近有肺炎。"

医生倒是一脸笑嘻嘻，一边做检查一边说没所谓。

"好久没人来看奥斯卡了——你不要误会，奥斯卡不是去皮层状态的PVS（持续性植物状态），奥斯卡很棒的，你看，他在和你打招呼。"

靛泽看见躺在床上的人的手指开始抖动，然后眼珠向他转过来，因为转动的幅度大，眼球压住眼眶的边缘，露出一大半眼白，像一只正在用力的青蛙的眼睛。

医生对靛泽招手："他能听见你说话的，你过来和他说话呀。"

靛泽立定在门口，问："这个人，这样子多久了……"

"快有10年了。你要知道，当下的生命支持技术不可同日而语——别看他这副样子，我打包票他起码还能活20年。"

靛泽觉得连动脉的血液都变得冰凉。

奥斯卡·格伦宁在19岁的时候入狱，今年64岁。35年前，他为了筹措毒资而入室盗窃，朝屋中被惊醒的女户主胸腹连刺了12刀。当时他在毒瘾发作的状态中，本来有机会减刑，但他在事后逃亡的过程中，又接连刺死了1个收留他落脚的老人和2个追捕的警察，为平民愤也保障执法权威，他最终被判处无期徒刑。服刑25年以后，他本来有一次假释的机会，但因为心情太好，他晚上打开偷藏的罐头为自己庆祝，结果吃得太急被噎住，大块的肉块堵塞气管，其后虽然被抢救过来，但脑球和基底节因缺氧过久而大面积梗死，脑干血栓导致四肢偏瘫，最后逐渐发展为只剩下眼球能动。那时兰兹贝格监狱为顺应人类生命权保障，以提高长期刑犯维生支持能力为试验目标的特定区已经落成，奥斯卡也早无亲属能支持其保外就医，于是被转送此间，在10平方米的房间里一住竟是10年。

奥斯卡·格伦宁就是在安娜7岁那年杀死她父母的人。

靛泽想起安娜醉倒在酒吧的长桌上，口中迷糊说着的话："杀死妈妈和爸爸的那个人，为什么他却还活着……"

靛泽只觉得锥心的疼痛，他原地站着远望那个躺在床上移动不了一根手指的人。

"他……一直清醒吗……"

腰插警棍的狱警声调始终冰冷："有时睡着，有时清醒。"

监狱医生说："李昂警官很照顾特定区的犯人，虽然不是职责，但他特意每天过来给奥斯卡多翻两次身，所以我有充足信心奥斯卡能再活20年。"

靛泽意识到,这个叫李昂的一脸凶相的强壮狱警,他在关禁身体状况欠佳甚至行动能力欠奉的长期重犯的监牢里佩带警棍,其实是维护着这些罪犯也应该有的尊严。

而这份认识让靛泽如鲠在喉。

"不过,最重要的是奥斯卡自己很棒。"医生笑嘻嘻地说,"他的求生意志非常顽强——你知道他为什么这么顽强吗?"

靛泽茫然。

狱警李昂冷冷地说:"犯人还能吐字的时候说他不能死,他说他不想再杀人。"

靛泽感到灵魂深深一抖,他很快明白了这句话的意思。

"他……他的生命耦合对象是谁……"

但医生闻言却哈哈笑起来,狱警的脸色则变得铁青。

"是另一个杀人犯。"医生说,"你看新闻吗?就是有一年跑进学校杀了很多学生和老师,后来又把两个女孩绑在车厢里放火烧死的那个人。"

靛泽震惊望向对方。

狱警低沉说:"他是精神崩溃了。知道自己的生命耦合对象是个无期徒刑犯,后来又变成活死人……他承受不了这件事,所以报复性地去犯罪……"

靛泽听了连带灵魂和身体都在发抖。

医生说:"那个人想逼政府一股脑把他和他的另一半一起判绞刑呢!不过司法哪是这么儿戏的事,而且还有众多政治考量对吧?听说当年逮捕他的时候,警察甚至收到了绝对不准开枪的命令,只好拿着警棍和他搏斗。总之呢,这几年一晃过去,时至今日这兄弟俩还是肩并肩好好活着,谁都死不了。"

靛泽说不出话,他紧紧拄着手杖,身体不再发抖,却变得僵硬如石头。

狱警说:"这件事没有公开,你最好不要到处说。"

医生却笑:"上面打了招呼说可以透露。对了,另一个杀人犯就关在另一层,你要不要也去看看?他这几年气急败坏,疯狂得像一头野兽,但是身体很棒——他们两个是好样本。"

靛泽迷茫地问:"什么……样本?"

"生命耦合意味着灵魂统一——你看,杀人犯的另一半也是杀人犯。"

靛泽听见石头裂开的声音,他身体摇摇晃晃,他想扑上前,挥舞手杖敲碎对面的人的脸。

但在他动手前,那个醉心科学的特定区医生甘之如饴地吐露心声:

"余先生我们认得你,你是不是大力支持替代刑?这两个十恶不赦的罪犯就是好样本。其实惩罚什么的倒无所谓,但是我必须说,他们能为人类生命支持事业提供有用的样本。"

狱警李昂冰冷说:"好了,看完就走吧。"

石头最终全部震成碎末,靛泽发现连同他自己也是。

* * *

开车离开兰兹贝格监狱几公里，靛泽一脚急刹停车，他爬着钻出车厢，在阳光刺目又荒无人烟的高速公路旁边，双手撑地剧烈呕吐，直至呕吐物挂满他蓬垢的头发和胡楂儿，而手掌和膝盖被滚烫的沥青烫伤。

在烈日底下，一辈子在脑海像走马灯一样浮光掠影。

靛泽想起渔排的膜布蒸发的甘甜水珠，想起沾在祖母脸颊上的腥咸盐粒，想起德国北部乡间公路的敞篷汽车和母亲随风卷扬的长发，想起明镜般的湖泊和童话梦里的城堡……想起漆黑的海水、凛冽的山风和密封的车厢。

在无数风景里，靛泽最后只记住安娜金色的笑容。

安娜死后，他活在追问里。

靛泽想不出来安娜接到生命情报短信的一刻，心境会是一种什么样的震动和破碎——她很少卸下她金色笑容的外壳。

除了那一次，靛泽看见她趴在酒吧的长桌上，展露宿醉的悲伤的脸。

直至此刻他才明白安娜模糊说出的那句话的意思，理解她痛苦的理由。

靛泽想起他告诉安娜"母亲是我唯一的亲人"，想起他在母亲的墓碑前咬牙切齿说"我支持替代刑"，想起他站在广场或者公园的高台上振臂"我们不需要软弱的法律"……

而这些话，其实每一句都只是他自卑和自我麻痹的伪装。

当然他也说着"安娜，我想帮助你"的话，他想在她的面前变得更有用。

他给她打电话,把缉凶的线索递向她,大声说:"快去找这个人!"

靛泽最终想明白,那个夺走安娜生命的人,其实是他。

* * *

秋天入凉的夜里,靛泽独自坐在安娜的房间,安娜留给了他她的公寓的钥匙。一条深红色的围巾被叠得整整齐齐地放在床沿上,那是靛泽25岁生日时送给安娜的礼物。安娜说今年我们说定了,等天空开始下雪,她要裹上红围巾和靛泽再去一趟新天鹅堡。

"冬季能看见双倍的风景。"

说不清原因,这许多年来他们一直没有机会结伴同游,没能一同再次登上那座位于阿尔卑斯山海拔800米的宏伟城堡,没能一同再次眺望深蓝色的湖泊,也没能一同观看白雪皑皑的城墙。

案头摆着一台造价不菲的数码相机,3年后已沦为过时的型号,但安娜说好用,还要一直用。

那是靛泽27岁生日时送给安娜的礼物,里面的芯是靛泽画的图。

"真的好棒!"安娜赞叹不已,然后又微微落寞,"唉,靛,现在我都不知道我还能送给你什么了……"

但她又随即露出耀目的笑容。

"靛,你要用这台相机给你妈妈拍很多照片哟!她是你想加倍保存的风景。"

靛泽想起他绕过户外咖啡厅的桌子，捧起安娜的脸吻她的唇。他们相约三天后再见，然后也在第三天见面了。

但那一句话靛泽再没有机会对安娜说出口："没有其他人，我只想保存有你的风景。"

书桌的抽屉里安娜给靛泽留了一封信，靛泽每次读完都泪流满面。

9

后来，当那家由巴伐利亚财团操盘的企业集团将新型半导体材料应用至更多元的领域，靛泽提出了辞去董事职务。卢卡斯没有阻拦，他以市价的1.5倍赎回靛泽持有的股票，站在办公室的落地玻璃前和靛泽最后握了一次手。

沉默了一阵，那个已过而立之年的商界少帅认真说："余靛泽，无论你接不接受，我一直需要向你道歉。可能你不相信，我曾经真心想和你成为朋友，但家族的荣誉不允许我这么做。坦白说，我很讨厌这样的自己。"

那个金发闪闪的人又再沉默，最后松开手："余靛泽，有缘再见。"

靛泽转身走出了办公室。

靛泽独自重登了新天鹅堡；他也独自乘坐BD火车，穿过一片麦田到了SKYLINE PARK游乐场。他仰望SKY WHEEL过山车，想象着在高耸云霄之处爬升、旋转、俯冲，以及能够看见的风景,但最终没有去坐。

他看见每个风景区里的旅人,手里都拿着自己的数码相机。

靛泽已经不再拥有那些密密团团的树状网格的图画,但对他来说无所谓。他买下一家生产光学镜头的公司。虽然与他人生有关的人都已不在,他无须再对谁证明自己有用与否,但他仍想留在影画之国,思考到底该用何种方法保存那些已经消失的风景。

和迭代凶猛的电子数码版图不同,光学设计是一个早已沉淀成熟的产业,许多经典的镜头结构沿用的仍是百年前的图纸——这可没那么容易异军突起。靛泽的公司经营得不温不火。

但也有些人慕名而来,其中一个叫谭瑛琦的中国籍女孩对靛泽尤其景仰。这个女孩出生在中国华东地区一个名字带舟字的海滨城镇,本科在汉堡大学留学,研究生则念了慕尼黑工业大学的高级材料学专业,算下来是比靛泽小7届的师妹。她主攻简称COC的烯烃共聚物,是一种高透光的树脂材料,光学性能不亚于价格昂贵的萤石。谭瑛琦到靛泽的公司应聘,提议靛泽设立新材料研发部门。

"师兄,我认为我们还是应当以材料技术作为立业之本。"谭瑛琦对靛泽说。

她又自信俏皮地笑起来:"师兄你以前做心脏,现在我来给你做眼睛。"

仿照靛泽当年的创业经历,谭瑛琦主动张罗为公司申请了产业扶持项目,她开心地向靛泽比着胜利的手势。

研发部门建起来一年后,有一天实验室失火,树脂镜头使用的胶合物在高温中散发出大量有毒的化学浓烟,七八个研究员一脸乌黑地跑出来,坐在工厂的空地上发不出叫喊,只是一边呕吐一边无声地流眼泪。他们被送进医院。而谭瑛琦因为跑回实验室抢救资料,中毒过深导致急性内脏衰竭,最终她的生命没有抢救过来。

所幸扶持项目配套了良好的保险保障,保险公司支付了大额赔款,靛泽把钱都给了在事故中消化道、肝脏、肾脏受到不可逆损伤的受害者们。

他关闭了研发部门,公司依旧不温不火地经营。

那之后靛泽周游了很多国家,他想了很多办法查询自己的生命耦合对象,但始终一无所得。

靛泽在火灾中也受了伤,后背因为烧伤做了植皮手术,以后每到春寒料峭的季节总是咳嗽,脸色也比以往更青白。他拄着金色的狮头手杖独自行走,天冷时披上红色的围巾,有时站在深蓝色的大海或湖泊前面眺望远方。

到了34岁,靛泽回到中国。他收购了几家濒临破产的小工厂,为品牌相机提供零部件生产线。其后他又把公司本部从慕尼黑迁至国内,从德资变成中资。他只对政府的招商部门提了一个条件:他要拥有和本国公民同等的生命情报知情权。

靛泽让一个电子元件厂原来的老板给他当司机,日常对他招来呼去,敲着手杖让他给他开车门和倒酒。那个因为债台高筑被收购走公司的中年男人就是谭松。

"你那个死了的女儿谭瑛琦以前就是给我打工的,以后你就跟着我打工。"

谭松青筋暴露地怒吼："你到底想干什么！"

"不用你干太久，我想一年应该差不多。"靛泽微笑说，"明年等我35岁，我也可以装模作样地去查询我的另一半。"

谭松愕然不明："什么意思？"

"没什么，就是看看这个人过得怎么样，有没有什么牵挂。等看完了，我就把这家公司给你。"那个青色脸的老板平静地笑，"你只要好好恨着我就行。"

1月1日靛泽度过了他的35岁生日，尽管只是一个随便改的日期，但他一辈子都是这天生日，何况法律上有效。过完生日，靛泽去医院看了病榻上的陈湖君，然后又找到冬阳。

靛泽笑眯眯地对谭松说："你也看到了，这个人过得不怎么样。看来你不用等太久。"

后来他让谭松给冬阳办了一张崭新的信用卡，往卡里预存了30万元。那之前冬阳借了一笔20万的债，把钱留给了他的母亲黄凤娥。靛泽替冬阳还了债。

靛泽笑哈哈地对谭松说："那个人打算用自己的肾还债呢。你说，哪能让他这么干？我要掌握主动权对不对。"

他又让谭松从人才市场调出了黄凤娥再婚对象胡援军的求职档案，给对方打去录取的电话，提供一份待遇厚实的工作。

靛泽淡淡地对谭松笑："这样他就没有牵挂了。"

在墓园外的盘山路他让谭松停下车，邀请一身湿淋淋的冬阳来到他自称是家的家。他和冬阳坐在面朝湖山的露台上喝着美酒聊了一场,他邀请冬阳到他公司里当关系户。

"不用客气。"他笑着伸手指谭松,"你看这个人原来也是个老板,破产了还不是在我这里谋份差事。"

冬阳说当关系户就不用了,他一直有一份在船舱里刷油漆的好工作,甲醛、苯和金属粉尘,毒会一年一年埋进身体。

"我会尽量多干几年,这是季香母亲给我介绍的工作。"

靛泽闻言既震惊又坦然。

夜里谭松站在露台,声音冰冷地问他:"这算确认了吗?"

靛泽抬起头,笑着告诉谭松他不会食言,股权和任命书已经放在桌子上。

"你也看到了,我已经给过他机会。果然我们是一样的。"

谭松问:"今晚吗?"

年轻的商业巨子开了一瓶黑珍版的路易十三,拔开花头水晶酒塞,自己静静往郁金香杯里斟酒,舒服地靠在白色的藤椅上。

"嗯,过了今晚,你也不用再给我开车和倒酒。"

云层消散,月光里有深蓝的湖水和倒影的星空,靛泽让谭松离开时关上灯。

"想来我还没认真看过星星。"

看到半夜,他拄着手杖起身入屋。黑暗里他一边品尝金黄的琼浆,一边坐进倒满冰块的浴缸,心里不免自嘲。

——从大海到湖泊,最后到浴缸。

第四章
冬阳和湖君

1

冬阳第一次看见陈湖君就觉得厌恶,这和多年以后他看见余靛泽时的感受一致。

就和厌恶他自己一样。

但在那个时刻,另一种情绪又像烂熟的葡萄的味一样止不住往外挥发——他感到如释重负。

***

冬阳第一次对季香感到厌烦,是小学5年级的时候。

10岁生日那天,他和季香相互交换了自己的日记本,那份氤氲又清楚的甜蜜感在他们已经历的人生里前所未有。此后他们相约在对方的日记本里继续每天写日记,每天记录包含着对方的种种事件，然后再交换着看。

这份约定持续了2年。后来男孩对女孩说，他要准备中学考试，每天写日记太花时间，所以暂时不写了。其实他感到无聊，也感到无事可写。那时候，冬阳每天的视线早已不追逐季香的身影，两人每天也说不上两句话，要往日记本里写入对方的一言一行、一颦一笑，冬阳觉得犹如无本之木。

上5年级以后，冬阳迷上了街头的游戏机，在学校和同学热烈讨论各种制胜招数，放学后隔三岔五去玩，玩得流连忘返，有时也逃学去。原来他和季香每天相约骑自行车回家，这时他会和季香说：我今天有事，今天你先回去。开始的时候，冬阳也带上季香一起去游戏机厅，女孩饶有兴致地玩一会儿或者静静坐在一旁看男孩玩——不久季香就拉对方的手："冬阳，还是早点回家吧。"

游戏机厅里很多人抽烟，冬阳有时候也抽，季香在烟雾缭绕里呛得流眼泪。冬阳对季香说："你先回去。"女孩摇头说："不走，你走我才走。"游戏机厅里很多人开始吹口哨起哄。有时冬阳连输了几盘，或者零花钱用完了，就会恼怒地往游戏机按钮上猛捶一拳："你好烦啊！"

那以后冬阳放学就对季香说，今天我有事，你自己先回去。或者直接说，我说了你不要跟着我，你有时真的很烦人。

有一天，冬阳在游戏机厅玩得酣畅，他的父亲田康建走进来扇了他一个耳光，然后揪着他的衣领把他扯出门，回家以后又打了一顿，打断了两根柴棍。

母亲黄凤娥也对儿子耳提面命地说:"你看看自己的学习成绩,你能考上和人家季香同一个中学吗?"

6年级学校开始动员学生们备考小升初的时候,冬阳就冷冷地对季香说:"日记我暂时不写了,我成绩不好,我没时间。"

那时季香的家境已丰,廖颖出钱给季香和冬阳报名了英语辅导班,市里一个名师办课,每周三晚上和周六下午上课,家长们让两个孩子结伴同去。晚上的课冬阳和季香同去同回,两人骑着自行车从小镇到市中心,穿过整个城市的华灯和漆黑,上课前冬阳站在季香家门口等她,下课后冬阳送季香回家直至家门。周六下午的课结束,季香对冬阳笑说:"要不我们一起去喝奶茶吃蛋糕,你想喝豆奶也行,今天我们可以晚一些回家的。"冬阳说:"我有事,周末你让我一个人行不行?"

冬阳和季香一同考上了县里的中心中学,黄凤娥兴高采烈地拉廖颖的手说:"全靠你家季香盯着冬阳!"廖颖笑笑说:"两个孩子相互帮助挺好的。"

暑假开始,冬阳天天与几个男同学出门尽情玩,打游戏、踢球,到田里抓螃蟹和青蛙。有死党搭冬阳的肩膀笑:"你和麦季香又上一个学校吧,祝你们百年好合、长长久久,分在同一个班朝夕相对。"冬阳咧嘴说:"别说了,我都烦死了,上中学我要过自由日子。"

暑假快要结束前的潮热的一天,冬阳傍晚一身汗水回到家,刚进门黄凤娥就跑出来,劈头盖脸地骂:"你死跑到哪里去了!"

黄凤娥告诉冬阳，季香得急病入院了。

一阵惊惶填充了12岁男孩的心灵，他在那个年纪还从未经历过身边人的生老病死。冬阳转身往门外跑，黄凤娥对儿子说："你等一等不要急，等你爸下班回来吃完饭，我们一起去医院。"

父母说不要急反而让他更急，冬阳说："我自己先去！"

冬阳蹬着自行车，怀着焦急的情绪往医院赶，路上下起了大雨，瓢泼的水从漆暗的夜空降落。男孩冒雨穿行，他站起来踩踏板，俯身向前，心里觉得风雨无阻。

他一身湿淋淋地跑进女孩的病房，看见女孩白色的脸和输液管里的点滴，感到心疼和歉疚。

季香悠悠转醒，惊诧地看着冬阳，然后露出笑容。

12岁的男孩走过去指自己的胸口："你怎么样？是不是心脏不舒服？要的话，我的心脏可以给你！"

女孩说："傻瓜，我才不要你的心脏。医生说是心律不齐，也叫窦性心率过缓——运动员也会有，说明我的心脏比你的更强壮。"

说完，季香从被单下伸出白皙纤细的手，冬阳坐下来握住。

那之后，男孩每天都往医院跑，陪在女孩的床侧。

* * *

中学阶段，将冬阳和季香绑紧的是青春的叛逆之心。

上初中以后，校园里渐渐多了悸动的少男少女，到处都是青葱的风景。

无法否认这是美丽的景色。

在那个萌动的年纪，冬阳和季香也品尝着荷尔蒙的炽热。

更重要的是来自彼此心灵的满足。

他们在初中同校同级，但分在不同的班，季香在3班，冬阳在8班，两人的教室隔了三层楼。他们有时会下课串个班，冬阳一步步穿过走廊，站在季香教室门口，自信大方；季香班上的女生投向他的眼睛都带光，然后簇拥着把季香推出去。

放学了他们在校道上并肩走，犹如自然的日常。

学校和老师三令五申不得早恋，对那些半大的孩子严防死守，孩子们则在"猫抓老鼠"的游戏里取得快乐。但冬阳和季香从不偷偷摸摸，老师对他们的关系一只眼开一只眼闭，分别找他们谈过一次，以后也就不再过问。

半个学校的学生都对他们投来羡慕的目光。

那些日子他们日日相见，却不再觉得腻。

然后他们的父母开始把他们往回拉。

上初三以后，季香的母亲廖颖不再批准女儿夜归。她又想了很多办法把冬阳和季香隔开。她组织季香的同班同学到家里聚餐或者外出游玩，偷偷给几个投契的女孩塞零花钱，拜托她们平时多和季香一起玩。那几个女孩心领神会，往后下课总缠着季香请教功课，放学了拉住季香的手说我们一起走好不好。

她们对季香和冬阳的关系早已妒忌了2年。

后来廖颖又给季香请了天天上门的家教，向学校打了申请免上晚自习，周末则安排满各种学习班。此前一年，季香一家已经搬到位于海湾南段的高级住宅区，季香和冬阳上学放学分朝两个方向，廖颖在时间和空间上都筑起了墙。

相比于季香母亲的诸般阻拦，冬阳更讨厌自己父母的态度。

黄凤娥时不时地挑刺，有时说廖颖珠光宝气的穿戴显得俗气，有时说季香也给她妈带偏了，小小年纪老把什么艺术啊歌剧啊挂在嘴边，这种资本主义习气的女孩子以后肯定虚荣。黄凤娥同时又刺激她的丈夫，让田康建多向麦大伦取经问道，出门旅游要花钱，但约着去打个球钓个鱼总可以的，不然自家儿子和人家女儿以后都要见不着了。

田康建黑了脸一言不发。这个父亲平时与儿子疏于交流，小时候不听教就是打，大了不打了，但遇到什么事都神情冷漠。在家庭聚餐上，当有亲戚笑谈冬阳和季香，他会骤然发作，对儿子说："你不要一头热！"

黄凤娥则在旁和穷亲戚们摆龙门阵，含沙射影地说起幼儿园女老师婚姻失败的事。

那个女老师叫吕婧，从小和对面街的一个男孩玩得好，两人上学半途辍学，一同离家私奔，后来奉子结了婚。孩子1岁时丈夫因为嫖娼被拘留，两人闹了一场又和好；2年后吕婧怀上二胎，偶然发现丈夫在外面养小三已经养了2年。吕婧用指甲抓伤了丈夫脸、头皮和眼睛，丈夫报警叫来了警察，整栋宿舍楼的人都穿着睡衣站在外面看热闹。吕婧离婚以后把两个孩子都塞给了前夫，自己重新去寻找爱情，后来又结了一次婚离了一次婚，

40多岁以后就一直单身了。

"所以说青梅竹马不代表什么的,人会变。"黄凤娥点着筷子说,"你们看我和老田当年起点都好,两个人般般配配,感情和日子才过得稳当。"

一种愤怒和反抗在冬阳心里激荡:那些人无非都在妒忌!

第二天他打听到吕婧的住址,跑到她家门口撒了一泡尿,然后用红墨水在门上写了几个字:我们不一样!

* * *

冬阳和季香的关系是一种信仰。这既有时代的推波助澜,也有他们自身的烙印。

风雨是试炼,他们认定自己的爱情可以跨过风雨。

阻力成了动力。

高中季香考上了市属的实验中学,冬阳成绩差一大截,只上了县里的普通高中。两个学校一个在城东,一个在城西,隔了大半个城市。那时候,冬阳经常在季香上学的路上等,但廖颖开始开车送季香上学,当汽车拐过街角,坐在车厢里的女孩有时会回过头,目光和男孩遥遥相交。当冬阳推着自行车失望地准备离开,季香会突然从远处跑过来,在男孩脸上快速一贴,一边喘气一边笑:"我和我妈说我突然想起笔记本用完了,要去文具店买一本——她还在对面马路等我呢!"

后来冬阳又在晚上偷偷跑到季香的楼下,季香散披着头发跑下来，两人牵着手躲到住宅小区无人的小树林里。季香红着脸说："不能太久哟，我和妈妈说我去水果店买葡萄。"男孩说："我想死你了！"

他们有时也在周末见缝插针地见上一面。有时是一周一次，有时是两周一次，找不到适合的时间间隔还会更长一些。两人会在最远的奶茶店分享一块蛋糕；也会跑回小时候的海滩，冬阳还会像个孩子一样，面朝伫立在泪珠般的海岛南端的灯塔，摇着手中的手电筒，对彼岸的船喊："这边——这边——"

季香抱着膝盖靠坐在那块平整的礁石旁边，望着她认识了一辈子的人，甜蜜地笑。

男孩问女孩："我们什么时候才能重新正常见面呀？"

季香笑说："我们不用经常见面不也挺好的吗？"

男孩说："但是我很想很想你。"

季香说："我也是。但再等等，要让妈妈知道我们的决心。"

男孩说："那定个日子……18岁生日之前如何？提前一点点，你妈那天肯定会放行。"

季香笑："嗯，我猜到你会猜到我猜到！"

早熟的女孩早有策略，而后当她的母亲不经意说，好久不见冬阳了。季香说，是啊，她也好久没见冬阳了。

廖颖试探问："你们现在关系还好吗？"季香笑笑说："挺好的，就和以前一样。"廖颖惊诧地问："你们现在还在一起吗？你们不是好久没见了吗？"季香回答："我们都在一起一辈子了,哪里有分开过?"

这让廖颖无法反驳。

千禧年的除夕,冬阳和季香未相约而相遇。那两个尚差2个月成年的孩子怀着对爱情最自信最激昂的憧憬,在广场的人海里呵着白气相拥、接吻、倒数。

18岁的男孩大声说:"麦季香,如果你死了,我也会死!"

广场尽头烟花轰然升腾,新时代的钟声敲响,拥挤的人海无数人喊着相同的话。

他们承诺同生共死。

* * *

5年后12月底的寒夜,冬阳静坐在学校的医务室陪伴着季香,床边柜上的一个手机收到政府管理部门发来的关于生命耦合对象的短信息。

冬阳听到了也看见了陈湖君的名字。那个人的生命危在旦夕。

刹那间冬阳心脏停跳,他站在床边一动不动,仿佛死去了的人——但他随即发现他拿起的是季香的手机。信息是发给季香的。

赶去医院看陈湖君之前,冬阳跑进厕所用凉水洗脸,冰冷一遍遍引起毛孔收缩,久久的震惊缓缓下降,脸颊的肌肉渐渐松弛,冬阳能感觉到嘴角一阵抽动和拉伸。

在暗光里他抬头望向边框起锈发雾的镜子,看见自己露出笑容。

2

  冬阳和李宝儿第一次接吻，是在大二下学期的时候。

  那天两人先是在冬阳学校的饭堂一起吃了饭，饭堂靠着人工湖，两人坐在外间能望湖的座椅上。吃完饭两人一直坐着聊天到日落，每个人都喝了五六瓶汽水，话怎么都说不够。宝儿说："我真的不能再喝汽水了，肚子都赶上脸圆了，我……"她后半句还想说"我和季香不一样"，但话吞回了肚子里。冬阳端起盘子说："我们去走走吧。"

  在夜色里两人沿着湖边散步，月光也说不上皎洁，夏日的蚊虫被汗液粘牢在皮肤上。宝儿背着双扣小背包，穿一条鹅黄色的短裙，款式颜色和季香的都像，她慢慢跟着冬阳的步子走，始终没有做一次拍赶蚊虫的动作。

  两人在不亮的月光和萦绕的蚊虫里边走边聊，话头也不知道从哪里就会冒出来。两人相互被逗笑的次数有十来次，有时也良久各自沉默。两人都没有提起季香的名字。快到11点的时候，宝儿说你要回宿舍了吧，我也要回旅店了。宝儿从外地来，晚上就住在学校的学生旅店，虽然是铁皮搭的简易建筑，但60元有单人单间。

  冬阳说嗯，他送宝儿走到旅店门口。宝儿转身道别的时候，冬阳拉她抱了一下。宝儿没反对，冬阳就吻了她。两人轻吻了一次,片刻后又接了更长的一个吻。

宝儿走进旅店前问:"我和季香像吗?"

冬阳站立在旅店门口,摇头说:"你和她不一样。"

* * *

冬阳第一次看见宝儿是在季香的宿舍,他没有约定地坐长途汽车来到季香所在的城市,溜进季香学校的女生宿舍楼,站在门口敲门,宝儿出来开的门,然后扭头大声喊香香。季香惊喜不已,匆匆化妆换衣。冬阳就站在门外等。季香再次打开宿舍门,拉冬阳的手出门时,宝儿坐在自己的位置上斜探出头,朝他们摇手说再见。

此后季香交代室友们,周末有人敲门帮她先看一眼是谁,如果是冬阳,等她换身衣服,然后由她去开门。

那是大学开学的第一个学期。

宝儿圆脸圆眼睛,鼻尖有一颗淡痣,笑起来像一只小熊。冬阳第一次看见她,印象说不上深。宝儿的父母开一家蛋糕店,她时常给室友带曲奇饼干,也是小熊模样的。季香也带过给冬阳品尝,冬阳对季香点头说:"甜度刚刚好,难怪你喜欢。"

季香说:"是啊,宝儿可好了——你肯定也会喜欢她。"

有一回季香坐短途火车到冬阳的学校玩,宝儿也同行了,三人一起在学校外面的饭店吃了饭。下午季香拉着宝儿去市中心的商场,那天有一个大牌时装刚好在那里开新品发布会。季香对冬阳说这周我不陪你,我和宝儿约会。晚上季香和宝儿逛街回来,三人又唱了卡拉OK。那家KTV开在学校近旁的小镇,由民房改造,价格很便宜,季香对环境和音响不满意,唱了几首歌说宝儿我们不唱了,平时你的胸声点缀和咽音质量很高的,这里都听不出来。离开KTV后,她拉着宝儿回酒店试穿当天买的衣服。

后来宝儿单独去过冬阳的学校几次。有一次宝儿去看她在同城上大学的高中同学,那段时间季香参加了为期两个月的国外交流营,给室友寄回来好些东西,也托宝儿顺道给冬阳带去。东西送达,冬阳请宝儿到饭店吃了个饭,冬阳说:"本来应该请你吃更想吃的,就是刺身日料我不太吃得来。"宝儿笑说:"下次别破费了,下次我到你饭堂蹭饭。"后来又有一次宝儿到冬阳的学校办事,说过来拜访一个她研究生想报考的导师,冬阳没问是哪一位老师。两人在饭堂吃完饭,宝儿说:"我突然想去唱卡拉OK,上次你带我和季香去的那家KTV免费送罗汉果茶,我觉得味道很特别,还想学着自己泡呢!"冬阳说:"那走吧,起码碟头饭配罗汉果茶。"

冬阳和宝儿一起去唱了歌。他们各自唱了喜欢的歌,也合唱了几首。季香从中学开始唱歌就有专业程度的水平,强混、弱混、口腔共鸣等概念她都随口就来。冬阳相比普通人唱得好一些,难度太大的歌通常能唱半首。宝儿也是。冬阳和宝儿合唱时,两人都感到极其少见的同频和投契。没有相争的藐视,没有追跟的压力,也没有暗皱眉头的尴尬。两人你唱一半我唱一半把歌唱完,容易跑调忘词的那一句,两人同时栽了跟头。宝儿笑弯了腰说:"不好意思,是我把你带偏了。"她圆圆的眼睛笑成上弦月,脸蛋红嘟嘟,像一只开了蜜罐子的小熊。

"今天真开心……"女孩的笑容片刻浅下来,"谢谢你的接待,回去我告诉香香。"

唱完歌,两人穿过老旧的深宵的小镇走回学校,一家大排档有人喝多了,一个啤酒瓶摔到路边,玻璃碎片溅到宝儿的脚下。冬阳后来把那桌人的桌子踢翻了。宝儿拉住冬阳的手跑了很远。

小时候,冬阳为了季香用脚踢过幼儿园老师,也在别人家门口撒过尿——但那一晚,是他生平第一次打架。

冬阳的手臂被酒瓶划了个口子,一手的血,宝儿吓得花容失色,陪着冬阳到医院包扎伤口,打破伤风针。走出医院,宝儿犹豫地说:"要不要和季香说一声……"

冬阳摇头:"不用告诉她。"

* * *

冬阳时常想宝儿和季香有什么不同。季香从小早熟、聪慧、方法多,在感情里掌控节奏占据主动,两人并肩走时她也会领走一步;而宝儿和他走在一起会缀后一些。季香更漂亮更苗条,更亭亭玉立;宝儿是可爱。季香肌肤如雪,宝儿有点麦色。也许季香的家境、志趣、个人条件都让冬阳感觉高攀,宝儿则和他更门当户对……

季香的嘴唇比较平薄,宝儿更丰软。

但冬阳从心底里知道她们并无不同。她们的笑容一样甜蜜炽热，冬阳有时会恍然觉得如一人。然后他想不明白：当一个男人移情别恋，是喜欢两个相似的女孩，还是喜欢两个不同的女孩，哪一种会让他更坦然。

其实冬阳明白，和很多男人一样，他爱的不是相同，也不是不同，而是更多。

他和季香在一起太久了。在一种象征意义的捆绑中。陈旧而厌倦的感情犹如千疮百孔的木船，再多补丁也挡不住漫漫的潮水，也拦不住甜蜜的流失。

大学第一个学期，冬阳和季香一周见一次面，你坐长途大巴车过来，或者我坐短途火车过去。冬阳说："你看我们从同桌，到不同班，到不同学校，现在连城市都不同了。"其实他只是口上故作抱怨。

在开学的头一个月，冬阳也曾不预约地敲响季香宿舍的门，看到女孩露出惊喜的表情，他心中也觉得炙热和鲜活。

其实季香前一天已经从冬阳的室友口中知道他要来。

季香后来也让她的室友帮忙把门，每个周末提前化好妆穿好衣服，等待门敲响时"我早猜到你会来"和"我早猜到你猜到我会来"的对白。

他们刻意维护着心有灵犀。直至无以为继。

只有两三次，此后女孩宿舍的门也不再不期而响。惊喜这种东西，次数多了也就不惊喜了。此后两人的约会每次都约好了时间。冬阳走到学校门口了给季香打电话，接到电话后季香会下楼,仿佛交接一份工作,准时准点,规范齐整。

到大一下学期,他们见面的次数渐渐变成两周一次。如果各自有事忙碌,也有一两个月才见一面的时候。

起初季香笑嘻嘻说:"挺好挺好,我看你都看腻了,你肯定也一样……我们都看一辈子了,还有余生我们要一起过……"

后来季香笑笑说:"没事,像以前一样就好。以前,我们也不是天天都在一起不是吗……"

有时女孩也会陷入浅浅的自嘲,发出叹息。

"细水长流挺吃亏呢……你说,其实我们如果是一见钟情的相遇,会不会更好……"

冬阳说:"随你喜欢吧。"

于是后来在一些不期而遇的邂逅里,他们会说着"你好",相互自我介绍,犹如这辈子的第一次见面。

大二下学期,冬阳和季香大吵了一架,关系降到冰点。原因是一对年老的夫妻到荷兰申请一同安乐死而被拒绝的事件——以及同年《公民生命情报知情权管理试行条例》的正式颁布实施。

季香第一次向冬阳提出分手。

"我想我们还是早些分开比较好,免得未来后悔。"女孩平静地说,"虽然现在说'早些'也早已晚了,我们已经耽误了很多很多年。"

冬阳愠怒说:"你又发什么神经!"

"我们不会是对方的另一半,真的,冬阳,我知道。我们也等不到确认的那一天。太久了,我们维持不到。今后我们都会后悔的。现在我明白了，为什么查询生命耦合对象的年龄要定在35岁以后。因为另一半是一份沉重的包袱。国家是希望我们放弃，放弃等待，放弃幻想，如往日如平常一样温和安静地度过自己的人生……"

冬阳大声说："我说了，我不等！"

大二结束暑假来临，季香又再出国旅行。冬阳留在省会城市打工，宝儿也留了下来，一天他们在街头相遇，夜晚一起吃了饭喝了酒，一起走进宾馆。

* * *

一个包袱背了太久，也做不到说放下就放下。它已和后背的皮肤长在一起，撕扯下来不仅是掉一片皮肉，还连着五脏六腑。

而后来这份包袱，变成了与生死相关的恐惧。

大三上学期的期中体检，季香被发现血检结果异常，不久确诊是继发性噬血细胞综合征。

消息仿佛晴天霹雳，无论是季香的父母还是冬阳，都陷入巨大的震动和悲伤。看着开始持续发烧、体态消瘦、每天要接受腰椎穿刺治疗的季香，冬阳感到心如刀割。宝儿也到医院看望季香，离开时在走廊和冬阳擦身而过，两人相对无言。冬阳在医院的窗边向下望，看见走出住院楼的宝儿用衣袖抹眼泪。由此冬阳想起了快10年前升读初中前的暑假，季香也因病入院。也许他和季香的感情本会终结于那个夏天。现在历史又再重演。

冬阳想，原来他和季香就是这样一路打着补丁走过来，命运的信号是如此强烈，它下定了决心将他们紧紧捆绑。

然后一种幽深的寒惧突然掠过他的心脏，但冬阳只让它一掠而过，拒绝去想那是什么。

冬阳每日在医院守护，季香康复出院后，两人对这份感情的珍惜又再升起，关系再度重归于好。

然而两个月以后，季香复发入院。这次出现了严重的脾、肺、肝、肾感染和出血。这时候，那种寒惧终于变得清晰确凿起来。

在确诊之初，患者及其亲友询问病情属于什么程度，医生只平平说：这种病的临床表现错综复杂。

后来冬阳私下偷偷跑去找医生，又多问了一次。医生平望着他说："我已经说过了，我只能说，不要太悲观也不要太乐观。"

而当再后来，医生摊开手掌表示：到这个阶段，病情已经很凶险了，最有效的治疗手段是骨髓移植——冬阳一瞬间面如死灰，然后猛然从椅子上笔直站起："那就用我的——我和季香同时出生，我很可能是她的生命耦合对象！"

可惜冬阳没有如愿，他和季香的骨髓配型没有成功。

而另外一件事他也没有如愿。

医生告诉他：骨髓是否能够配型，和是否符合生命耦合条件，两者不是一回事。

冬阳心里想借助骨髓配型的检查，提前确认季香到底是不是他的另一半——这件事他也没有如愿。

千禧年的除夕夜,业近18岁成人的冬阳在钟声的倒数里对他的爱人大声说:"麦季香,如果你死了,我也会死!"

现在男孩已经说不出从前的那句话。

他恐惧不已,深深害怕自己会和他同日出生的伴侣同日而死。

***

人是一种极其矛盾的动物。

当意识到季香病情的严重性超出预期,生存期甚至可能短于一年,冬阳精神高度紧张,无比害怕——但与此同时,他更害怕他的害怕被看穿。

害怕自己会跟随患病的爱人一起死去,害怕被连累,没有什么比这更真实,又更懦弱。冬阳生出强烈的羞愧之心。

在季香病情反复的那段期间,他努力做到无微不至的体贴,像一个最称职的恋人。他提前回到学校本部,如通勤一般每天坐公交车来到季香的学校,展示着时刻陪伴的姿态。他也强烈反对季香备考研究生,反对季香以带病的身体出远门,情绪激动地大声说:"你现在还考什么研啊!"

他是真心担心季香的身体,也是真心担心他自己的生命。

但女孩坚强地笑着,她说:"我想试试,不留遗憾。"她也让冬阳不用天天陪伴她:"没事,像以前一样就好。以前,我们也不是天天都在一起不是吗?"

只是,冬阳执意坚持,女孩会抑制不住泪水的涌出。

"冬阳,别这样……我不想这样……"

冬阳的眼眶也蓦然蓄满泪水。女孩含泪笑着,伸手摸在男孩的额头上,仿佛和他们自孩提起的一生时光重叠。

"别哭,冬阳,我挺好的。我们从来没有分开。"

冬阳抱紧季香说:"我想多和你在一起……"

那一刻冬阳无法分辨那是因为羞愧而来的伪装,还是最真实深重的感情。

大四的深秋,冬阳和季香在火车站的月台目睹一对闹分手的情侣命丧铁轨,他们以偏执的方式终究实现了同日而生同日而死。血腥的场面让季香吓得捂住眼睛,冬阳伸手把她搂进怀里——其实冬阳自己也在发抖。

原来这就是一起死啊……

两天后季香在外地给冬阳打了长途电话,再次提出分手。冬阳说别说傻话。

季香在电话那头哭起来:"冬阳,我真的很害怕……"

冬阳对季香说别怕,现在我就去接你回来。

其实冬阳比季香更害怕:他生怕季香在剧烈的情绪波动里,会发生不测……

又有一天,冬阳送季香回学校,看见宿舍楼亮着烛光,挂着横幅。一群男生站在楼下朝女生们喊口号:"我不等了,我选定了,你就是!"

季香若无其事地望向冬阳笑:"嘿,你要不要等?其实你可以等……"

冬阳说："我不等！"

当冬天来临，冬阳向季香求了婚。他身穿西装，从季香学校的图书馆找到市里的美术馆，再一路追寻到郊外。在红色的彼岸花没有盛开的湖岸他们不期而遇，男孩向女孩犹如人生初见般打了招呼，然后撑开雨伞，取出戒指。

季香流泪答允，其后冬阳就一头扎进婚事的筹备里，不想其他。

这毋庸置疑发自真情实感，但程度有多深冬阳说不清。也许那里面还有某种策赶般的压力，有"就这样吧"的自我麻痹，或者是越害怕越飞蛾扑火的应激……

冬阳恐慌、手足无措，更不愿意相信。他越发觉得荒诞。

与此同时，他心底又涌出"说不定冲喜会有用"等一类死马当活马医的荒诞念头。

冬阳觉得被这个沉重而撕裂的包袱压得喘不过气，直至国家公民生命情报监督管理委员会发来短信息的那一天——陈湖君的名字出现在他眼前。

看到信息以后，最初的时刻冬阳震惊得说不出话。这时躺在病床上吊着点滴的季香转醒过来，她揉眼看见床头柜上的手机在嗡嗡振动，来电人是她的母亲廖颖，但拨打的是冬阳的手机。

冬阳一动不动地站在床沿，季香问他怎么了。

冬阳反应过来，放在床头柜上的是自己的手机，而他手里拿着的是季香的手机。

季香的手机里还有几个未接来电,也是廖颖打来的。作为紧急联系人,季香的母亲同步收到了生命情报短信息。廖颖着急地给女儿打电话,因为无人接听,她又转而给冬阳打。

季香看罢信息也呆坐在病床上,冬阳温言安慰季香不要急,扶她重新躺下,说他马上去陈湖君被送到的医院了解情况。

接着冬阳走出输液室,走进学校医务室的厕所洗脸。那厕所靠着走廊,设备老旧,在昏暗的光线里,冬阳看见缺了一角的镜子缀满氧化变黑的银锈。

但他内心镇定下来。一种等了太久的如释重负慢慢从脚底飘升到头顶。

原来季香的另一半——那个和她生命捆绑的人,不是我……

太好了。

这样真的很好。和季香把婚结了也很好。季香会开心,他也开心。结完婚,他就尽了最大的情感的职责。往后他的人生会继续。一段久长的爱情和短暂的婚姻,因生离死别告终,这往后也是体面的人生谈资……

是的,短暂的婚姻。季香不会活太久了。现在,可能比原来还要短。

不用太久,不用太多时间……

冬阳脑海里浮现宝儿圆圆的笑容,和她新鲜柔软的身体。

无意识中,他发现自己对着镜子咧开了嘴角。

"冬阳,我和你一起去……"

冬阳身体一抖转过头,看见季香不知什么时候已经拔了吊针,自己下床走了过来。

她站在厕所旁边昏暗的走廊,呆望着他。

3

应该说,自始至终,冬阳都全心希望季香健康地活下去。无论是基于真挚的情感还是自身的考量,尤其是在不确定季香是不是他的另一半之前。

但是在确切得知季香不是他的生命耦合对象之后,当羁绊和负担消失,自私和欲望暴涨,在某一些瞬间,他的脑海里会闪过"她早点死去也不错"的念头。

他无须继续无期地背着那份紧黏的陈旧的甩不掉的感情,也无须当为人所不齿的负心汉,一切以最自然的法则重新开始。这是一个满意的结果。大家都会满意。他也会心安理得。

如此一想,足以让人不期然露出笑容。

在后来漫长的活着的人生里,在季香死后的12年时间里,冬阳时时刻刻想起这个龌龊不堪的笑容,想起他所有不可饶恕的罪恶。

因为他在脑海里一闪而过"她早点死去也不错"的念头,并不止那一个瞬间。

而后来,因为他这个念头受到终身伤害的,也不止一个人。

* * *

季香没顾冬阳的阻拦。在学校医务室输完液,她和冬阳打了出租车,一同前往市里的第二人民医院。上车后冬阳几次伸手摸季香的额头,她都轻轻挡开。所幸体温保持在低烧水平,没有再上升。

第二人民医院是距离事故现场最近的三甲医院。当天6点35分的傍晚,在贯通城市两个行政区的双碑立交桥南端,一面面积30平方米的中型立柱广告牌亮灯不久,突然在一阵扑哧作响的电火花中熄灭,随后哐哐抖了个激灵,像一床晾晒夹子崩了的棉被向下坠落,掉到地上散了架。所幸广告牌立在街巷偏冷清的北侧,垂直下方楼墙有个夹角,承重结构坠落时也被架空了一半。这场从天而降的横祸波及了几个路过的行人,霓虹灯管、角钢和铝塑板的碎片让他们头破血流,但危及生命的只有一个人。

街路短暂封闭清理,伤者被送到第二人民医院救治。

冬阳和季香在晚上10点多赶到医院急诊楼,没看到忙碌的场面,夜里的接诊大堂空空荡荡。咨询台没人值班,冬阳走到挂号窗询问,被告知几个小时前送来的几个事故受害者都是轻伤,简单包扎处理后已经出院。交警和当地民生频道的媒体也来过,逗留了半个小时,后来在晚间新闻插播过一条滚动消息。

冬阳问:"那受重伤那位呢?名字叫陈湖君。"

"哦,黑皮肤那个啊。"旁边收款窗口的工作人员闻言搭嘴,"你们是他的亲属吗?先把手术费交了吧,另外住院那边也要预交费。"

冬阳和季香从急诊楼来到住院楼,一路寻到11楼的普外科住院部,那时管楼的护士长正在为突然塞进她那层楼来的伤患发牢骚。

冬阳还在犹豫怎么开口,季香已经上前和护士长说明了来意以及她和伤者的关系。中年护士长"哦"了一声神情一阵惋惜,但随即愁容舒展开来。她生死见惯,经验十分丰富,知道起码住院费有了着落。

"看你们还是学生,算了,"护士长说,"迟一些再补办入院手续吧。"语气里已经默认了他们是病患的监护人。

她又补充:"也不用太担心,他做完手术已经脱离危险了。"

虽然已近深夜,早过了探视的时间,但护士长心情转好,破例批准冬阳和季香进入住院区。

"你们今晚留下也行,物资房有折叠床出租。"护士长说。

在冬阳说不用之前,季香点了头说谢谢。

冬阳和季香走进拐弯角一间没窗户的病房,是面积比较小的两人间,因为通风不好,这天还有一个空床位。病房已熄了主灯,靠里的病床躺了一个断腿的大爷,在睡梦里发出"哼哼"的呻吟声。靠外的病床寂寂静静,只有床头的生命监护仪在昏黑里滴滴发光,陈湖君就被安排在那张床上。

冬阳透过走廊的灯光望陈湖君的脸,虽然看不真切,但能辨认他像外国人。皮肤乌黑、头发蓬卷,嘴唇也厚。

不同的长相加深了厌恶的印象。

伤者刚做完3个小时的手术，他的腹腔曾经大量出血，但止血输血后生命体征已经平稳。冬阳细看生命监护仪上的每项数据，收缩压101，舒张压68，心率97，血氧89，呼吸18，体温37.5°——看上去还算安全。病床上的人黝黑的脸稀释了失血后的苍白，他肩膀很宽，哪怕插满管子也显得体格健壮；这时双目闭合，安详熟睡。

这种安详让冬阳松了口气，但又感到厌恶。

"应该没什么事了。"

在病房里站了十来分钟，冬阳望向季香说。季香脸色虚弱，她仍发着低烧，晚上输完液后又一路奔波，疲惫可想而知。冬阳拉她的手："不用担心，刚才医生护士也说了没有危险。"他看了看表，"今天先回去休息吧。"

季香点点头："你先回去。今晚我在这里。"

冬阳说："别说傻话，我送你回学校。今天夜晚很冷，我也没带换洗衣服，我答应你明天我一早就再过来。"

季香说："爸爸妈妈明天会过来，我今晚在这里。"

"你现在要休息！"

"困了有床的。"

"不要任性好吗！哎，你要真的不放心，那我留下来看着吧！"

季香摇摇头，她轻甩开了冬阳的手。

"我想有多些时间陪他，这个人是我的另一半。"

* * *

那天晚上季香执意留下，冬阳也没走。

季香搬了一把椅子一直坐在陈湖君的床沿，静静坐到深夜。伤者整夜在打吊针，季香守着换瓶的呼叫铃。伤者的体温时高时低，季香按护士的要求每小时在他腋下夹一次探热针。伤者还插了尿管，尿袋满了要用水桶排放尿液。冬阳每次都说让他来，季香说不用，她浅笑对冬阳说："我知道这些事你每一样都很熟练，现在我也想学着做，学习怎么照顾病人。"季香伸手触碰尿袋的时候冬阳再无法忍受，他有点粗暴地抢在季香前面，拔开尿袋阀塞，尿液排空后，他拎起水桶去厕所倒掉。

过了凌晨3点，季香倦乏已至极限，冬阳去找护士租了折叠床，展开摆在病房的过道上。但护士站没有被子提供。从下午到现在，从公交车到地铁，又从学校医务室到医院，冬阳手边还一直提着当天买的一大包结婚礼服，他想了想，然后从红色礼品袋里把衣服全部拿出来，铺在折叠床上面。

这时燕尾服已经皱巴成一团。

"你一定要睡一下。"冬阳对季香说，"要在医院值夜就得学会睡。"

季香点了头，爬上窄窄薄薄的折叠床，枕着她为她未婚夫购置的崭新衣裳蜷缩身体。冬阳又脱下自己的外套，盖在季香身上。

季香睡着以后，冬阳坐在漆黑里望着陈湖君生命监测仪的微光。良久他离开病房，走到住院楼通风的过道，12月的深宵寒风凛冽，他靠着栏杆抽了一夜的烟。

*　*　*

第二天中午，季香的父母和冬阳的母亲都来了。他们坐了早班飞机，落地后直接赶到医院。

到步后，廖颖二话不说给陈湖君补办了入院手续，结清前日的手术费和医药费，再预交了一笔钱。她在这个外地城市虽然关系不多，但还是托人打上了招呼，给陈湖君安排了资深的主治医生，也换了一间向阳的单人病房。

从事故发生至此，陈湖君一直没有家属出现，廖颖找人打听一番后才得知，这个快23岁的年轻人是半年前刚移居到这个城市，他一直和父亲相依为命，但一个月前他父亲从阁楼摔倒去世，之后他已举目无亲。

在户籍资料上看不到他母亲的信息，但从相貌能看出他是个混血儿，父亲是中国人，母亲是非裔。

广告牌跌落事故发生后，陈湖君被救护车送到医院抢救，警方和院方希望从他手机里找到能联系的亲属，却发现通信录里只有寥寥几人。电话打过去，听说机主身受重伤需要救助，对面的人都是一句"黑皮仔啊，我一万年没见过他了，我和他不熟，别找我"——或者直接挂断电话。

所幸他钱包里夹了身份证，不然连姓甚名谁都搞不清。

事故发生的时候，陈湖君刚走过冷清的巷角，就位于广告牌的正下方，他被一截方管砸中后脑和脊椎，一块角钢连着铝塑板则压住他的身体。因为内出血严重，伤者一度被送进ICU，医院按程序上报了生命危重信息，在此生死存亡之际，倒是让这个孑然一身的人和他的生命耦合对象得到了连接。

经过近3个小时的开腔缝合手术，输了2000毫升的血，血压最后奇迹般得以稳定，生命算是保住了。

但陈湖君从此没有再醒来。

事故发生的一周后，广告牌所属的广告公司派人到了医院探望昏迷不醒的伤者，给了几万元的慰问金。那时候事故结论已经出来，主因是城市地面沉降。这是一种常见的地质现象，受到地下流体资源开采、城市工程建设等人为因素影响，也有地层应力变化、气候变化、土体固结压缩等自然原因。它是一种难治的城市"慢性病"——缓慢发生，长期存在，怪不了谁。总之，当天双碑立交桥南端路段发生了微小的局部下陷，开裂区域10平方米，降沉落差2厘米，这导致那枚中小型霓虹广告牌挂扣焊点断裂坠落，导致从天而降的事故的发生。广告公司带着水果和信封来，递上信封时反复强调，这是基于人道主义的慰问金。其后他们了解到伤者并无家属，几乎考虑把信封收回去。后来市政部门也来过一次，提了一只姹紫嫣红的大花篮，带了一块写着5000元的红牌子，几个领导站在床头和昏迷不醒的人合拍了一张照片。

此后除了季香和冬阳两家人，再没有人来看望过陈湖君。

有一天，季香看见病房门缝下塞进来一张粉红色的小卡片，她走过去推开门，但走廊外已空无一人。

打开卡片，上面手绘了一束风信子，还写着歪歪斜斜的字：

陈湖君哥哥，你好！我是你救了的小女孩，那个大广告牌掉下来的时候，你冲过来把我推开了，所以你救了我的生命。我很谢谢你的，不然我现在应该已经死去了。我今年8岁了，不过很可惜我不能告诉你我叫什么名字。妈妈说不能告诉你的，她也不让我来看你。她说你可能不会睡醒了，所以是一件很麻烦的事情。不过我觉得你一定会睡醒的，等你睡醒了我再来看你，好吗？你要加油！再次谢谢你。

冬阳看了卡片后气愤难平，说要想办法把这对母女找出来。季香摇头说不要，她们也是事故无辜的受害者。

冬阳埋怨现在的人都太冷漠了，广告公司甩手不管，政府甩手不管，伤者也没有社保没有亲戚朋友。

"他还偏偏昏迷不醒，现在就靠我们付医疗费和每天看护着，其实我们不过是……"

冬阳想说"我们不过是外人"，但话到嘴边没有说出口。

"这样就好的，我很感谢写卡片的小女孩。"季香淡淡地说。

"一张卡片有什么用？"冬阳叹气。

"有用。"季香笑着，"现在我知道了他是一个很好的人。"

4

12年里，陈湖君一直没有醒来。

***

季香花了很多时间陪伴和了解陈湖君。

她每天白天都去医院,还摆放了几盆花在病房向阳的窗台上,有风信子,也有向日葵。都代表了感谢和希望。晚上她也提出要值夜,她值守过几个晚上,后来她母亲廖颖反复劝阻并且请了全日护工,她才放弃坚持。

廖颖怀有身孕,诸事烦心,季香也舍不得母亲奔波,但她仍旧拜托父亲麦大伦多方收集陈湖君的生平信息。她略带撒娇地对她父亲笑:"如果可以,我想多了解一些这个人的事,我想知道他是一个什么样的人。毕竟,时间不多……"

寡言的麦大伦没说什么,只默默点头。

冬阳按捺不住的时候也对季香说:"你要真想知道,我也可以帮你找!"季香倒没有反对,点头说嗯。但一个没毕业的学生也说不上有什么渠道。

实际上,后来能找到的信息也不多。

陈湖君和他的父亲陈铭果看上去都不是什么正派人。陈铭果很多年前在国外打过黑工,后来被遣返,回来时就带着襁褓期的陈湖君。陈湖君在国内上了户籍,念书念到初中毕业。他和他的父亲在很多地方讨过生活,但从事的职业都说不清道不明,也不排除涉及灰色勾当。麦大伦托的人后来发来一些陈湖君的照片,有生活照,也有艺术照。陈湖君留过长发,弯曲度犹如海浪,他虽然皮肤偏黑,但五官立体野性,具有混血儿具有的一切血统优势。他体格也很好，一米八的身材，肌肉匀称，矫健如豹，有推手借虚拟角色名在他裸体的照片打上"再世兰陵王"的介绍词。

那些照片在一些特别的网站流传。

麦大伦犹豫过，但还是把了解到的情况告诉了女儿。除了删掉一些尺度太大的，他也把拿到的照片给了季香。

季香知道后脸色也因为惊诧而有过苍白，但后来还是留下了那些照片。她有时也会把照片拿出来看，也望向病床，对照着那副一日比一日枯槁、一日比一日不再相像的容颜。

这些都让冬阳日益无法接受。

冬阳会冷冷地说："这个人不是好人！"他也会嗟叹，然后用尽量温柔的语气对他的未婚妻说："季香，这个人是你的生命耦合对象，我们肯定会竭尽全力让他活着，但他和你没有关系……起码，他是个什么样的人和你没有关系。季香，你没有必要把心思和时间放在他身上……"

其实那时候，冬阳和季香的婚事已经实质性停摆。

原定的结婚登记日是次年的2月2日，但1月过后，没有人再开口提这件事，大家都避而不谈。就连惯于斤斤计较的冬阳的母亲黄凤娥，有一次把儿子拉到一边，冬阳心想母亲会说"酒席要不要先退订"一类的话，但那个母亲把话咽了回去，只是掩面转身走开。

处于这种急迫的极端的事况里，婚约暂缓，冬阳可以理解。

但让他郁结的是他失去了和季香相见相处的时间。

冬阳辞掉了兼职和实习的工作，除了应付还没修满的几个学分课程,其他时间他都争取往医院跑,因为季香每天都在医院里。但是在那间10来平方米的单人间病房里,冬阳却难以自处。在往昔的时光里,他也曾每日走进病房,坐在季香的床沿陪在她身边,他们两个人相守而望,有羁绊、有辛累、有苦涩,也有甜蜜。但现在两个人变成了三个人,多出了一个人夹在他们之间。看着季香坐在另一个人的床沿,不时伸手摸摸他的额头,吊瓶将尽急急地按呼叫铃,监测数据跳动时着急地跑出门喊护士,空出的时间则给窗台上的花浇水……冬阳每每克制着语气的冰冷,只郁结地说:"没我的事我就先走了。"说罢冬阳转身离开那个房间,他也不想听见季香点头说好。

好几次他几乎发作想对他的未婚妻问出口:"他算你什么人,我又算你什么人?"

但这些话说出来,只会让身为男人的自己更无地自容。

就在事故发生的第二天,家长们到步,季香回学校休息了一个下午,但晚上又再回到医院。她坚定地说:"我已经休息好了,他的情况还不稳定,今天晚上还是我来值守。"那时冬阳已经憋了一天,不禁跳脚反对,随之猛然想起一件事。

"你明天不是要考试吗?研究生的全国统考!"

季香轻轻摆头:"今年不考了,也没有时间。"

相比于婚事的戛然而止,这个回答让冬阳更无法接受,更无法理解。

* * *

事故发生整一个月后的一天，季香感到身体有点累，冬阳坚持要送她回学校休息，这天季香顺从了点头说好。两人并肩走在静谧的校道上，这种光景仿佛已经相隔了很长很长的时间。两人一路走着都沉默无言，季香和平时一样走在冬阳前面一些。

良久冬阳说："好久没有和你一起走路了。"

季香说："没有吧，我记得上个月我们也一起回学校，不过我们就走到了校门口。"

冬阳情绪有点上涌："那天，你妈也同时收到了公民生命情报局发来的短信吧？"

季香呆了一下，回头答是。

"我记得以前填报了我父母是紧急联系人，所以我妈马上给我打电话了……她也马上给你打了电话……"

"原来我连你的紧急联系人都算不上。"

季香又愣了愣，随即笑："怎么回事，你连我爸妈的醋也要吃吗？"

冬阳说："我问你，你为什么每天都要去医院看那个人……你要说时间不多、时间有限吗？但是如果真的没有时间了，我们不是应该更多地在一起吗？"

季香停住脚步，嘴唇有些抖，但没有答话。

隔了片刻，女孩重新开口，但语气和神情却有一种前所未有的冷淡。

"冬阳，我说过的吧，我们不用老在一起，不需要。我们在一起一辈子已经够久了。"

说罢她转身向前走。

冬阳在她身后失态喊:"季香,你知道吗,我想有更多的时间和你在一起……"

季香没有回头。

* * *

新的一年已经跨过去了,跨过得无声无息,元旦那天冬阳季香和他们的家人几乎都没想起来。那是事故发生后的第四天,陈湖君已脱离生命危险,身体状况趋于稳定,大家忙完一轮才想起这天是节日,倒是话少的麦大伦提出大家还是一起吃个饭。两家人在一家老字号的海鲜酒家聚了餐,点了几道当地的好菜,以示庆节也以示信心,但席上每个人话都不多,只相互安慰不用担心,伤者一定会很快康复。从外地赶过来以后,季香的父母一直住在离医院不远的酒店,后来多订了一个房间,方便季香在每天到医院看守之余,可以就近休息。冬阳的母亲黄凤娥也在附近城中村租了房,做好长期留下的准备,对此冬阳不禁有些惊讶,他没想到母亲也有表现出深深人情味的时候。但冬阳也没说什么,多个人手起码能多劝季香少在医院一些时间。

一转眼陈湖君入院已一月有余,身体的外伤渐渐愈合,但始终未能苏醒。

陈湖君颅后和脊柱上沿受到钢条的砸击,腹腔多处脏器被重压破裂造成大量失血,这些都是他久陷昏迷的原因。在体征稳定后，陈湖君被送到住院部的康复楼层，实施以促醒为主的治疗。廖颖曾经提出过转院考虑，后来了解到第二人民医院的促醒治疗设备在当地已是首屈一指，专科排名在全国也在前列，遂作罢。但她也从外地安排了几次专家会诊，确保陈湖君得到最完善也最稳妥的治疗方案。

陈湖君接受了长时间的高压氧舱治疗，颅内压得到明显降低，脑水肿消退，脑干网状神经也得到很大程度的激活。他也做了10余次静脉血紫外线照射和充氧回输，血氧含量达到正常人水平。同时从脊椎刺穿注射高纯度的氢气，清除自由基，增强抗感染能力。其外还辅以视听嗅味觉刺激、热疗、水疗、按摩、针刺等疗法。后来根据专家组的意见，决定采取SCS手术方案，也就是在高段颈椎硬膜外植入电极，通过深层电刺激脊椎和大脑达到唤醒目的。在实施手术前，医生也说明了脊椎刺激术具有严格的病情适应性，不排除会有相对应的副作用，建议试治疗一个月。

廖颖用手覆着怀孕业已三个月的小腹，看着手术知情同意书执笔，一瞬却眼圈发红，手颤抖；麦大伦走过来拿过笔，签下自己的名字。

电极植入大半个月，每天持续进行12小时的电流刺激，这时病人身体产生一定的排斥反应，手术后伤口一直愈合不良，脊椎硬脊膜因为长期刺激开始出血——但病人始终没有苏醒的迹象。

医生表示病人的脊椎已受到中度压迫，不排除运动和感受功能会受影响。

"再观察一到两周，看有没有效果吧。"医生合上阶段诊疗报告说。

* * *

元月下旬，季香发起了高烧，脾、肺、肝、肾等多个器官出现并发感染，伴随出血现象，随即要住院。季香定期做维持治疗的医院是第一人民医院，陈湖君是在第二人民医院，那一阵两家人都陷入惶然。所幸家长们在本地，季香的父母陪着季香，冬阳的母亲看着陈湖君。冬阳自然选择往季香所在的第一人民医院跑，但看到季香躺在病床上虚弱而忧心的神情，他知道那份忧心相比她自身更多是放在另一个人身上，冬阳就握住季香的手："别担心，你就是这一个月太累了而已。我也会每天去看陈湖君，他是你的生命耦合对象，你们两个人都会好起来。"

闻言，季香在惨白的脸色里笑笑点头。

陈湖君那边还雇了一个全日护工，冬阳母亲黄凤娥白天在医院帮忙，让护工能补觉休息，晚上则交给护工。2月1日那天，护工闹肠胃炎，提出请假一天，冬阳就说今天我来值夜吧。

傍晚冬阳去医院接了班，黄凤娥反倒不放心，说："你行吗？要不还是我一直在这里。"冬阳皱眉头对母亲说："你不知道季香住院的时候，我每天都值夜！"他又望了陈湖君的生命监测仪一眼："这几天不是很稳定吗？数值比正常人还好，我看他的生命力比谁都强。"

黄凤娥离开以后，冬阳坐在病房的折叠椅上，陪着一个一动不动、一声不响的人。那时候智能手机还远未普及，冬阳掏出基础的推盖按键手机，用窄窄的屏幕玩了一会儿贪吃蛇的游戏。白色冷光的液晶屏，亮着漂亮的浅紫色的光辉。

这是一台旧手机了，在当时价值犹如珍宝。大学入学的时候，廖颖送给季香和冬阳各一台，是一份非常贵重的礼物。这个做母亲的人其实很细心，她提前问过两个孩子的意见，手机要不要相同的款式；而两个孩子都欣然赞同，颜色也都选了金色。那台手机可以玩4个游戏，下载10首歌曲，保存3张图片。后来的手机推陈出新，年复一年加入了更多、更新鲜新奇的功能，季香也曾惊喜说："听说有一款新手机还能拍照片，真的好棒，就算我们见不上面的时候，也可以随时拍下自己的照片发给对方……"但她随即又低头，轻声说："不过我们现在就很好……"冬阳没答话。

仿如证信之物，即便两人感情无声变迁，但手机终究没有换过。

夜幕降临，病房内外都渐渐变得安静无声，冬阳百无聊赖地坐着，走动，又坐着。时间绵长地流逝。冬阳熄了病房的主灯。他靠在椅背上迷迷糊糊眯了一会儿，猛然惊醒望病床上的人，一切依旧。陈湖君当天血氧有些波动，下午护士过来给他戴上了鼻管式的吸氧机，这时湿化瓶汩汩地冒着水泡，氧气静静走着。冬阳看了体征数值，血氧饱和度保持在90出头。冬阳伸手摸摸陈湖君的额头，没烧。他弯身查看尿袋，快满了。冬阳去提了水桶，打开尿袋阀塞，黄色的尿液嗤嗤落进水桶。冬阳有一阵恍惚，不知道自己在干什么、要干什么、想干什么。尿袋偏了一点，尿液洒出了一些，溅到地板上。冬阳提着水桶站起身，脚下就滑了一下，一个趔趄几乎摔倒。于是一种剧烈的烦躁也涌上心头。

把尿倒了，拖了地板，然后洗了手，坐回椅子上，冬阳发现已经过了午夜12点。

2月2日。

此时冬阳才想起来：今天是他和季香共同的第23个生日。

也是他们原本约定登记结婚，宣誓成为终身伴侣的日期。

另外也是陈湖君的生日。

这个人是季香的生命耦合对象，他们同日而生，也将同日而死。

这个人，是个男妓！

一种近乎羞辱的怒火在胸口喷薄。

这个人能醒过来又怎么样？

季香原本起码还能活一年。原本我可以和季香在今天结婚，然后继续在誓约里一起度过这一年。

短暂、美满……

现在一切都变了，一切都乱套了！

——而如果这个人醒来呢？他醒来又会怎么样？

剩下的时间，季香会选择什么……

冬阳望向陈湖君的病床，昏暗的光线里看见白被下的胸口在起伏，幅度似乎有些大。

那种起伏让厌恶的情绪更大。

你算什么人……

但冬阳突然发现情况不对：床头生命体征监测仪的灯熄了。

冬阳骤然有点慌神，急忙走上前查看，原来床脚电源线的插头掉了。也不知道是他刚才踉跄的那一下撑住床，还是后来拖地的时候扯到。

准备弯腰把插头插上的时候，冬阳看见陈湖君挂在耳郭上的鼻吸管也松脱下来。

难怪这个人的胸口在扑扑地猛吸气，样子真是难看……

冬阳伸手把鼻吸管解下，调整位置重新挂回去，但手抬到一半停滞在半空。

血氧值现在是多少？

90？85？

监测仪断电了，看不见数值，响不起警报。

这一刻，数值也正在往下掉对吗？如果低于85，就是严重缺氧。

这个人如果醒来会怎么样……

如果这个人现在死去呢？

短暂、美满……

与其让你醒过来，还不如让你早点死去……

还不如……季香早点死去……

这个罪恶的念头一闪而过。

* * *

十分钟后,有护士走进病房,望了陈湖君的生命体征监测仪一眼。

冬阳坐在椅子上微微抬头,显得睡眼惺忪。

护士问:"刚才监测仪是不是有一阵没亮?我看监控屏显示断电了一会儿。"

冬阳说:"哦,是,刚才电源好像松了,我已经重新插好了。"

护士又看了一遍病人的各项生命体征数据,血氧、血压、心率、呼吸,都稳定如常。

护士问:"病人刚才有没有什么情况?"

冬阳低低头,说:"没有。"

一周以后,季香的病情稳定下来。那时候,陈湖君也已拆除了植入颈椎硬膜的电极片。在那之前创口一直出血,脊椎压迫渐增,也出现了局部感染,医生认为已不适合继续采取电刺激治疗。

"目前来看,风险大于效果。"医生说。

病人的各项体征指标都稳定,但采取各种促醒治疗以来,病人反射弧刺激微弱,瞳孔对光反射停滞,应答反应缺失,从未有过一次渐进苏醒的迹象。

拆除电极片之前,医生也询问了护士、护工,以及近似病人至亲的每一位陪护人。

最后医生合上诊断报告:"也许窗口期已经过了。"

只有冬阳一个人知道实情并非如此。

2月2日凌晨的黑夜里,当生命体征监测仪断电、氧气鼻吸管松脱,当冬阳在邪念的闪烁中望向病床上的人的那一刻,对方也睁开眼睛望向了他。

他的手指开始微微活动。

那双眼睛睁开了一共十秒钟,但对于冬阳的一辈子长得像永夜。

那双眼睛后来又合上了。那时冬阳后背全是湿漉漉的汗,他匆匆给病人重新戴上氧气鼻吸管,把生命监测仪的电源重新插上。他犹豫着要不要马上按呼叫铃,但终究没有按。他缩回到折叠座椅上,像一只心虚的老鼠,心情矛盾翻腾。当护士过来看情况,他假装睡眼惺忪,他多希望自己一无所知;当护士问病人有没有发生情况,他从喉咙根部里吐字,吐出来以后他才发现那两个字是"没有"。

后来医生询问每一位陪护人,所有人都摇头,他也捏着拳头摇了头。

12年里,陈湖君再没有醒来。

5

立春已过,春天实质上已经来临,但天气乍暖还寒,气温来回拉锯,仿佛因为一个崩坏的齿轮卡住而导致巨轮无法前滚。

直至那个齿轮在命运的压强里最终裂碎,被碾成粉末而消逝退场。

过完农历新年进入3月,促醒治疗已基本停止而转为生命维持,因为陈湖君的身体状况开始恶化。

仿佛是因为之前的努力挣扎以求醒来,却终究没有成功,病人的生命之力消耗殆尽了:肺部持续有些感染,个别器官也一度出现衰竭,尤其是在事故中受伤严重的部位——脾脏、肝脏、肾脏。那些器官破裂的伤口早已愈合,但这时却又出血。

"人体维持免疫系统的方式各有差异,有人只需要营养,另一些人还需要运动或者至少是活动。"

医生表达得模棱两可,他也没说陈湖君属于哪一类。

但他随即也补充了一句:"不过现在也不同往日,所以不用太过担心。"

伴随生命耦合现象的确认,以及新的伦理思潮和社会秩序的加速形成,当前全球医学界都将资源向生命维持领域倾斜,相关药物和技术的发展一日千里。

总体一个目标就是"吊命"——只要不死就行。

廖颖对医生说费用不是问题,用最好的。

陈湖君的吞咽能力逐渐丧失,后来一直依靠鼻饲管直插胃部输送流质食物。除了肉汤和果汁,康复中心特配了进口的蛋白营养液,最大程度保证营养支持和水电解质平衡。还有富含多巴胺类、胆碱、卵磷脂等元素的维生剂,用于增强病人的免疫力和脑部活力。另外最前沿的特效药和理疗舱也整套用上,有时每天费用上千。

在大包围治疗下，陈湖君的免疫系统奇迹般得到修复和稳定维持，各个器官炎症消退，功能恢复。

但没有人来得及松一口气。

一天，主治医生查房时用听诊器听完胸音，脸色就变了。当天安排了专项检查，结果显示病人心脏结构发生变化，左心室有肥厚症，而四个腔室都开始扩大。

医生表示，很多人病到晚期都会引起心脏肥大扩张，实际上此时已经过了心脏代偿期，而进入到失代偿期。另外也不排除病人本身有心脏方面的基础病。

"尽管其他器官的衰竭得到控制，但心脏功能的渐进下降，目前已不可逆转。"

不久陈湖君下肢开始浮肿，身体逐渐呈现紫色，连黑色的皮肤也再遮盖不住脸色的白。

他原本健硕的身材现在缩成了小小的一团。

医生对看护他的人们说，最好做好相关的准备。

* * *

医生也给出过一个人工心脏的选项。

植入式的人工心脏已有多年发展，最新型的磁悬浮心室辅助系统，泵体尺寸可以控制到只有一个鸡蛋大小。手术步骤包括心尖定位、顶环固定、缆线放置、心脏打孔与泵体植入。从此硅胶做的血泵会通过机械瓣膜和病人的心房紧紧相连在一起，代替心脏下部的两个腔室——心脏一分为二，一半肉心一半机器。放弃旧的循环系统，建立新的循环系统。

另外要接上监控和能源。

"病人现在不能活动也好，连接外部电源简单一些，风险也小一些。当然，前提是如果不考虑以后的问题……"医生说。

事实上尽管发展多年，但人工心脏的技术远说不上成熟。适疗比例很低，一些国家也只允许作为生物心脏移植术之前的辅助过渡。因为心脏并非只是一个起搏做功的机械装置。

心脏和交感神经、迷走神经、肽能神经、血浆蛋白、内分泌细胞，以及全身血管和血管所及全部的感受器紧密相关，相互应答，牵一发而动全身。

它是一个以电波信号、以化学反应为传导的生命系统的中心。

"生命的精妙和复杂，我不认为可以由人造之物完全替代。"在专家组论证方案的时候，一个老教授如是说，"生命有其自身的修正力量，这非常神奇，也独一无二。"

一个人安装人工心脏以后，需要时刻监控和调节，哪怕是机器的片刻故障都将危及生命。那个人将永远连接在电源上。他需要服用大量的血液稀释剂以保持较低的体温。他不能浸水。他的胸口将永远响着隆隆噪响，耳边听着"扑通扑通"的声音……

人造的机械没有免疫和再生的能力，它并非生命。

"前期手术费用大约需要50万，"主治医生阐述成本利弊时说，"后期血液抗凝、排斥反应、派生感染等问题都需要持续解决——另外,手术本身的风险也不低。"

病人的生命监护者请医生实话实说:"假如手术能成功,陈湖君能生存多久?"

"不好说,"医生回答,"维持现状也许几个月,搏一把也许一年。"

闻言,两个当母亲的人不约而同站起身,她们并肩走出医生的办公室,一直走到走廊的尽头。和两个孩子出生之时,以及他们订立婚约之时一样,两个母亲相拥而哭。

还是一年,犹如天意。

那一刻,连冬阳都陷入了深切的悲伤和后悔。

* * *

手术方案论证完毕,要不要做等待一个决定,但医生强调时间窗口已不多。

季香的家人把手术费用都准备好了。

那时季香的病情倒是再次平稳下来,脏器感染消退,血象和免疫系统向好,医生给出了比原来乐观的生存期评估。季香妹妹的预产期在5个月后的8月,医生对高龄的廖颖建议说:"你现在需要心无杂念地养胎。"这句话传递的信号是好的,这意味着一切也许来得及。

但冬阳能感觉到出院后的季香变得情绪低落,她一直掩藏的忧愁已无处掩藏。

有一天，一个提着包的男人在陈湖君的病房门口张望了一下，冬阳看见问："你找谁？"那男人晃了一下走了，冬阳说，"怪人。"

冬阳回头看见季香站在病房中间，木然发呆。

* * *

大四下学期已经开学，但季香没回宿舍住，陪同父母住在酒店里。情况特殊，学院和宿管也没说什么。季香的学分已经修满，学士论文也已向导师提交了初稿，无论如何她的人生应当能拿到一张大学的毕业证书。冬阳还有一两门课在上，他想过休学一段时间，但又觉得季香不会同意。何况如果推迟毕业，已经拿到的城市设计院的录取岗位也将告吹。最后一个学期了，还是把它念完吧。

这天离开医院，冬阳打算送季香回酒店，季香笑笑说："要不我今天送你？"

"到我学校？"冬阳有些诧异。

"嗯，现在想起来，从小到大每次都是你送我，送我回家，送我回学校，送我到车站……我好像还没送过你。"

冬阳心里涌起难受，考虑了一会儿说好。

"我学校离得不远，我们打个车吧。"

"那一起走回去好了。我今天状态挺好，医生也让我多走路。"

冬阳默默点头。

两人沿着灯火辉煌的街道并肩走,季香似乎心情放松了一些,兴致所至还沿途买了一杯奶茶。

"不准不批准。"季香对冬阳笑。

冬阳说:"我也想喝。"

两人一人端了一杯奶茶,冬阳也没坚持让季香坐着喝,两人边走边喝,有种久违的自由。

经过一条要过马路的大街,但围栏很长,人行路口离得很远。冬阳说,我们从地铁站穿过去吧!

两人走下地铁站,在熙攘的人潮中向前走;突然季香停住脚步,手伸前说了一声:"呀!"

冬阳朝季香手指的方向看,随即也"啊"了一声。

两人不约而同地小跑过去,跑到地铁站客服站的旁边。那里有一个失物招领的纸箱,里面堆放了一个红色的大袋子,而一条白色的长长的纱裙从袋口露出来。

冬阳和季香都认出来:那是他们曾遗留在地铁车厢里的婚纱。

季香微笑说:"没想到还能失而复得。"

冬阳从失物箱把红袋子抽出来,拽在手里,说:"我不会再丢了!"

办了失物领回手续,两个人从地下通道回到地面,就走到了学校的门口。

两人走在安静的校道上,冬阳一手提着红色的礼品袋,另一手摸索摇摆;手就渐渐和季香牵在一起走。那双手似乎已经许久没有牵在一起。

"到了。"当看见不远的彼处的楼,冬阳说。

"真快……不过我送过你了。"季香低头沉默,但又笑起来,"嘿,这么大个袋子,婚纱先交给你保管好吗?"

冬阳立定说:"季香,我想……我们把婚事办完好不好?"

季香平静说:"好的。"

"我们先结婚,然后安排陈湖君做手术……无论如何,我们都要全力试试……不要怕,现在你身体也好起来了,手术也一定会成功的,医生也说了现在的技术比以前强很多……我们一定会一起渡过这个难关……"

冬阳停了停,伸出双臂把季香抱住。

"季香,我想娶你,想和你在一起……你还想和我结婚吗?"

季香在冬阳的怀抱里点头,她眼睛湿润,但没有哭出来。

"冬阳,我也想嫁给你。"

冬阳真切地感到甜蜜和快乐,也着急——他拉住季香的手。

"我们明天就去登记好吗……是不是太急了?或者选个适合的日期也可以,我们的生日已经过了……"

季香思索了一下,说:"3月20日好吗?"

冬阳说:"可以啊,还有一个星期,这天有什么特别吗?"

"那天是今年的春分。"女孩露出笑容,"彼岸花开放的日子。"

***

3月20日凌晨,宝儿在电话里告诉了冬阳季香的死讯。

冬阳在午夜的睡梦中猛然惊醒,他感到一种心脏撕开的剧痛。那疼痛是如此真实,他惊骇地从宿舍的木床板上翻身而起,几乎发出惨叫声——然而漆黑的房间里只传来几个室友的呼呼鼾声,大家都依旧安睡,平静如常。冬阳惊出一身冷汗,他按住自己的胸口只觉得是幻觉,但仍旧生出莫名巨大的恐慌。

冬阳下床走到宿舍外间,抬手看了看表,3点了,正是人间睡得最甜熟的夜的一半。他犹豫片刻,还是决定拨打季香的手机。电话响了10下,没人接听。冬阳困兽一般在狭长的走廊来回走,他想给季香的母亲廖颖打电话,随即心里骂自己没事找事。然后他又突然想给自己的母亲黄凤娥打电话,这让他更觉得自己的脑子不对头。初春的夜风越刮越大,冬阳缩缩脖子,不明所以的躁乱平复下来。冬阳沿着长廊往回走,但临近宿舍门前他停下脚步,他再次拿起手机打给季香。电话响了10下,即将挂断时,对面传来了"咯嗒"的接听声。

冬阳对电话说:"啊季香,大半夜对不起⋯⋯"

然而他听见的是宝儿的哭音。

一瞬间,冬阳已经感到了腿脚发软的眩晕。

"冬阳⋯⋯阿姨说晚一些再接你的电话,再告诉你⋯⋯但我忍不住⋯⋯"

"怎么了⋯⋯季香呢?季香在哪里⋯⋯你把电话给季

香……"

冬阳用两只手捂住电话说话,他不知道这个动作的意义是什么,他只是感到自己声音的虚弱。

宝儿在电话那头哭,电波像湿淋淋的波纹一样一圈圈弥散。

"季香走了……走了几个小时了……"

冬阳心想开什么玩笑,这绝对不能接受——3月20日,我们不是约定好要结婚吗?!

什么叫走了?什么叫走了几个小时?什么叫晚一些再告诉我……

一种和男人自尊有关的火烧起来——冬阳让自己在无人的走廊里挺直腰杆,声音变得铿锵有力。

"什么意思?李宝儿你在说什么!宝儿你不要着急,把话说清楚一点——季香现在在哪里?我现在过来——"

"我们在医院……"

"第一人民医院吗?季香情况反复又入院了,对吗……"

"不是的……在第二人民医院……"

"陈湖君那边吗?所以是……好,我明白了……陈湖君现在情况怎么样?"

冬阳说着语无伦次的话,他不知道他明白了什么,甚至来不及打开悲伤……他只是从心底死死抓住侥幸的希望。

"陈湖君一个小时前送进手术室……"宝儿哭泣回答。

"好,那就好!没事的,季香会没事的……一切都会好……等一等我,很快,我马上就去打车!"

冬阳心脏咚咚跳动着。他真的觉得好，他觉得希望明朗起来，他已经开始在走廊上奔跑——他想用最快的速度挂断电话，但他还是对电话那边说："别哭，宝儿你别哭了……你在哭什么呢！"

然而宝儿的哭音没有停歇。

冬阳当然觉得不对头，一切都不对头，但他不明白这种不对头到底是什么，他想不出来，他只在烦躁中暴怒。

"你到底哭什么！你说清楚啊！不是还在做手术吗，不是现在还没事吗……"

冬阳在宁静的午夜里大声喊出声音——骤然一种比可怕更可怕、比悲伤更悲伤的猜想，一种他无法想象和不肯相信的预感钻进他撕裂开的心脏。

宝儿在电话里哭泣："冬阳，季香她骗了你……她瞒着你……陈湖君的生命耦合对象不是她，而是你呀……"

6

3月19日晚上，冬阳把季香送回酒店，那之后，季香对父母说今天她回学校宿舍住。

"我想和宝儿聊聊天。"季香笑着说，"明天我和冬阳去登记，今天算是闺蜜之夜。"

廖颖想了想同意了。

季香背着双肩小背包离开她已陪伴她的父母住了2个月的

酒店。

走出酒店大堂,她预料廖颖会把电话打到宿舍,说些请室友们多多照顾她的话,所以她先一步给宝儿打了电话,告诉宝儿她正在回学校的路上。

"别告诉冬阳,免得他来搞破坏。"挂上电话前,季香笑着说。

这句叮嘱一矢中的,宝儿最终没有告诉冬阳季香的去向。

过了九点钟季香还没有回到宿舍,宝儿也担心,但就在她准备给季香打电话时,季香的电话又打过来。

"我买了好多好吃的,还有红酒,等我一会儿哟。"

宝儿连忙说好。

到了10点钟季香仍旧没有出现,宝儿心里的不安开始变大,她有点忍不住想给冬阳打电话,这时季香的电话再次打来。

"嘿,我想到个好主意,今晚我们还是在外面聊天吧!"

宝儿问:"季香,你现在在哪里?"

"灯塔小栈,我开了一个房间。宝儿,酒我也开好了,我们可以聊上一整个夜晚。"

宝儿说:"我现在就过来!"

"嗯,宝儿,麻烦你跑一趟了。我等着你。记住,我们说好不告诉冬阳,今晚是我们姐妹两人的。你能快些来吗?"

宝儿急忙收拾衣物,但收拾到一半就停下了手——季香的每句话都意有所指,让她如芒在背——而"你能快些来吗"的话却突然让她感到心惊肉跳。

宝儿披件衣服冲出宿舍,她一路跑到学校门口,打上出租车。灯塔旅馆离学校有20分钟的车程。那是一间小小的民宿旅店,有个不像前台的前台,走进去穿过走廊,直接按密码锁入住。宝儿找到房号,敲门无果,于是按下季香发给她的开锁密码。宝儿进门后一边喊一边找,直至找到季香。

季香漂在倒满冰块的浴缸里,秀发像花一样在水中盛开。

浴缸旁边放着一张卡片,留给宝儿。

"抱歉,宝儿,我只能拜托你。以后,冬阳也拜托给你。所以,先别告诉他。"

* * *

季香使用空气结束了自己的生命。工具不过是一小瓶压缩氮气和一只氧气面罩。氮气瓶是网上买的,氧气面罩在她住院治疗时就有。季香在初春微凉的夜里把自己浸入浴缸,冰水没过胸口,她戴上面罩,往理应输送纯氧的软管里注入纯氮。在生命赖以存活的空气里,氧气和氮气总是每时每刻共存,它们一个约占20%,一个约占80%,组成一体。可是当氮气占据全部,生命会被麻醉,然后在几分钟以后悄然逝去。

医生说外国的安乐死诊所有一种新型的胶囊舱,用的就是这种方法,只是现在各国的安乐死制度已基本终止。

"她应该走得没有痛苦,可能还会有愉悦和幸福的感觉。"

宝儿先打了急救电话,然后给季香母亲廖颖打了电话。季香被送到第二人民医院，宝儿扯着医护人员的衣袖请他们一定要送到那里。医护人员点头说："就是送那里，那里最近。"

季香在凌晨12点05分被宣布抢救无效死亡，那时就到了3月20日的春分。

那时冬阳的母亲黄凤娥也已赶到了医院。廖颖悲痛欲绝，麦大伦搀扶着她；但她只经历了短暂的情绪崩溃，其后就用坚定的语气说："我们，暂时不要通知冬阳……"

他们每一个人都已经明白了季香的心愿。

早在得知自己的生命未必还剩很长的时候，季香就签过器官捐赠协议。在新的时代里，选择死后捐赠器官的人大幅增多。这在医学界涉及对"死亡"的重新定义。而在慢慢育长的新的文明观念里，人的躯体的部分存活也被视为是生命的继续——他们的灵魂之火仍有余光，他们会以另一种形式活下去。

紧急完成术前准备，陈湖君在凌晨2点08分被推入手术室。2点51分，他的胸骨被劈开，悬吊心包，用人工设备建立体外循环，然后切开左右心房。

那一刻，冬阳在心脏撕裂的疼痛中醒来。

他翻身而起，在漆黑的走廊里拨打季香的手机——对面那台金色的推盖手机攥在宝儿的手里，窄窄的液晶屏亮着浅紫色的光。

冬阳的母亲黄凤娥恳求说："先别接好吗？等手术做完……"

那个母亲一直站在手术室外间灯火通明的走廊，一刻都不肯坐下。

当电话再一次响起，宝儿双眼止不住地涌出泪水，她泪眼望向冬阳的母亲，于是那位母亲也垂泪点点头。

冬阳在深宵的街头拦不到出租车，他一路奔跑。心脏每每感觉裂开，这反而让他咬着牙死命地跑，他想就这样把心脏跑成粉末——但当跑得越来越快，心脏越跳越快，却又发出轰轰的有力之声。

谁能否认奔跑就是生命的奋力呢？

当冬阳挥汗如雨跑进明晃晃的走廊，他望见手术室的头顶"嘟"的一声亮起绿灯。

供体取出和受体接驳两台手术同步进行，移植只用2个半小时就成功了。

当彼岸花开放之日的第一缕阳光破晓，季香的心脏在陈湖君的胸口恢复跳动，她从此活在那里。

冬阳活在了彼岸的另一边。

* * *

早在半个月前，季香已经在那家旅店租下了房间。季香从来都是一个有想法也有计划的人。那房间在民宿的尽头，店家说因为离中庭的电梯太远，朝向也不好，布置装潢一般，选住的客人不多。

"还好她选的是那个房间——"店家用既恼怒又哀叹的语气说，"我们这家店不大，但主打的海岛灯塔风格很受欢迎，像昨天也是满客！"

因为客人在房内自杀，旅馆的经营大受影响，廖颖表示会向店家赔偿。店家姓陆，下巴留着一小撮山羊胡子，闻言摆手说算了。

"她把房间租了半个月，看来是真的有迈不过去的坎……我能看出你们不是不管孩子的人，也许到某个份儿上劝也没有用，你们也节哀顺变吧。"

警察做了常规调查，廖颖回忆说前夜她有帮季香收拾东西，季香的小背包里有一身洗换的内衣，第二天穿的漂亮裙子，但没有看见氮气瓶和面罩。尽管那只是10升容量的小小一瓶，但装进背包她不会发现不了。后来经店家告知，房间里有带密码锁的保险箱，氮气瓶可以存放其中。

另外冰箱里也做好了满满一柜的冰。

季香把房间租下来半个月，早已把一切都准备好。

她只是一直没有下定决心。或者在等待一个适合的日期。

警察归还死者随身物品的时候，冬阳看到季香小猫挂饰的双扣小背包，以及装在里面的各样东西，它们在警察局的长桌上一字排开：叠得整齐的一件花苞袖口的卫衣和一条鹅黄色的百褶裙，一只淡蓝色的塑料文件袋，里面有户口簿、身份证、2寸的半身免冠彩色照片，以及一张无配偶的自我证明，季香在上面签了名字。

"你们原来计划第二天去民政局登记结婚是吗？"警察问冬阳。

冬阳点头。

警察问:"你知道死者为什么要选这一天自杀吗?"

冬阳摇头。

警察合上笔录本,对被询人说:"这些东西你带走吧,死者父母同意给你保管。"

冬阳抱着季香的遗物离开警察局,春天里的阳光刺目生痛。

冬阳脑海里只剩下季香10点钟最后给他打的电话。

"冬阳,今天我想早点睡,睡得美美饱饱。明天早上你来接我,好吗?"

＊＊＊

心脏移植手术非常成功,术后几乎没有出现排斥反应,主刀医生表示供体和受体的配型如奇迹一般完美。

在手术执行前夕,陈湖君的主治医生被告知陈湖君和麦季香并非互为生命耦合对象,他惊诧而不满,但还是立刻安排了移植手术,打电话把最权威的心脏外科专家从睡梦中叫醒,并且派车从酒店接过来。

所幸在研讨人工心脏的方案时,廖颖就已经和那位专家联络过,日前也安排他提前从外地到达,做好随时实施手术的准备。

即便这位母亲早已知道,这台手术要救的人不是她的女儿。

手术成功后,陈湖君的主治医生说:"我和另一家医院的另一个医生都不约而同地说过,器官配型和生命耦合没有绝对的关系——这一点你们倒是听进去了！"那语气一部分是自证观点，一部分是隐约指责。

陈湖君的体征数据重新得到稳定，新的生命的火种注入他的身体，医生表示说不定今后可以再进行促醒治疗。

"这需要根据条件的充分性来判断。"医生一如既往不带感情地表达，但片刻神情也变得深沉，"不过最重要的还是维持吧……我明白你们的心愿，你们希望病人能够生存尽量长的时间。"

* * *

4月，当诸事安稳下来，家长们返回家乡。他们安排了几件事，第一是把季香的衣冠匣子带回去，安葬在墓园一片山花如绣的谷地；另一件是把仍旧昏迷的陈湖君也接了过去，入住市郊新设立的晨曦康复医院。那家医院是本市打造的国家级示范点，在生命维持这个既古老又新兴的产业领域里配置最顶尖的软硬件设施。

天空飘着霏雨的一天，冬阳回家参加了季香的葬礼，举行葬礼那天才发现宝儿也独自去了。

季香的遗体已全部捐赠，分散四海；葬礼上没有告别仪式，只是将白玉做的衣冠匣子安葬下土。一切朴素从简，来的也只有至亲。参加祭奠的一些亲友打着黑色雨伞，各个黯然神伤，黄凤娥也在旁偷偷抹泪，但季香的父母没有哭。麦大伦全程扶着身怀六甲的妻子的肩膀，廖颖总是轻轻摆开，神情肃穆而又坚强。宝儿也没有哭，她红着眼眶，但死死忍住不让眼泪掉落。

他们都已哭过也已哭够了。

冬阳没有打伞，他像个木头人，站在雨中一言不发。他远离每一个打算向他搭话的人，用可怕的脸色竖起尖刺。

葬礼结束的第二天，冬阳准备离家回去。他本来想葬礼一结束就走，但宝儿先动身离开，他不想和宝儿同行——哪怕是看上去像那样子——所以在家多住了一夜。

晚上廖颖打来电话，说知道冬阳明天才走，如果来得及想和他见一面。冬阳回答说好的。

第二天上午，廖颖和冬阳约在一家装潢很好的咖啡厅见面，廖颖穿着白色套装，脸上化了淡妆，一如既往地端庄自若，以此掩盖了憔悴。走进咖啡厅，廖颖微笑向冬阳打招呼，神情镇定从容，但落座后还是掠过不自在的窘迫。她提出换座到咖啡厅的外面，冬阳同意。

两人在户外的座椅重新坐定，廖颖笑笑问冬阳喝什么或者吃点什么，她请客不用客气。冬阳摇头说不用了，他喝开水就行。廖颖愣了愣但没有坚持，扬手招呼服务员过来，给自己点了一杯黑咖啡，后来又加了一份蛋糕、一份松饼。

饮品和食品端上来，廖颖静静喝着咖啡，两人相对沉默了良久。

"冬阳，我想说几件事。第一件事是阿姨和叔叔都需要向你道歉。"廖颖许久才放下杯子开口，她的话语略略犹豫，但还是一直说下去。

"对于你和陈湖君的关系,我们一直自作主张地瞒着你,这显然是不对的,对你非常不公平,我们也没有权力这么做……不过,我们想你能理解季香,她心里只是希望你过得好……她比谁都清楚面对死亡的威胁是一种什么感受……一直眼望着'死'这个事物一步步逼近而无法逃离,那该有多痛苦呢……对于这件事,我希望你能原谅季香……还有你妈也是一样,凤娥她也是一样的心情……冬阳,你知道吗,你妈妈很爱你,这几个月来她承受的伤心和压力,其实超出你的想象……"

廖颖停下来,她想躲开悲哀的气氛,然而话却变得像长辈说教了。她望向冬阳,但对方只是沉默不言。

"这是我说的第一件事。"廖颖吸气坐直身,然后继续说,"第二件事是想让你放心,我们在这边会照顾好陈湖君。这里的条件不错,医生已经评估过,陈湖君的身体底子是好的,他的情况会保持稳定,也一定会有机会康复醒来……我们会用尽一切办法……所以你回去以后不用担心,不要多想,安心去做你自己的事……记住了,冬阳,你的人生才刚刚开始……"

冬阳沉默。廖颖感到汹涌的悲伤涌至胸口,她需要用尽浑身力量才能压住。

那个母亲再次深吸一口气,然后继续用镇定的语音说。

"第三件事,我希望你不要有心理负担……季香的病,我们都知道,也已经知道了很长时间……虽然我们总说着一定有机会,一定来得及……其实那只是这么说……我们都知道那份机会很渺茫,只是奢望……而最清楚这件事的是季香自己……那个孩子啊,也是不愿意我这个母亲受难……"

廖颖的声音开始哽咽,但她又再克制下来。

"冬阳,你比谁都了解季香,你是知道的,那个孩子从小到大都固执、都坚持,她从小到大都有自己的想法,当她做了选择和决定,谁都改变不了。包括我,包括你……所以,冬阳你不需要自责。季香也一定不希望你自责。那个孩子,她是想用自己那份余下不多的生命,去换两份生命;陈湖君能活着,冬阳你也能好好活着……她的心脏在别人的胸口继续有力地跳动,她也能一直活着……这是一个合理的选择、一个勇敢的选择、一个让人敬佩的选择……这是她最后的心愿,我这个做母亲的没有理由不支持对吗……我感到欣慰,也感到骄傲,真的……我的女儿做了很棒的事情……

"所以,总之……冬阳你要答应廖阿姨,也是答应季香,今后你要努力生活,不要胡思乱想其他事情知道吗……

"冬阳,你知道的,一直以来你都是我和你田叔叔的另一个儿子,我们都希望你能好好生活……你能好好生活,我们很开心……嗯,现在还多了陈湖君,他是季香的一部分,他也是我们的孩子。我们又多了一个孩子,这一点我们也很开心……嗯,再过几个月,你们还会有一个妹妹,她的姐姐在春天出生,她会在夏天出生,她的名字会叫麦夏,我会像爱她姐姐一样爱她……"

那个母亲终于哽住,她的情绪似要崩塌,而换上一种救助般的声调。

"冬阳,我们……我们都不要觉得这是对季香的背叛好吗……"

冬阳木然地点点头,但依旧默不作声。廖颖喝了一口咖啡,咽下,又喝了一口,她花了很长的时间重新缝合自己的情绪,当她觉得自己已经准备好时,她咬了咬牙。

"其实,冬阳,我想告诉你的是另一件事。"廖颖说,"季香那天选择自杀,是我的错。"

冬阳闻言晃了晃身体。

廖颖平静说:"季香告诉我你们打算3月20日登记结婚,这件事我是不同意的。我不同意的理由,是我要求季香在和你结婚之前,必须告诉你你才是陈湖君的生命耦合对象。我要求她先告诉你真相,在婚前说出来,而不是结婚以后。我说这对冬阳不公平,婚姻不应该有蒙骗和杂质,否则今后你们两个人都会后悔……我也说,就算你觉得这可能是一场短暂的婚姻……

"其实我是无法继续忍耐她的任性。陈湖君的心脏手术已经到了必须确定的时候,而这个决定的权力必须还给作为生命耦合对象的你。你要知道,你的母亲也一直惶恐不安……所以我和季香说了很多次,严厉地向她提要求,但她总说再等等,等到适合的时间她就会告诉你……可是,我哪里想到她会……

"总之,就在你们准备结婚的前几天,我下了最后通牒。我对季香说,我知道你开不了口,不要紧,妈妈帮你安排好了,我已经雇好了一个人扮演政府有关部门的工作人员,明天他会提着礼篮到医院去,告诉冬阳之前的生命情报信息搞错了,弯腰鞠躬表示道歉。这样事情就解决了,你也不用考虑怎么开口解释。我说完季香呆住，半晌不说话。最后她说：'妈，辛苦你费心了，我妈妈想出的办法总是这么棒，不过这样对国家太不尊敬呢，妈妈是从商的，这样会有风险。真的不用。妈，我答应你好不好？我和冬阳去登记结婚的那一天，我就把真相告诉他，如果冬阳还愿意和我结婚，我们就走进民政局；如果他不愿意，为此恨我，我也接受，这个婚我们就不结了。'

"她说得镇定而斩钉截铁，我也无法反对。但我告诉她，之前我就已经让那个演公务员的演员到医院走过了一圈，那算是演练……冬阳，那时候你也看见了对吗……冬阳，我就是想给这孩子施压，提醒她事情不能再拖了……"

廖颖从平静的语气说起，渐渐变得激动，那个母亲巨大的悲伤和懊悔升起来，又被压下去，最后她深吸了一口气，抬头望向冬阳。

"所以冬阳，我想告诉你的是，季香很早就想过自杀，也做了准备，但是她选择那天，选择在和你结婚的前夜结束自己的生命，是我逼迫的结果。是我逼得她下了决心，做了决定。冬阳，季香她是真心想和你结婚，这里面没有欺骗。事情变成这样，一切都是我的错，所以廖阿姨还欠你一个道歉。"

廖颖从座椅上站起来，向冬阳鞠躬。

片刻那个母亲重新坐好，眼圈通红，她下决心把这些话全部说出来，希望情绪得到释放，但疼痛却更加锥心刺骨。她勉力坐直身体，不再说话。她默默等待对面的人——她死去女儿的终身爱人，对她说些什么。

"廖阿姨，陈湖君的治疗费要多少钱？"

冬阳开口说的话让廖颖呆了呆，但她立刻说："我说了，这个你不用担心……"

冬阳说："廖阿姨会一直帮我出钱对吗，因为我们家也没什么钱。"

廖颖说："我不是这个意思……哎，冬阳，你也是我的孩子，我们一直都是一家人，不要计较这些好吗？"

冬阳点点头。

"好的，谢谢你廖阿姨。廖阿姨，你告诉我季香为什么会选在那个时间自杀，那我也告诉你季香为什么会选在那个地方自杀吧。因为我曾经和其他女孩在那间旅馆开过房，做过爱。那间旅馆叫灯塔小栈，把房间布置得像灯塔里面一样。小时候，我和季香走到海滩上，会一边眺望岛岸的灯塔一边接吻。我对季香说，如果我们能溜进灯塔里面就好了。后来我和另一个女孩说了一模一样的话。我对她说，我从小就最喜欢灯塔。我拉着她的手急不可耐地跑进旅馆，店老板说今天满客了，走廊最尽头还有一间房间，不过没有装修成灯塔风格，你要不要？我说要，有房间就行。季香租的就是那间房间。然后她选在那里自杀，在我装模作样、不依不饶地要求和她结婚的最后一个晚上。"

季香的母亲脸色青白如雪，她想端起咖啡杯，但杯底抖动着敲击承托的陶瓷碟。片刻她放弃，把杯重新放稳在杯碟上。

"这件事我知道……"廖颖努力平静，"是宝儿对吗？宝儿告诉了我她和你的事。她之前就和我说了。她一直哭，希望我原谅你们。是的冬阳，你和宝儿背叛过季香，有时我也觉得自己背叛了季香……冬阳，我会原谅你们的，年轻总会犯错，也包括感情的错。你和宝儿的事已经过去2年了，我知道季香患病以后，你一直全心对她，这就够了……季香这个女儿是个倔性子，她是不是耿耿于怀我也不知道……但她现在已经不在了，我可以替她原谅你们……这件事你以后不要再提了……"

冬阳点点头。

"是的，这两年季香病了以后，我一直陪着季香，真是累死了。不过我就怕我真的是她的另一半，我害怕季香死了，我也会跟着死。所以再累也得陪着她，再烦也得照顾她、安抚她。我哪里敢不装出全心对她的样子呢？其实我最怕她想不开，或者一生气……总之，真是受折磨啊。所以知道陈湖君是季香的生命耦合对象，我如释重负，终于丢掉这个要命的包袱了，我心里简直乐开了花。我跑到厕所洗脸，望见镜子里的自己几乎要笑出声音来。季香也看到了。"

季香的母亲坐在咖啡桌的另一端浑身震抖，她咬唇说："冬阳，你不要再说了……"

但是对面的人继续说下去。

"可是见到陈湖君以后，情况又变了。季香说陈湖君是她的另一半，她四处打听陈湖君的事情，每天都到医院陪护着那个人。我看着每天都觉得火大，忍无可忍。没办法，我怎么知道我才是那个人的另一半呢？廖阿姨，陈湖君其实曾经醒来过。就是2月2日那天晚上。那天是我和季香的生日，我们原本计划那天登记结婚。当然那天也是陈湖君的生日。季香住院了,那天晚上我在医院给陈湖君值夜,他的生命监测器松了,吸氧机也松了,我考虑了半天要不要给他戴回去。然后他就睁开眼看我了。他的眼珠盯着我转,手指也在动。我把吸氧机给他戴回去,他就合上眼重新睡回去了。应该说我巴不得他重新睡回去。后来护士过来问情况,我说什么事都没有发生。后来医生问情况,我也什么都没说。廖阿姨,促醒治疗其实是有效果的。如果陈湖君脖子后面的电极片晚一点摘掉,治疗再坚持一段时间,那个人说不定真的能醒过来。如果他醒过来,身体机能应该会复原吧。这样季香也就没必要把自己的心脏给他了。所以季香根本没有必要自杀。她没有必要救我。廖阿姨,是我杀死了季香。"

廖颖掩面而哭:"冬阳,你为什么要这么做……"

冬阳说:"因为我妒忌。虽然我已经不爱季香了,但是我看见季香看似爱上别人,我还是妒忌。我想还不如陈湖君早点死去,季香也早点死去,我们的感情反而能画上完美句号。今后我可以心安理得地和别人在一起,甚至可以把这份感情拿来当谈资。和季香登记结婚也不错。这是一份美满、短暂……刻骨铭心的谈资。所以我这么做了。"

廖颖说:"不是的,冬阳,你为什么要说出来,你为什么要告诉我这些事……我好不容易说服自己季香的死是值得的,你为什么要告诉我不值得?你为什么要告诉我,你是不值得她用生命去救的人!医生明明说来得及的,季香的病情明明已经稳定了,她的妹妹还有几个月就要出生了,季香明明能够活下来啊……田冬阳，我一直都讨厌你，你从小到大我都极其讨厌你，我看透了你的本性，季香根本不应该和你在一起，她根本不应该为你付出……"

廖颖声泪俱下，无法自已，但她内心明白冬阳为什么要把这些事说出来。

因为她也一样，心里充满悲痛和后悔……

"嗯，所以季香删掉了我和她全部的短信息。"

对面的人从座椅上站起，转身离开。

季香的母亲泪流满面在他身后说："冬阳，可是这样，我一辈子都不会原谅你啊……"

7

麦夏在5月就出生了，她的预产期原本在8月，早产了3个月。

麦夏出生后被诊断患有嵌合型唐氏综合征。犹如冥冥的唤应，正常人的21号染色体是一对，但麦夏的是三倍体。其实唐氏综合征多发于高龄产妇。早在她母亲怀上她3个月的时候，唐筛检查就已经预警高危，医生说有60%概率是唐氏儿。但廖颖坚持怀着她。5个月的时候可以做羊水穿刺予以确认，廖颖也摇头不同意做。

流产过两次，这个高龄的母亲知道自己已经无法再怀一个孩子，已经没有时间。

嵌合型唐氏综合征的染色体为嵌合体，正常细胞系和异常细胞系共存，相比其他唐氏征表型相对较轻，后天训练得好生活尚可自理。但麦夏因为早产，四肢纤小，心脏衰弱。她在保育箱里待了超过2个月，最后终于生存下来。

麦夏的出生及其情况，黄凤娥在长途电话里告诉了冬阳，那一刻冬阳捏住电话僵定不动，心里更感痛苦。

他想起廖颖曾对他说："她的姐姐在春天出生，她会在夏天出生，她的名字会叫麦夏，我会像爱她姐姐一样爱她……"

然后那个母亲又哽咽："冬阳，我们都不要觉得这是对季香的背叛好吗……"

冬阳这时才体会到一个母亲所能历经的丧女之痛有多深。

"廖颖只是强装坚强，其实怎么可能不悲伤？"黄凤娥在电话里说，"她的身体状态加上这样的情绪，所以早产了……"

冬阳于是明白到自己的罪孽又多了一分。

那一刻他后悔过向廖颖说出一切，但他最终明白他不得不这么做。

因为他不知道自己要怎么厚颜无耻地活下去。他想要的是不被原谅。

黄凤娥念念对儿子说："冬阳，你有空也多给你廖阿姨打电话吧，多陪她说说话，好好安慰她……人家一直在付陈湖君的护理费……"

冬阳挂断了电话。

***

冬阳回到学校潦草地毕了业，他不愿回家，就留在了那个异乡之城。

他拿到土木工程专业的本科文凭，也拿到一纸当地城市设计院的录取通知书，去单位报道那天，人事处领他到会议室，让他先坐一会儿，稍晚和他说入职事项和签劳动合同。少顷，踱步走进来一个领导，手里正把玩着一台黑粗的大相机，抬头看见冬阳，笑道："新来的小伙子吗？挺精神嘛，会不会用相机？"领导把相机递过去，冬阳双手接着，看见是一台型号很新的数码单反相机。领导说："怎么样？货真价实的35毫米全画幅，有效像素1110万，品牌自主研发的CMOS图像传感器！"冬阳低头说："我不是很会用……"领导体贴又慷慨："那就学，我们搞城市设计经常有机会到处拍照。现在啊，数码相机很方便、功能很强了，影像保存得好，到外地出差照片也能随时传回来。回头你借一台去学着用吧，单位有很多台。"

领导走了以后，冬阳独自离开会议室，默默从城市设计院宽敞气派的大门走出去。

他站在7月炎炎的日光下，望着手里一台老旧的翻盖手机。曾经他和季香一人一部，一模一样。手机早已推陈出新，年复一年加入了更多、更新鲜新奇的功能。冬阳想起季香笑嘻嘻的脸庞，和她说的话。

"冬阳，听说现在有一款新手机能拍照片哟！这样就算我们见不上面，身处不同的地方，也可以随时拍下自己的照片发给对方……"

但女孩随即又低头,轻声说完后半句话。

"不过我们现在就很好,以前也很好……"

冬阳没有再回城市设计院,没有签下那份入职合同,他知道自己没有资格。

那之后他在那个已经空空如也的城市游荡和生活,有时经过一些地方,他会想起以前和季香一起来过,眼前就会看见季香的影子。

那些影子也日渐模糊,冬阳知道它们没有方法可以保存。

* * *

毕业后的几年,冬阳打着零工,在老社区当外派的水管维修工,也给居民用麻布搬运新购或不要的家具。

晚上他会到便宜的酒馆喝一杯啤酒。大部分时候他会安静坐在一角喝酒,但有时会毫无预警地向最强壮的客人挥舞拳头,直至把自己的指骨打折。

平日里,冬阳常常沉默,搬运家具的时候他受伤过几次,一次手臂骨折,一次头破血流,雇主惊慌地说送他去医院,他一言不发就走了。他住在城中村的出租屋里,楼下有一家便利店,一个值夜班的年轻女店员时不时地望他,收款时对他露出纯甜的笑容,但他只是面无表情地离开。

深夜,他独坐在出租屋的二手沙发里,凝望一片雪花的电视机。

有一年冬阳在一个居民小区看见一家居酒屋，横梁上挂着一个木牌，上面刻着一个圆形的"宝"字。

冬阳认得。那个招牌是季香设计的。

那时候季香扬起铅笔作画，朝她最要好的室友笑："这个怎么样，是不是喜庆可爱又圆满？"

而宝儿喜欢得拍手："哎，我还没想好开什么店呢，不过什么店都好，你和冬阳一定要天天来……"

冬阳推门走进那间居酒屋，老板娘从柜台后面抬头说欢迎，然后呆住。

冬阳转身，宝儿喊住他："别走……等我好吗？"

冬阳坐在居酒屋的角落，四面屏风挂着古朴的风灯，亮着温馨的暖光。宝儿给他端来很多菜，还有一碟小熊模样的曲奇饼干。冬阳默默吃，他知道宝儿仍然爱着他。居酒屋的生意不好不坏，宝儿一个人在前台忙碌着笑脸相迎，红扑扑的脸蛋仍然圆乎乎。冬阳看见有几个戴金链的客人没结账就走了。到店铺打烊，店员也下班，店里空空静静，宝儿走过来坐在他旁边，片刻低声说："你……现在怎么样？你瘦了……"

冬阳没说话，宝儿在灯光里望见那个男人眼角的淤青和一身旧伤。

"再等我一下。"

宝儿快步走进储物房，急急找出一个白色的小药箱，而一回头，看见冬阳就站在身后。

"冬阳……"

宝儿吃惊着，冬阳靠近她，捧着她的脸吻住她的嘴唇。

宝儿推挡了一阵就顺从了，在分别多年以后，他们在密闭的满是灰尘的乱室里热烈地做了第二次爱。

宝儿坐在一旁默默整理衣服的时候，冬阳站起来。

"季香的妈妈和我说了，你请求她原谅你和我。"男人的声调冰冰冷冷。

宝儿骤然愣住，拉扯肩膀的衣服的手僵停下来，过了一会儿眼泪簌簌从脸庞滑落。

她想起她和冬阳曾经度过的第一夜。

"我们就在这里休息好吗——我喜欢这家店。"

其实是她伸直手臂，指向了那家叫作灯塔小栈的旅馆。

"我上小学的时候最喜欢灯塔，冬阳老是对我说：那以后我们要住在灯塔里头，当一辈子的守塔人！"

季香曾经在宿舍里宣示主权般分享她和冬阳从孩提时代就共同度过的岁月，而宝儿心中也曾经忸怩妒忌……

冬阳转身走出了凌乱的储物房。

宝儿忍住哭泣，在男人身后毅然说："冬阳，以后……你多来好吗……"

她心里想好了接受惩罚，而即使接受惩罚，她也希望那个人生已到达边缘的人留下。

冬阳停了停脚步，然后继续离开。

但后来他还是定期或者不定期走进宝儿开的那家居酒屋。那时，社会治安越来越差，那一片街区不太平，冬阳也和一些社会人走得近,他歪着脖子对居酒屋的老板娘说:"你这个场子我来看。"

他也去地下赌场赌博,他对宝儿说:"有钱吗?帮你看场子也要收钱的。"

他无法说出更好更像样的话。

冬阳时常想起季香最后留下的话:"宝儿是个好女孩,你可以像对我一样对她好……"

* * *

冬阳并非没有想过让生活回归正常。

但在凌晨深宵,他时常会从冷硬的床板上惊醒,坐在狭小的房间里眼望四面斑驳的黑墙,摸着自己的胸口大口喘气。

死亡的恐怖每一天都伴随着他。

他脑海挥之不去那个仍旧躺在白床上一动不动的人,覆盖在被单下的身躯形容枯槁。生命监测仪的闪闪发光、输液管里针药的滴滴下落、起伏胸膛呼出的每一口气息……都发出如同时钟分针的嘀嗒声。

还有那枚季香用生命给予的心脏的每一次跳动。

陈湖君还能活多久呢,他还能活多久呢?

冬阳真正明白了季香为什么选择欺瞒他,不愿告诉他真相。他想起廖颖的话:"我想你能理解季香……她比谁都清楚面对死亡的威胁是一种什么感受……一直眼望着'死'这个事物一步步逼近而无法逃离,那该有多痛苦……"

每每想及冬阳都痛苦震抖,眼泪不自觉地流。

明天和意外不知道哪个先到的生活有何正常之言,又应当如何继续呢?

冬阳一度沉迷赌博,放纵地把人生交给天意。他赢了钱就挥霍光,输了钱就去借。他会远远望向倚在地下赌场阴暗角落的几个身穿黑衣的放债人,有人和他说找谁借都不能找那帮人借,还不上钱他们会让借款人用肾脏、肝脏和眼珠来还。

有时冬阳会蓦然明白过来,当季香的心脏停止跳动,他的心脏也将停止跳动,原来他们终于真的生死与共,真的成为对方的另一半了。

但季香已经死去,她只是心跳仍存。

冬阳想起了他18岁时对季香做出的尚未履约的承诺:"如果你死了,我也会死。"

其实当他的心脏停止跳动,季香的心脏也就停止跳动了……

* * *

离家以后,冬阳再没有去看过陈湖君一次,黄凤娥给他打电话,初时每次都会说陈湖君的情况,说陈湖君好得很脸都变圆了,后来就渐渐不提了。黄凤娥性格尖刻,平日说话凉薄而随性,多少拎不清,但也明白反复说这些话会给听的人带来何种压力。那个母亲其实深深爱着也担心着她的儿子。但很多话她总不知道应该怎么说,渐渐只能回避这个话题,直至这种回避越发变得难受和心疼，变得无法开口。

再后来诸事矛盾积累爆发而至家变，作为家庭支柱的田康建和她离婚，黄凤娥精神无处宣泄，蜕成一个又哭又闹用锤子钢针扎人偶的女人；再到田康建出车祸身亡，留下满地残破，她旋而日复一日地给儿子打电话，哭哭啼啼。

"冬阳，家都散了，你要多争气多挣钱啊……"

她又和儿子说，她也向公民生命情报委员会提交申请了，结果压根没查着她的另一半，所以那都是骗人的玩意……

她无比思念她不再归家的儿子，但却说不出像样的话。

冬阳何尝不知，母亲从口中说出这些话，用这些话给他施以压力，其实是希望他更积极地活下去。

田康建死后，黄凤娥也被单位劝退工作岗位，家里经济日益艰困，黄凤娥有一天给冬阳打电话，说她帮冬阳找了一份工作。

"是你廖阿姨介绍的，给你安排了一家大船厂，这次你无论如何要好好干啊！人家……这么多年一直没停过在帮你……你快30岁了……"

冬阳没拒绝。

他到船厂报道，人事问他想去哪个部门，按他的学历到行政岗位也行。冬阳问："到哪个部门都可以吗？我是关系户。"

人事皱皱眉头，说："你说你想去哪里吧。"

冬阳说他想到一线生产岗位。人事松了眉头，把他领到生产部。后来生产部又把他安排给一个工头。

工头上下打量他，看他脸颊凹陷的样子。

"你要去刷油漆?我提醒一下,身体不好这活可干不了。"

冬阳说我可以,我原来做搬运。工头就递给了他工服。

不久他又提出换个工作环境。

"我想去船舱。"

工头惊诧看他,无法理解。

冬阳说:"在船舱里刷,工资高一些吧?"

工头耸耸肩:"随你便。趁年轻干几年也行。"

于是冬阳钻进了密闭的无边的船舱。他背贴着滚烫的钢板,蜷缩着工作。

甲醛、苯和金属粉尘一年一年地慢慢渗进身体里。

* * *

12年就这样过去了。

冬阳把打工攒下的钱悉数寄给母亲。后来黄凤娥交了男朋友,冬阳又在地下钱庄借了20万元给了母亲。他想,大不了就用自己的器官还吧。

都还回去,也就不再欠什么。

其实冬阳自己也说不清,他了无生趣,却一直在这个空荡荡的城市游走是为了什么,他像孤魂一样活着是为了什么。

或许除却其他一切,他还肩负一份责任,一个等待。

在很多个无眠的深夜冬阳坐在出租屋里,会拉开木柝的抽屉,拿出童稚时代他和季香相互写给对方的日记本——一本蓝色一本红色。

那时他们10岁。

蓝色的封面印着在海浪里航行的帆船,红色那本则印着海岛上的灯塔。

在许多年的岁月逝去以后,冬阳才发现他早已忘了——原来小时候喜欢灯塔的人是季香,而他喜欢的是船。

冬阳会在灯塔封面的日记本中间,看见静夹着一张墨金色的信用卡。

那一页日记里,留着季香4年级的秀丽的字。

今天田冬阳又来吹牛了,他说他长大以后要买一艘卡拉维尔三桅帆船,出海当海盗。我问他:"你有钱吗?"他说:"我可以办信用卡啊,要金色的!"他显得很得意,其实信用卡这种东西是我告诉他的。不过田冬阳对我说:"嘿,我还会买一间灯塔形状的房子,送给你……"

冬阳在大学毕业前找到工作,然后到银行申办了这张墨金色的信用卡。

那时他们23岁。

冬阳会想起季香的如花笑靥。

我家冬阳以后要用额度最大、有效期最长的白金卡——以后，等有效期满了，我给你换……

但在那些时时刻刻的回忆里，冬阳常常从尘封的抽屉里拿出来，更多还是那台金色的翻盖手机。

那台手机可以储存4个游戏，10首歌曲，3张图片——还有100条信息。

当储存的空间满了，冬阳需要一条条清空，才收到一条条新的信息。

于是他一遍遍读着季香最后给他留下的信。

不过冬阳，最后还有一件事我放不下心，因为还有一个人。

那个人会怎么样呢？他能好好活着，能像你一样原谅我的自私、任性和不管不顾吗？

冬阳，可能要花很多年的时间，可能要等很多年，但我还是想拜托你这件事，请帮我看看我的另一半过得好不好，好吗？

明天再见。

* * *

冬阳等到了35岁。

生日过后的3月初春，在酒吧湿冷的后巷，冬阳和一个青白脸色拄着名贵手杖的男人相遇,冬阳弯腰剧烈呕吐,对面的男人趾高气昂地冷笑:"看来你知道我是谁,毕竟我也只看你一眼就觉得恶心。"

冬阳扑上前,一拳打在那个男人脸上。

冬阳心想如果自己死了,陈湖君也会死去;而当陈湖君胸膛里的那枚心脏停止跳动,对面那个男人也会死去——

这个叫余靛泽的男人才是和季香生命相绑的那个人!

这个人依赖季香活着的心脏活着。

于是这个人现在也算是他的另一半,他们将同生共死。

8

冬阳无从知晓,他的这个另一半是一个比他更了无生趣的人。

靛泽将自己浸入浴缸,扭开一个小瓶子的盖喝下药水,那是他在人生里不计其数的自杀的一次。

那时候,冬阳站在陈湖君的病床旁边,看见病人的生命监测仪亮起红光。

一瞬间,心脏轰轰剧痛,那份撕裂的真切让他想起12年前的永夜。

手机也如那时一样振动,屏幕跳现由"国家公民生命情报监督管理委员会"发送的应急信息。

沉睡的人依旧沉睡,而靛泽和冬阳的眼前也只剩下乌黑。

第五章
湖君和安娜和靛泽和冬阳和季香

1

春分过去，彼岸花还在7天的花期，还开着。

靛泽一只手拄着手杖，另一只手拉开黑色轿车的门。他的司机谭松坐在驾驶室，没戴白手套扶着方向盘。靛泽坐进了副驾的位置。

靛泽在医院醒来时看见谭松，于是知道这一次救下他性命的是这个人。

出院的时候谭松开了车来接他，靛泽杵在车旁没动。谭松望着他冷冷地说："上车吧，你还是老板。"靛泽看见谭松手上没有再如往日一样戴着白手套，心里莫名感到一种温暖，于是拉开副驾室的车门，坐在那个中年男人的旁边。

靛泽原本会服下从海洋软体动物体内提取的神经毒素。那种海洋软体动物他曾经在考芬格大街一间环境特别的餐厅一整面墙的玻璃缸里见过，它们在迷离的灯光里像盛放了一整个夜空的烟花，靛泽忘不了那些颜色。

那瓶透明的液体很早就备置好，放在浴室壁龛的一个方盒子里。

谭松说："我很早就把瓶子替换了。我给你当了一年司机，也不是白当的。"

但那个打算自杀的人喝了过量的酒，也服用了安眠药，他赤身坐在注满水且有大量冰块的浴缸里，迷糊后把自己的头倒滑入冰水之中，尽管本能挣扎，但还是呛水窒息了一段时间。谭松冲进浴室一把把他扯起来，然后送去了医院。

靛泽从病床上醒过来后，谭松冷冷对他说："你还真是变着花样寻死啊！"随后那个头发灰白的男人脸上又禁不住浮现出一种长辈的恼怒，"再晚一些你就不是肺水肿住两天院的问题了，真是天天看着你都防不胜防……"

靛泽说："我不是让你晚上走了不要回来吗？我说了我会把事情安排好……你没走吗……为什么……"

谭松冷冷地说："你觉得我会看着你自杀，然后心安理得地把你的公司要过来吗？"

"可是为什么？"靛泽争辩问，"我是一个从来活着就没有用的人！我害了很多人……你不恨我吗？我恶意抢走你的公司，我还害死了你女儿……"

对面的中年人沉默了一阵时间，然后平静开口："你知道瑛琦很早以前就已经认识你吗？她在小时候就认识你。我也很早就认识你。"

那个灵魂在很早以前就已经破碎的人在病床上茫然地抬起头。

谭松说:"等你出院吧,我带你去一个地方。"

靛泽住了3天院,因为呛水引起的急性肺水肿消退后,谭松开车来接他。靛泽上车后问,我们去哪里?

谭松平淡回答:"我的家。"

* * *

谭松的家在县郊南边,距离工业园区大半个小时车程。谭松以前当老板的时候买下了这栋位于高坡上的独栋房,价格适宜,每天到公司也方便。他破产以后,上班的地方没有改变,住的地方也不需要改变。

靛泽雇他当了一年司机,但从没问过他家住哪里。

房子三层高,有个小庭院,说不上气派,但精致整齐,一看就像个家。

房子坐落在坡岸边,推门就面朝大海。

靛泽跟随着走进那个家门,感到海风拂面时略微呆了呆。

谭松回头说:"是不是比余总住的地方还要好?"

靛泽自杀未遂后,也就卸下了颐指气使的外衣,这个年轻的富商点点头:"比我的好得多……"

谭松说:"我需要谢谢你。这间房子没有被银行收走拍卖,是因为你溢价收购了我的公司。"

靛泽定住说不出话。

谭松说:"随便坐吧。"

靛泽站着问:"这间房子你……住了很久吗?"

谭松望了望靛泽,他深知这个年轻人的心思极其敏锐,也极其敏感。

"住了半辈子吧。"那个中年男人平静地回答,"这是我和我老婆结婚时买的房子,我也有过年轻有为的时候呢。瑛琦也在这里出生,我们一家人一直住在这里。应该说,破产的时候我还有什么想留下不想失去的,那就是这间房子了。"

靛泽心里蓦然涌起许多悲伤,其实那些悲伤每时每刻都如影随形。

"师兄,我认为我们应当坚持,坚持以材料技术作为立业之本!"

他记得那个喊他师兄的女孩朝他露出自信又俏皮的笑容。

"师兄你以前做心脏,现在我来给你做眼睛。"

她开心地向靛泽比着胜利的手势。

靛泽是知道的,他怎么会不知道呢?在安娜死去以后,是那个叫谭瑛琦的女孩成了他最后的支撑。

"你看过我的简历应该知道,我的妻子很多年前也去世了。"

靛泽闻声回过神来,看见谭松伸手指向客厅的一隅,那里设了一个橡木做的灵位,桌前亮着两盏长明灯,整净无灰,上面并排摆放着母女两人的黑白照片。

靛泽向谭松低下头点了点,他明白到这栋一点点变空的房子对这个中年男人的意义,那份忧思靛泽感同身受,而此刻则更加真切。

"不过,"谭松开口说,"你知道我妻子是什么时候去世的吗?"

靛泽愣了愣,他记忆力很好,回想一秒后说:"我记得有大概10年了……"

谭松点点头,他缓步走到灵台旁边,把妻子和女儿的相框都摆放整齐一些。

"准确来说是8年多,她是2008年6月21日夏至那天走的。"

靛泽没想好该说什么——突然却心头猛震了一下:这个日期……

他张张嘴,但还没来得及发问,目光又捕捉到让他更吃惊的事物。

灵台旁边靠着一条长条装饰柜,上面排放着很多装裱在相框里的照片,有谭瑛琦的,也有她母亲的,有单人照,也有合照,那都是逝者生前的人生片段。

靛泽盯住一张合照,他跌撞地拄着手杖走过去,伸手拿起相框。

照片里,谭瑛琦的母亲和一个染了金发的女人并肩而站,背对一片明媚的海湾,尽管她们的面容蒙融在眩光里,但发自内心的笑容很清晰。

那个女人是靛泽的养母余海鯌。

靛泽举着相框转过身,他惊异瞪目望向谭松。

谭松点头说:"这是你母亲余海鯖,她和我妻子就是在这里拍的合照。瑛琦给她们拍的照片,其实拍得不是很好,逆光,我妻子喜欢海,你母亲也是,她们都说要以海为背景,那孩子没考虑补光就按了快门。那时候胶片相机也没法即时所见所得,幸好胶卷的宽容度高,暗房调整了一下她们都很满意,都表扬瑛琦拍得好,你母亲后来从德国寄了很多礼物和零食给瑛琦……很多年前了,就是国内颁布知情权条例的那一年。"

靛泽问:"她……你妻子是……"

谭松点点头:"我妻子和你母亲互为生命耦合对象。"

刚才靛泽在回忆的一瞬想起来:2008年6月21日夏至日,是他母亲在大海的彼岸遇害身亡的日期。

* * *

谭松和靛泽端了椅子坐在高坡边的小院里,一个中年人一个青年人眺望无垠的大海,聊了许多久远的往事。

谭松告诉靛泽,在国内公民生命情报知情权法案实施的那年,他妻子39岁,随即到管理委员会提交了查询申请。

"她态度挺决然的,我也说不出反对。"谭松淡淡陈说,"那时候手续还很烦琐,审批了一个月结果才出来。拿到你母亲的名字和资料后,我妻子又想了很多办法去找联系方式,后来知道你母亲虽然身份户籍还在国内,但已经多年居住在德国了。我妻子试着打了越洋电话,没想到你母亲接到电话,说她也正在找你的电话呢！第二天，你母亲就坐飞机过来了。"

靛泽感到诧异，他一点也不知道余海鯖办过这些事，甚至想不起来他的母亲什么时候回过国。

"我以为她对国内很厌恶，她一直都想入籍德国，从来没有考虑过在国内查找她的生命耦合对象……她一直都这么说，她说她的归宿会是一个富饶而不摇晃的地方……"

谭松说："我说不准你母亲的真实心理是什么，不过她和我妻子见面的过程表现得很开心，我想是真心的开心。她们虽然自始至终只见过一面，但很多方面都很投契，我觉得那不像是伪装出来的。"

中年男人停了停说："我妻子名字叫千桥，你母亲知道这个名字很惊喜，她说，真巧，我原来想过在汉堡定居呢！"谭松面向靛泽说："你知道吧，汉堡是全世界桥梁最多的城市，那里有2000多座桥，所以叫千桥之城。"

靛泽心里震荡不已。

"路的尽头更美，那里就是汉堡。小泽以后要到那里上大学！"

靛泽想起余海鯖曾经希望他考汉堡的大学，但后来他选择了700公里之外的慕尼黑，余海鯖就跟随他住进了内陆之地。

靛泽也想起多年以后，余海鯖和一个男人同住在停靠码头的渔船里，为了整修那条船唯一一次问儿子借钱。

"等雨季结束，麦斯和我想试试开船到汉堡，穿过多瑙河折上易北河。就是引擎太老了，麦斯和我一起动手修，合力修了几次还是冒黑烟。我一直没去过汉堡呢，那里有最大的港口，运气好的话，也许还能一直开出海上……"

原来母亲终身都活在摇晃的排筏上，活在腥咸海浪浮沉的祖辈的船上，她憎厌过、逃跑过……但也始终一辈子都割舍不了大海。

"你母亲说，孩子大了，听他的。"

靛泽闻声抬头："你说什么？"

谭松说："我妻子问你母亲，既然喜欢汉堡和海港为什么不搬过去，你母亲说去哪里的选择权交给你来定。那时候，你已经在慕尼黑上大学了。"

靛泽愣了愣，莫名说不出话。

谭松淡淡说："我不知道你们母子的感情怎么样，不过她说起你的时候眼睛里有光。她说你是她的骄傲，能够遇见和抚养你是她这辈子唯一的骄傲。"

靛泽吃惊地问："她说了她不是我的亲生母亲？"

谭松点点头："我妻子和你母亲同岁，那时瑛琦12岁刚上初中，而你比她大8岁已经本科毕业，我妻子笑问你母亲怎么这么早要孩子，你母亲就坦然说了你是她的养子。'我哪有福分生出这么聪明出息的孩子，那孩子是天赐的'，你母亲这么说。"

靛泽说不出话。

谭松又往下说："你母亲说她从来没有操心过你的学习，你16岁就靠自己考上了世界顶尖的大学，拿着全额的奖学金，念最有前景的专业。她说这些话时眼睛里有真实的光芒，所以瑛琦在旁听了眼睛也带光。她说她长大也要考德国的大学,你母亲高兴地笑着对她说,那好啊,欢迎你,余阿姨和靛泽哥哥在大海对面等你。后来你母亲还给瑛琦送来好玩好吃的东西。"

靛泽泛起难言之感,他觉得从别人口中说出的母亲既像又不像,进而他想起来,其实他从来不曾了解过余海蠕。

那个抚养他长大的女人染了金色的头发,开着敞篷轿车带他穿越德国北部的乡村路,手扶着方向盘秀发被田野的风卷上天空。她手指向坐落在蓝色湖畔中央的什未林城堡。她从来没有操心过他、关心过他,只不过是辞掉工作每天在家里给他洗衣服,每天睡前吻一口他的脸。或者是在白雪纷飞的冬夜,在白色的房子里燃起火红的壁炉,端上来热气腾腾的烤羔羊,在融融烛光里向他招手说:"过来吧,今天是复活节,我们两个人好好庆祝。"那年复活节,靛泽考上了慕尼黑工业大学,余海蠕随即搬家,跟随他去他想去的地方。她只不过是在他在异乡求学的每一天,都陪伴在他身边。

谭松说:"我想你母亲想的不是自己入籍德国,而是希望你在那里有更好的发展。你到这个年纪也应该明白,移民的父辈心里都清楚,他们是难以融入当地生活的,他们的所有愿望,为的无非还是孩子。富裕而不摇晃的地方,她希望能拥有这样归宿的人是你。"

谭松停了停,轻叹说:"不过这只是我的个人想法,你不用全盘接受,也许每个人都有两面性吧……"

靛泽心中涌起苦涩,他也不知道他的养母给他留下的印象和感情多少是真，多少是假。他想起了余海腈曾经哀求他不要丢下她，想起了她的孤独和寂寞。成年后靛泽离家，从此和余海腈断了来往。那份联系一断经年，再听到的已是余海腈遇害的消息。他的养母住在慕尼黑城郊外外籍人和偷渡客聚集的贫户区，直至死去仍是孑然一身。

靛泽想起安娜遗信里的话："只看你愿意相信什么……"

"虽然你母亲和我们一家只见过一次，不过她回德国后和我妻子有联系。"

靛泽抬头望谭松，谭松说："对了，我想起来她还寄过一张照片，稍等一下。"

谭松起身进屋，片刻后走回来，递给靛泽一张过了塑的黑白照片。画面里是余海腈的单人照，她斜倚在一张布艺沙发上，背后有古朴的石墙和蓬蓬的壁炉。她收缩已然臃肿的肚腹，脸上笑容绽放。

谭松说："你母亲说，这是你给她拍的照片。"

靛泽接过那张照片，心口仿佛被打了一拳。他几乎已经忘记了。

他想起那是他升读研究生的一年，他的导师汉默教授送给他一台徕卡牌的老相机，他捧着相机回家，对他母亲说："妈，我给你拍照片好不好？"那时候余海腈躺在沙发里，就着香肠和啤酒看电视，一边咀嚼一边慵懒说："别整没用的，你好好搞研究。"但她说完这话，随即坐起了身，她摆好她觉得最好的姿势，露出她觉得最好的笑容。

靛泽蹲下身，按下快门。

后来靛泽走到街上、林间、湖边拍了很多照片，他把那些照片冲晒出来交给他的导师，每一张黑白灰的影像里都空无一人。

汉默教授问他："这些是你真实想要的吗？"

靛泽点头："我喜欢这样的风景。"

许多年以后，他的母亲独居在一间老旧的廉租屋里，角落仍有石墙和壁炉。而他则早已忘记他曾拍过的那张照片。

谭松说："你母亲把这张照片寄过来，她说她很喜欢。"

靛泽几乎落下眼泪，抬头问："这张照片……可以给我吗？"

谭松点点头："当然。这是你给你母亲留下的，我想，也是你母亲给你留下的。"

靛泽问："她……我妈后来和你妻子常联系吗？她不是一个人对吗……"

谭松说："嗯，她们定期会打电话，相互寄包裹，说说各自近况……虽然只有短短几年，但我相信她们是交心的朋友……"谭松停了停，继续说："我有一种感觉，你母亲知道自己的归宿已注定在异乡，当她知道她生命的另一半在海的对岸她的故土时，这让她觉得安心。她们一个叫海腈，一个叫千桥，哪怕相隔重洋，也有方法到达和相逢对吧。"

靛泽定定呆住，最后点点头："谢谢你……"

太阳西斜，青年人和中年人坐在安静的小院里，许久望着金色的海洋。

靛泽问："你妻子是……怎么去世的？"

"海难。"谭松淡淡回答,"8年前她乘坐游船去日本,船在公海区遇到飓风沉没,许多人坠入海里,她也就没有再回来。"

靛泽讶然地张张嘴,说:"那她的……"

谭松摇摇头:"遗体没能找到,她就长眠在大海里了。"那失去妻子的中年男人沉默了一小会,又淡淡笑笑,"不过也好,现在我每天坐在这里,都能望着她。"

靛泽心里震荡,也感到恍然,他更加明白这间房子、这个面海的家对这个男人的意义。

"我妻子去世以后,瑛琦就决心到德国留学。"谭松向靛泽看过来,"瑛琦说,你也一样失去了母亲,一定和她一样伤心,所以她想去德国找你。后来,她考上了汉堡大学。"

靛泽呆呆坐着,一股浓烈的情绪再次填满心胸。他说:"我……"

失去女儿的中年男人抬起手,对他说:"你不用自责。瑛琦从小把你视为榜样,也一直把你视为兄长。她能够在你手下工作,和你共事奋斗,我想她很开心。"

靛泽眼泪只想往外涌,谭松说:"瑛琦很早就认识你,她是独生女,她的母亲和你的母亲一体同生,她心里就把你当作了哥哥。所以,我也很早就认识你……"

靛泽愣住,他分辨着这话里的含义。

坐在他旁边的中年男人平静说:"你和田冬阳说,你对外说这里是你家乡,只是宣传的话术,你不知道自己的亲生父母是谁,也不知道自己的故乡在哪里。不过,其实你说得没有错,你说这里是你的家,我想并没有错……我和我妻子女儿的家在这里,所以你也可以把这里当作你的家。"

当光线变得昏暗,靛泽泪水滑落脸庞。这个富商具有过人的天资,但灵魂终身寄居着那个趴在渔排上、伸出手指吮吸膜布上水珠的孤儿。他不止一次希望结束自己的生命,其实每一次都希望有人能像安娜那样救下他。

而他的一辈子又何尝不希望有一个父亲。

* * *

月亮从海平面升起,谭松拎来一打罐装的啤酒,问这个可以吗?靛泽颔首说好。

没有谁给谁倒酒的环节。这个中年人的周全和体贴,让靛泽心头觉得暖。

两人在小院里喝着冰凉的啤酒,听着海涛的声响,渐渐也聊得更多。靛泽和谭松说了安娜,他告诉谭松他的生命之重死去的原因。

"安娜击毙了和她生命耦合的案犯,她们一同死去。那个人叫米兰·娜奥美,她是杀死我母亲,也是杀死你妻子的人。"靛泽哀沉说。

谭松听罢沉默,一阵后缓缓开口:"你想知道我的生命耦合对象是什么人吗?"

靛泽转头问:"谭……叔叔……你也申请过查询吗?"

谭松平稳点头："不过我是在日本查的。日本的生命知情权法案比国内颁布要早很多，而且第一版的条件和欧盟区一样，年龄和国籍都宽松。那时候我年满25岁，在日本留学后创办了一家公司，持有永居权。到后来我才明白，对申请人设置包括年龄在内的条件限制，是一种多么必要的考虑。"

靛泽露出倾听的神情，谭松举起易拉罐喝了一口酒。

"你知道日本执行的最后一场死刑吗？"

靛泽表示知道，他在德国参加过律法运动，对各国的极刑史有研究。

"那场死刑在日本平成10年，也就是1989年执行，因为案情重大，而且对新时代意义深远，当时在全世界范围都备受关注。"靛泽回答着，"我记得死刑犯叫宫崎裕史，他一共虐待和杀害了6名几岁大的女童，手段极其残忍。而且在等待死刑判决的多年里，案件中唯一幸存的女孩也因为不堪精神压力自杀身亡，女孩的父亲也跟随自杀，原因就是罪犯一直好好活着，正义无法得到伸张……"

话音到后面低落下去，因为这是靛泽当年所参与主刑派系的观点。

谭松平淡点头。

"嗯，这宗案件知名度很高。不过，很多人不知道，其实当时还有一宗案件同样在等待签署死刑执行。一样的性质，一样的残忍。只是因为官方定调最后只执行一场死刑，所以在两宗案件里二选了一。"

靓泽心里一抖，张了张嘴："难道，你是……"

谭松说："那个犯人入室杀害了一家四人，当着男户主的面逐一强奸了他的妻子和他的两个女儿，然后将她们杀死。另外被杀的还有男户主卧病在床的母亲。罪犯用开石的羊角锤反复敲击5个受害人的头和脸。最后只有男户主还剩一口气，被抢救过来。幸存者破了相和下肢瘫痪，终身坐着轮椅。在死刑正式从宪法层面废除之前，那个坐轮椅的人每天都会来到司法局，他不喧闹，只是一言不发地静静坐在门前。犯人作案时19岁零8个月，日本法律普遍认为20岁才算成年，也许这一点被作为了考虑因素吧。最终这宗案件没有在二选一的选择中被选中，那个犯人至今活着，所以我也至今活着。"

靓泽震惊不已，说不出话语。

中年男人乘着夜风，遥望月色下的海，乌黑的海浪却显得平静。他继续说着：

"我曾经想过自杀。我偷偷去看了凶案的幸存者，也就是那个失去母亲、妻子和两个女儿的男人。他坐在带锈迹的轮椅上，一只眼睛瞎了，一只眼睛向外凸出像一个白囊，他脸颊塌陷，鼻骨也削平。他一个人住在政府提供的救济屋里，是铁皮房，夏天常常停电。在死刑完全废止以后，他不去司法局了，但每个星期会坐公交车去一次监狱。他去看那个夺走他全部的犯人。在探视室玻璃的对面，用他残破的脸盯着对面人的脸一言不发。我听说那个犯人每次坐在玻璃对面都哈哈大笑。再后来犯人不肯见他了，但他仍然每周去监狱，十多年风雨不改，就坐在等候室里等。他永不放弃,我想我知道他在等什么。

"我有很长一段时间每天都做噩梦,或者彻夜无眠,吃肉食会突然蹲下来呕吐。我很后悔提交了查询申请,有时又宁愿我的生命耦合对象,是另一宗案件脖子套上绳索被执行了死刑的那个犯人。一无所知地死去又何尝不是一种幸运呢?那时我理解了那个签下最后一张死刑执行书的法务大臣,他以结束自己的政治生命为代价当一个刽子手,其实他怀着最怜悯的心。我也理解了给知情权设定年龄下限的原因。这份未知的包袱是如此沉重,何苦让人们年纪轻轻就背负起来呢?宫崎裕史被执行死刑时是34岁,这是后来国际倡议将生命耦合对象查询年龄定在35岁以上的由来,国内也跟随了这个倡议。人无知的年岁更长一些,平和安乐一如往日的人生也就更长一些。

"后来有一段时间,日本国内的一些媒体曾经把这宗死刑落判的案件翻出来,民间和网络上也一度有一种跃跃欲试的风向:把犯人的另一半找出来。穷凶极恶之徒的另一半是个什么样的人呢?这是一个诱惑巨大的话题。也可以采访问问他,他活着会不会有某种羞愧感?你可以想象我有多恐慌。我吓得瘫软在地,一日日把自己锁在家里足不出户。而这件事我也不敢告诉任何人。除了千桥。

"千桥对我说:'你回中国吧,你留在日本精神压力太大了。'我问:'这是逃跑吗?'千桥摇头说:'这不是逃跑,每个人都有权利追求活得更好的方式和地方。'她停了停说:'别怕,我陪你去中国。'我妻子是日本人,全名叫滨崎千桥,她为我离开了家。我问她：'你不怕我吗？'她说：'我为什么会怕呢？我知道你是谁，知道你是一个什么样的人。'于是我出售了公司，回到了国内。回国后我和千桥结了婚，买下这间能望海的房子作为我们的新家，也重新创业，一切从零开始。

"后来千桥随我入了中国籍，到国内的知情权条例颁布的时候，她提出也要查询自己的生命耦合对象。我起初反对，但她毅然坚持。她说：'无论她的另一半是谁，她都会勇敢面对，然后仍旧好好过自己的生活，因为好好活着就是最勇敢的行为。'"

谭松把话说完后，靛泽思绪万千，但明白其中的激励每一句都是对他说的。两人在安静的院子里有一阵都默不作声，片刻后谭松重新开口。

"我也并不是一个勇敢的人。"中年男人摇了摇啤酒罐，又放下来，"哪怕经过许多年，这件事我依旧不敢对任何人说。连瑛琦我也没告诉，我提不起勇气告诉她她父亲的另一半是一个杀人犯。时至今日，除了千桥，你是第二个知道这件事的人。"

靛泽低低头，说："谢谢你……"

他想起谭松的啤酒罐空了，新开了一罐酒递过去，谭松接了。

"你还能喝吗？这一年我看着你，我知道你酒量就那样。何况你刚出院。"

靛泽给自己开了一罐，酒花"扑哧"一声喷出来，他说："能，我陪你喝。"

谭松笑笑，和靛泽碰了酒。

"我希望你能了解几件事,那也是我妻子教会我的事。"中年男人略略带上长辈的语气,"第一是相信自己是个什么人。我希望我们都能坚定地相信,无论所谓的生命耦合对象是谁,无论我和他的生命有没有自始至终绑在一起,他是他,我是我,我们每个人都是独立的人。所以我也不认为那个叫米兰·娜奥美的、杀死你母亲的犯人,同时也杀死了我的妻子。我的妻子死于旅途的风浪,她长眠在连接她两个家乡的那片大海里。我会坦然接受这一点。"

靛泽喝下酒,他青白的脸色微微发红,沉默点点头。

"第二是关于安娜。"谭松说,"可能我说得不一定对,不过从你告诉我的,我能感觉到她是一个勇敢的人。我相信她会比我勇敢。"

靛泽端着啤酒罐呆住,转头望着谭松。

谭松说:"我想她会勇敢接受她的生命耦合对象是一个杀人犯,即便这个人甚至杀死了她的爱人的至亲。我想她能够坚信自己是一个什么人,能够做到勇敢地面对你。她死于罪犯抓捕任务中,她至死都在履行自己的职责,而不是因为其他。我想,你应当坚信这一点。这是你对安娜的相信。"

靛泽深深震动,那是他心中最痛的,而谭松的话如穿云之箭嗖嗖作响。他脸色如血通红,坐在椅子上弯卷腰腹,手掌紧紧握着深蓝色的手杖,他有片刻挺直身体,但随后又低头摇了摇。

夜渐渐深了,海风变得徐徐,头发灰白的中年人坐在靛泽身旁耐心等待,直至那个哀伤的青年人情绪慢慢平复。

"最后还有一件事。"谭松说,"我想,你可以和田冬阳聊聊。"

靛泽愣了愣,抬起头疑惑不解:"田冬阳?他怎么了?"

谭松说:"他前几天也住了院,就在你自杀的那天晚上。"

靛泽身体莫名抖了抖,问:"他出了什么事?"

谭松说:"那天晚上他去医院看陈湖君,突然晕倒了一段时间。"

靛泽问:"陈湖君身体出问题了吗?"

谭松说:"应该不是。我去医院问了一下,田冬阳是突发性晕厥,医生诊断是长期积劳导致的心源性脑缺血。那时候陈湖君的生命体征也有波动。不过也说不清是谁导致了谁,他们俩本来就绑在一起。"

靛泽似乎松了口气,然而神情又掠过落寞,他说:"哈哈,那真是巧啊……他……田冬阳现在没事吧?"

谭松说:"没大碍,只是短暂晕厥,在医院做了几个检查,休息了几天。他也是刚出院,还没离开本地,你可以去找他。你也知道,这些年他也过得不像样。"

靛泽摇头说:"我和他没有关系。"

谭松说:"既然之前你愿意帮助他,我想你们两个是有交集的人。我们每个人都独立,但我们也珍惜相连的缘分。"

靛泽望住谭松说:"你知道我是骗他的吧?"

谭松没说话。

"我的生命耦合对象不是麦季香,不是陈湖君,也不是田冬阳。"靛泽说,"你知道的吧?我是一个根本没有生命耦合对象的人!"

谭松没有回答那个灵魂孤独者的话,只平淡说:"我只是觉得,你可以和田冬阳说说你的事,就像今天你告诉我一样。可以的话,也让他说说他的事,就像今天我告诉你一样。"

"可是……为什么呢?"

中年男人说:"孩子,因为我们在这个世界,就是这样相连起来的。"

2

冬阳住了三天院。他在晨曦康复医院16楼的19号病房里突然晕倒,打翻了放在床侧的瓶瓶罐罐,把长期住在病房里看护陈湖君的周姓陪护阿姨吓得惊慌失措,加上陈湖君的生命监测仪也同时发出警报,护士和医生很快赶过来。他大约昏迷了2分钟,但直立摔倒造成二次伤害,额头被床护栏撞出一个大口子,半边脸摔得淤黑,上下两只侧切牙松动。

一脸伤的人在医院躺了一晚,本来第二天就提出要出院,但赶过来的黄凤娥死活不同意,态度执拗得让冬阳感到意外。

"冬阳,你要知道你不是只有一个人啊!"黄凤娥带着哭腔大声说。

这句话让冬阳感到心灵震动,最后默默同意了留院观察几天。

监测了24小时心电图，做了倾斜试验以及心血管、脑颅等部位的CT（医学影像检查）和MRI（核磁共振成像）。几个检查做完，医生说没有大问题，大体是心源性脑缺血导致的短暂意识丧失，但这是健康警报，身体许多指标都已经处于临界值。

医生问冬阳是不是长期睡眠不足和精神紧张，饮食也很随意。冬阳沉默没回答。

"你才35岁，要珍惜自己的身体啊。"医生说。

出院后，冬阳又回家休息了两天，然后收拾行李准备离开。黄凤娥也拦不住，只轻声说："下个月妈妈结婚，你要回来呀……"冬阳点点头："我到时回来。"沉默了一会儿还是补充了一句，"你不用担心，我会照顾自己。"

第二天早晨冬阳拎了背包准备出门，黄凤娥说："等一下，你胡叔叔开车送你。"

冬阳有点意外，转头问："他买车了吗？"

黄凤娥说："公司前天给他配了车呢，他是部门主任。"

冬阳愣了愣，心里知道是怎么回事，却没说什么。

这时门外传来汽车的停车声，片刻矮胖圆脸的胡援军小跑进屋来。他原本头发稀少，几天不见干脆理了个平头，倒是显得精神年轻了。

"啊，冬阳，我没晚吧……不急啊，从这里开车去火车站，很快的。"母亲的未婚夫急匆匆抹额头的汗，看见冬阳提着背包，伸手就去拿。

"你身体还没恢复元气，行李我来拿，听我的。"

语气有点不由分说，冬阳呆了一下，背包已经被圆脸男人拿了过去，背在肩上。

"你吃过早餐了吗？"胡援军露出和业务员一样恰如其分的笑容，问了一句。

但冬阳觉得自己反感不起来，他简单点了点头。

黄凤娥在旁说："吃过了，有白粥和包子。你也吃一点吧，时间来得及。"

胡援军笑说："我也吃过了，我们出发吧。"

黄凤娥说："路上小心……到了和我说一声，打个电话……"

冬阳点头说："嗯。"

两人出了门，外面停了一辆银灰色的轿车，半新半旧，并不张扬。胡援军小跑过去开了车门，把背包放进后排座椅，然后钻进驾驶室启动汽车。

冬阳站了一秒钟，拉开副驾驶的门坐进去。坐在旁边的胡援军脸上掠过一阵开心。

汽车平稳地驶下长长的坡道，两人一路并无太多话。

许久冬阳地说："胡叔叔等等还是过去吃个早餐吧，我妈今天自己包的包子，倒是少见的好吃。"

胡援军开心说："真的吗？我说真心话，你妈手艺是一般，不过有几道菜还不错。"

冬阳说："是吧。我喜欢她做的草籽年糕。"

胡援军说："对，那个很可以。我喜欢雪丽鸡腿和咸菜大黄鱼。下次你回来,让你妈都加到菜单里。"

冬阳说:"好。"

两人又重新沉默,汽车沿着海岸线不徐不疾向前行驶。

胡援军说:"你妈准备把房子翻新装修一下,下周就开工。那间海边的房子她想留给你。"

冬阳没说话。

"这些年你寄回家的钱,她每一分都帮你存着。有时她提要求给你压力,你别怪她,她希望你……活得好。"

冬阳沉默片刻,说:"我知道的。"

"有个事你妈没和你说,她不太愿意说,不过我觉得应该告诉你。是关于你爸的。"

冬阳讶然转过头。

父亲田康建,冬阳已经很久没有听过他的名字,也很久没有想起过。从小到大他和他的父亲没有太多话,他脑海中的父亲只有一张黑色的脸。小时候以打为主,大了不打了,只神情冷漠说一句:"你不要一头热……"

"陈湖君住进的康复医院,是你父亲找的。"母亲的再婚对象一边开车一边平淡说,"那年你们出事的时候,你母亲和季香的父母都过去看你们了。你父亲没有过去。其实他没闲着,一直在这边找适合的医院。他跑遍了周边的城市,做了很多家医院的对比,最后选了作为示范点的晨曦康复医院。他很早就考虑到,陈湖君如果要长期住院,还是接回家乡更方便照顾,所以他留在这边张罗接应。另外,你爸是家里的经济支柱,你妈已经请了长假,他不能长期不上班。"

冬阳心头颤了颤,这些事他从未听说,应该说他从未想及。当年他只回家参加了季香的葬礼,在家逗留了短短一天,他心情破落不堪,压根不愿意提起陈湖君的任何事,母亲黄凤娥没说这事,他的父亲也一句话没说。事实上回家以后,他径直走进自己的房间,没有和那个似乎从未出现过的父亲说一句话。

后来他长期离家,只偶然和母亲通一次电话,也从不问父亲的事。再后来他父亲搞外遇和他母亲离婚,又因车祸身死,冬阳也冷眼不管,这个父亲早已从他的人生中除名了……

"还有一点是,陈湖君这些年的治疗费用,也是你父亲出的。"

"你说什么?"冬阳闻言震惊张嘴,"费用……不是廖阿姨在付吗?"

开车的人徐徐回答。

"我听说早期是廖颖廖总在支付各种费用,但你父亲一直觉得这样不应当。可是经济条件是个硬约束,晨曦康复医院条件很好,费用自然也高。这是你父亲下决心在不惑之年下海经商的原因。或许……也是你父亲和你妈产生矛盾的原因。你妈觉得有人愿意承担医疗费用没什么不好,无非是平时放低一些姿态,总比抛弃稳定面对风险的好;你妈也觉得,你父亲做不成什么事,不过是打肿脸充胖子……你知道的,你妈也有她的局限不足……不过我能理解她的想法,也能理解你父亲。他们都没错,而他们都是为了你。

"总之后来你父亲去世前,给你留了很大一笔钱。那笔钱他办了托管金,每半年定期向晨曦康复医院存缴医疗费和护理费。他的二婚妻子动不了那笔钱,你妈也动不了;托管协议写得很明白,那笔钱只归你处分。"

冬阳感到身体不禁颤抖,他明白过来,这几年母亲为什么不再常常让他多向廖颖示好;而日前说到自己的婚事,也只是平和说:"到时,我也请上你廖阿姨和麦叔叔。"

她能够像很久以前一样在廖颖面前平等抬头,拾回已抛下很久的不必仰人鼻息的自我骄傲——也就拾回了重新追求自己的幸福的自由。

她的前夫把遗产留给了儿子,其实也同样留给了她。

圆脸平头的矮小男人扶着方向盘,始终把车驾驶得平稳安静。他面朝前方对冬阳说:"虽然我从未见过你的父亲,你们父子的关系我也不了解,但我想,他是一个比你妈更不善于表达的人。"

冬阳坐在副驾驶位低下头,把脸埋在两只手掌里。

过了许久,他抬起头,说:"胡叔叔,我不去火车站了……可以麻烦你送我去晨曦康复医院吗?走之前,我想我应该再去看看陈湖君……"

胡援军说:"当然可以。"

* * *

冬阳在陈湖君的病房里和靛泽相遇。

胡援军驾车把冬阳送到位于市郊的晨曦康复医院，冬阳对对方说，胡叔叔，我今天不走了，再办些事……晚一些我自己回家，谢谢你。胡援军笑说，好呀，那背包我先帮你拿回家。说完开车离开。

冬阳乘电梯到住院楼的16楼，走进19号病房，就看见靛泽拄着手杖站在陈湖君病榻旁边。

冬阳微微一愣，但心里又觉得合理。他平淡朝那个衣着整齐和他同龄的有钱人打了个招呼。

"你过来了。"

对面的人也没表现出惊讶，说道："嗯，过来看看他。想着看完他，也去看看你。"

冬阳说："我打算晚一些去找你，在这里碰见也好。"

靛泽说："嗯，挺巧。我想和你聊两句。"

冬阳沉默了一会儿，说："我和你说一声抱歉。"

靛泽冷冷地问："为什么和我道歉？"

冬阳说："前两天我住院的时候，你的司机谭松来过。他和我说了，你因为肺水肿也入了院。"

靛泽说："那又怎么样？是我自己在浴缸里睡着了。"

冬阳说："我想这件事是我造成的。因为我身体出问题晕倒，陈湖君也发生了心搏失常……"

靛泽拄着手杖哈哈笑起来："所以也影响到我了吗？这还真是说不清谁先谁后，谁是因谁是果对吧？哪个是人为，哪个是意外也说不清。生命耦合可真够麻烦的。"

冬阳抿住嘴没说话。因为谭松此前和他说了这件事,他心里也有惭愧之感,所以听说靓泽的公司给胡援军配了公车,他也生不出反对。

陈湖君的病房安安静静,早晨的阳光洒进来,窗台上摆着的几盆花发出毛茸茸的光。周姓的护工阿姨走开了,沉睡的病人呼吸均匀。

白床的两边,拄手杖的人望着不作声的人:"你没有收到公民生命情报委员会的应急信息吗?"

冬阳愣了愣,说:"有……就是说明你处于生命紧急状态……"

靓泽说:"看来政府的通报都说得不明不白。不过你不觉得奇怪吗?谁先出事可能说不清前后顺序,但政府消息哪有可能同步及时。你在医院里晕厥昏迷,我在家里的浴缸溺水,先收到信息的应该是我吧?除非我的情况更有理由被更快上报。"

冬阳已经多年活得精神麻木,思维能力滑坡得厉害,脑子打转了几个圈,但还是抓住了要点。

"什么叫更有理由?"

靓泽说:"谭松没有告诉你,我是喝了酒服了药然后躺进浴缸里的。那天晚上我原本想自杀。"

冬阳眼睛霎那睁大,他举步绕到床的另一边。

"你说什么?你干了什么?"

靓泽说:"我说了。我想结束自己的生命,也付诸了实践。

所以有关部门将之作为优先事项上报。"

冬阳惊惑不已,心里无法理解,同时又窜起怒火,他冲上前,伸手抓住对面人的衣领。

"你说你想干什么?!你这个浑蛋……"

靛泽站着不动说:"你不用怕,我是生是死和你没有捆绑关系。不仅是你,我和陈湖君,和麦季香都没有生命耦合关系。"

冬阳呆立定住,手却松开来。

靛泽整理了一下衣衫,他穿着红色的高尔夫T恤,衣着整齐,但比往日亲和。

"我们到外面吧,有空的话就聊一会儿。"

* * *

住院楼后面有一片椭圆形的湖,虽然面积壮阔,但水体碧绿,是人工的颜色。

冬阳和靛泽并排坐在湖边的一条铁艺长椅上。

"3年前我遇到了一场火灾。我在德国一个研发相机镜头的实验室失火,8个员工吸入毒烟,1个去世。我比较幸运,只是轻度烧伤,现在偶然会咳嗽几声。"青白脸色的富商捋起左边的衣袖,上臂有一片粉红的异色皮肤,"一直连到后背,我被人背着救出火场。后来做了植皮手术,做了50平方厘米。"

冬阳张张嘴问:"那是……季香捐赠的……"

靛泽点点头:"德国有国际皮库,接受全球捐献,人体皮肤保存活性超过10年。"

伴随生命耦合的新时代的需求，器官保存技术快速发展，而技术领先的国家则相继建立以更长保存期为吸引优势的国际库，从全球范围连接需求和供应。冬阳想起季香的墓碑之下只是衣冠冢。她去世后除了心脏移植给陈湖君，她的家人依其心愿将全身器官捐献，而皮肤、骨骼、血管等可以分予多人的器官组织，都捐献给了国际库。

为更多人带来新生，也伴随更多人活着，保持生命的火种不熄灭。冬阳明白季香的家人做这个决定，也考虑了他。

冬阳望着靛泽说："所以你其实和陈湖君一样，算是季香的……受供人。"

靛泽望着湖说："从旧时代的伦理说，器官捐献人的身份应当严格保密。但新时代为了配合生命情报的知情权，根据对应状况是可查的。一个基本原则是，接受了重要器官移植的受供人，视同为器官捐献人原生命耦合对象的生命耦合对象——你明白这个意思吗？"

冬阳似乎感到自己怠工了十多年的大脑活跃了一些，他闻言回答明白。

"受供人相当于代替捐献者活着，这个人的生死此后也会影响捐献人的生命耦合对象。他们之间形成了新的生命耦合关系。"

冬阳停下来，他看着靛泽问："你是不是做了什么事？"

靛泽向冬阳看来，他笑了笑，眼神里有一种"看来你也不赖"的意思。

"我通过关系修改了一件小事，把我的植皮手术归入了重要器官移植的范畴，从而获得了潜在的查询权。"

冬阳皱眉说："你为什么要这么做？"

靛泽目光重新投向碧绿色的椭圆形的人工湖，他想起从新天鹅堡北望的施坦贝尔格湖也是椭圆形，像一个浴缸。

"不瞒你说，我自杀过很多次。不止一次两次。"那个和冬阳同龄的瘦弱男人说，"更改手术归类以后，我有2年时间周游了很多国家，主要是生命知情权比较宽松的国家。每到一个地方我会先设法取得当地居住权，获得相应权利，然后把自己浸入浴缸里。还挺幸运的，每次救护车都能及时赶到，身穿白大褂的人都能把我及时捞起来。"

冬阳震诧问："你到底在干什么？你……想通过这种方法查询生命耦合对象？"

靛泽笑笑说："大体是这样吧。我想知道我还和谁有关系，还和谁会彼此影响……虽然这是滑稽的自己骗自己。"

冬阳说不出话，他一点不认识也完全不理解这个和他并坐一起的陌生人，他想说"你是神经病吗"，但话却无法说出来。那一刻，他在内心深处感到共情……

"我也知道我是神经病。"靛泽笑，"主要这事不好办。人如果搞不清自己和谁绑在一起，就连不想活着都不好办。你说对吧？"

冬阳生出恻然，问："结果……没查到吗？"

靛泽说:"嗯,没查到。我大约到了20个国家,也累了。"

冬阳问:"所以你回到国内?"

靛泽笑说:"嗯,这算不算落叶归根呢?其实不是的。我移植的皮肤来自国际库,虽然隐藏了捐献者的名字,但国别来源是可知的。我原本就知道我的终点站会在这里。何况我回来这里,还有其他更多的动因……"

冬阳说:"和谭松有关吗?"

靛泽看向冬阳。

冬阳说:"我能看出来,那个人和你不仅仅是司机和老板的关系。"

靛泽浅浅笑了。

"总之我回来了……我回来的时候是34岁,我想着还是静静等一年吧。等到35岁,我也可以正正经经地提交一次申请书。提交过了,也算了个事情。"

冬阳说:"你……后来查到是陈湖君?"

靛泽点头:"是的,反馈的结果是陈湖君,由此我延查到麦季香。因为病例特殊,陈湖君接受麦季香的心脏移植算不上是秘密,然后我也查到了你。你们三个人,关系是如此特殊……坦白说,我很羡慕……"

冬阳低头沉默,片刻抬头问:"可是为什么是这样的查询结果?你实际上在查找的,应该是季香真正的生命耦合对象;而你和陈湖君,都是季香的受供人。"

靛泽笑:"因为两个重要器官的受供人,也等同于生命耦合关系嘛。"

冬阳说:"但是这还是说不通。"

靛泽说:"我想,这是因为我是一个原本就没有生命耦合对象的人。"

冬阳愕然。

靛泽说:"你知道生命耦合实际上是一个统计意义的结果吗?"

冬阳摇头,他确实不了解,他只知道人的生命两两成对绑定在一起,在当下的时代已是常识。

"直至今天,没人能说清生命耦合的原理。没人知道它从何而来,有何意义。也没人知道这是一个绝对法则,还是存在例外群体。"穿高尔夫T恤的人普识说,"仅仅可知的是,这种现象最早被发现,是基于基因图谱某段序列的适配性,进而通过实证统计得以证明。而事实上,进行天文数量级的序列匹配需要一个锚点。幸运的是这个锚点并不难找。生命耦合意味着同生同死,何时死亡未知,但何时出生已知,所以用出生时间作为索引即可。准确来说是受精卵成型生命诞生的时间,不过可以设置一定的容错区间。"

冬阳没法装出听懂了的表情。

靛泽淡淡说:"简单来说,只有知道出生的时间,起码有个日期,才能匹配生命耦合对象。"

冬阳愣了愣,突然明白过来。

"你是……"

"我的生日是1月1日，和麦季香、陈湖君还有你都不是同一天。这是我的养母给我选的日子，不过我也喜欢。"靛泽扭头望向冬阳，笑了笑，"我和你说过吧？我可能是来自哪个岛国的皇室遗孤——其实我是被人从海边捡回来的孤儿。我躺在一条木船里漂流到岸边，不知道自己国籍，也不知自己生于何时。我甚至不知道我的真实年龄，是比你大还是比你小。"

冬阳和那个浮萍无根的人对望了良久，说："那也不代表你没有生命耦合对象，只是……不好找而已……"

靛泽说："找不到和不存在，其实没有区别。所以后来我也想明白了，其实不必操心……"

冬阳说："也不只你，很多人都找不到自己的另一半。"

靛泽说："这一点你说得对。世界上许多人都独自出生，也注定孤独。"

冬阳默然靠着椅背仰望，看见头顶的大树枝横梗，已开出早春的白花。细碎的花蕊随风卷扬，一片叶子如扁舟缓缓降落湖中，花叶都静托在圈圈圆圆的涟漪上。两个男人各自坐在长椅的两端沉默无声。

时间流逝良久，两人心里都还有话，但终于没有相互问出口。

靛泽从椅侧拾起他蓝色的手杖，站起身："我想和你说的就是这些。之前的事我和你说抱歉，打扰了……以后你不用担心，我和你，和你们都没有关系。"

冬阳也站起身，说："好。"

***

两人走回住院楼,冬阳说他去找医生问问陈湖君的情况;靛泽迟疑了一下,说:"我也去吧。"冬阳站定望他,靛泽平淡说:"既然认识了,我人在这边,以后有什么能帮忙的我会帮。"冬阳低低头,没说反对的话。

两人一起去了医生办公室,医生有事不在,两人于是并肩走回陈湖君的病房。刚进门两人都愣了一下,房间中间站着一个年轻女孩,脚下放着一个半人高的大背包。

那女孩20岁出头,双麻花辫,上身穿黑短背心配搭机车漆皮衣,下身穿牛仔破洞裤,脚踏亮扣马丁靴,留着朋克风的烟熏妆。这时她正站在陈湖君的床边,像垂杨柳一样弯身,凑得极近盯望沉睡的人的脸。

"嗨,你们好。"女孩看见有人进来,抬起身来打招呼。

冬阳蹙眉打量对方,问:"你是哪位?"

女孩反过来用大眼睛在冬阳身上贴滚了一遍,笑说:"你是田冬阳对不对。"

她灼灼的目光又转投向靛泽,两根长麻花辫跟随脖子倒向一侧。

"这位皮肤白的小哥哥暂时认不出来,但你衣品不赖。"

靛泽闻言脸红了红。

冬阳和靛泽心里都疑惑,冬阳上前问:"你认识我吗?"

女孩说:"东查西查了解过一些。陈湖君移植的心脏是麦季香指定捐献的,而你曾经是麦季香的未婚夫。如果我没有猜错,你是陈湖君的生命耦合对象对不对。"

她虽然用了"猜"字,也加了"对不对",但语气却是陈述句。

冬阳惊愕想问话,但女孩又已开口补充。

"说猜也不对。其实很多年前我见过你,也见过麦季香,也在病房里。不过我是在门外偷看,你们走出来之前我就跑了,所以你们没见过我。"

冬阳心头一震,病房里,见过季香,那得是多少年前……

"就是12年前呀。"女孩既似看破又似给提示地补充,"嗯,我应该说明是在陈湖君的病房对不对。"

冬阳张张嘴:"你是……"

"哎,那时我没说自己名字呢。"女孩叹气说,"虽然我明明被人家救了一命。不过我的名字也没什么特别,我叫杜雪。"

冬阳依然惊讶,但他已想起来这个女孩是谁。

这个女孩12年前曾在陈湖君的病房门外塞进来一张致谢的卡片。12年前的12月27日晚上,她曾和她的母亲走进双碑立交桥南端一条不算喧闹的街巷,当一块面积30平方米的立柱广告牌从天而降时,从旁路过的陈湖君使出全力将她推出老远,而自己则被一截方管砸中后颈,他倒地后,一片连着角钢的铝塑板压住了他的身体。

他是事故里唯一受重伤的人。

冬阳看到致谢的卡片后也曾心中恼火,埋怨人间冷漠,说应该把得救的人揪出来。但季香摇头说不要。

"我很感谢写卡片的小女孩。"季香微笑说,"她让我知道他是一个很好的人。"

12年前,这个女孩只有8岁。冬阳望向对方已然亭亭玉立的充盈活力的身姿,只感到一阵不真实的恍惚。他发现自己停滞在旧日里,几乎忘记了时光流转的意义。

"想起来了吧。"朋克衣着的女孩露出满意的语气,又歪头叹了口气,"我呢,早些年也想来看陈湖君的,但他搬到你的老家这边住院了,我一个未成年少女也难办对不对。我今天一大早坐飞机过来的,自己掏钱买的飞机票。"她比了个胜利的手势,"我经济独立了,不用再伸手向我势利的老娘要钱——然后我想,这是我第一件应该做的事。"

冬阳站在白色房间明媚的阳光里,不知道说什么好。

"他睡得挺甜的。"杜雪说,"这房间真不赖。"女孩说着走向窗边,她提起放在墙角的小水壶,给摆在窗台上的几盆花草浇水。

"难得看见今天这么多人来探病,护工阿姨都不知道跑哪儿偷闲了呢。不过也对,该给自己放假就给自己放假,长年累月原地守着多累啊。"女孩边浇水边兀自说,她脖子上戴着圆环样式的Choker(项圈),在阳光里闪闪发亮,"治疗费用我怕是暂时出不起,不过以后我会多来看看他。"

冬阳想说"你不用……",但还没想好怎么表达,一直在旁没说话的靛泽却突然开了口。

"那盆植物是你带过来的吗?"

冬阳和杜雪都回头,看见拄着手杖的瘦小男人表情显得严肃。

靛泽走向前,伸手朝窗台指了指:"刚才我没看见这盆,是你带过来的吗?"

杜雪扭头看了看,笑说:"是呀,放在包里大老远背过来的呢。你眼神不赖嘛,一大排花草都能过目不忘。"

杜雪抬手挪了挪靠边的一个小瓷盆,让它更好地朝向阳光。盆里栽种着一捧深绿的莎草植物,外观说不上美,叶茎硬直,不规则的细叶片四向零落,像残破了的雨伞的骨架。

靛泽问:"为什么要带这盆植物?"

杜雪说:"哎,没办法,花店肯定不卖这个,我一大早坐飞机过来,也不知道该去哪里找对不对。"

"我是问,为什么是这种草?"

杜雪凝神望向靛泽,眼睛里掠过一瞬锐利的光。

"本来我想带风信子的,后来想着带这个来更合适。它的花语虽然一说是离别,但另一说是希望和健康。实话实说,我找过陈湖君很多照片呢,东找西找。就算不为别的,就冲他以前的那副身材就忍不住广泛收集,啧啧……"女孩大胆直率地笑,但很快收敛笑容,"在三四张照片里我见过这种莎草,背景应该是他的家,虽然只有小小一盆摆在一角,但我猜他对它情有独钟。"

靛泽问:"你知道这是什么草吗?"

杜雪答道:"我当然会小小查一下。这叫风车草,原产地在加纳。"

3

"麻烦了,没想到你会是'风车草连环命案'被害者的亲属……"

扎着两股麻花辫的朋克少女面露惊讶,神情掠过为难。

* * *

冬阳、靛泽和杜雪三人在陈湖君的病房里相遇,他们聊起他们来探望的沉睡之人。杜雪说她偶尔了解到陈湖君以前在家里栽种过风车草,其他则不再多说。但听的人嗅觉敏感,意识到她一定知道更多。

靛泽虽然本性郁郁,但毕竟久经商场,为人处世懂得准则。他问杜雪有没有订上酒店。杜雪轻轻笑道:"看你像是个老板,不会第一次见面就要邀请我到你家看各种奇怪的收藏品吧?"靛泽没接这话,平淡地说:"我对本地比较熟,如果没订酒店我帮你找个交通方便和安静的地方。"他望着对方说:"我也是陈湖君的朋友。"杜雪和他对望,片刻笑说:"好呀,我背起包就过来了,还没想好待多久。"

靛泽打电话安排了酒店。医生回来后,他和冬阳一起去医生办公室坐了一会儿,那医生主理生命维持和康复治疗,态度表现热忱,想住进这里的病人都具有良好条件——他们即便长期昏迷也坚持不懈地活着,必定都有坚持不懈的原因。医生充满信心却说:"陈湖君是他见过情况最稳定最符合长期生存条件的病人之一……"这样的话重重复复说了几次,而生存质量一类的问题只模糊带过。

靛泽和冬阳离开医生办公室回到病房,护工周姐已经回来了。杜雪背着大背囊等在门口,她朝躺在白床上的病人挥挥手:"陈湖君回头见,我晚一些再来看你。"

三人离开住院楼,靛泽安排了一辆宽敞的城市越野车来接,已经停在大楼门口。冬阳看见开车的司机不是谭松,靛泽兀自解释说:"谭松现在帮我处理公司的事……"杜雪没客气,一边喊着这车不赖,一边把背囊塞进汽车后备箱,然后兀自钻进后排座位。靛泽望着冬阳说:"我送这个女孩去酒店,你要不要一起来?"冬阳想了想,片刻低头点了点:"我也想了解陈湖君。"

靛泽选了一家城市便捷酒店,坐落在民巷一隅,档次不夸张,但安静整洁。那酒店离医院只有一站地,坐车方便,走路往返也说不上远。到步后杜雪笑嘻嘻地朝靛泽说:"不赖,还好你没给我订丽思卡尔顿,不然我说我住不起就尴尬了。"

女孩抖抖肩上和她身形等大的露营样的背囊,看她的架势打算在本地住上一段时间,并且以最简朴的方式。

靛泽说:"房间我预订了一周,你先看看住得习不习惯。房费已经付过了,你不要客气,过门都是客。何况你是来看陈湖君的人。"

杜雪望着那个挂着手杖的富商,感受到对方用心的细致,于是耸肩笑说那多谢了。

靛泽抬手看看表，已近午点，他说："要不等等一起吃个中饭……我们在楼下等你。"

杜雪弯弯的眉眼拉成两道细长的弧形："不把女士送到房间吗？就在房间坐着聊好了。虽然我不知道你们想问什么。"

靛泽和冬阳两两对视，点头说好。

走进房间后杜雪卸下灰扑扑的行囊，利落泡了几杯速溶咖啡，三个人围着一张圆形的木桌席地而坐，就此打开话匣。

靛泽开门见山："我以前居住在德国的慕尼黑，所以看到风车草就想起一件事情——杜小姐有联想到什么吗？"

他尽量声调随意，但身体前倾，严峻的眼神也藏不住。

杜雪凝神看了靛泽一会儿，端起马克杯喝了一口自泡自斟的三合一咖啡。

"哎，我知道你说的是什么事。怎么说呢，也是碰巧知道吧。我也说过了，在很长的时间里，关于陈湖君的生平事我都想了解，所以东找西找、东查西查。主要是他的照片我一张都没放过，什么类型什么场景的都有。在对比各种各样的照片以后，大体能分辨哪些是在奇奇怪怪的场所，哪些是在家里拍的。在家里拍的照片他的衣着打扮都干净如少年。由此我注意到了那盆风车草。它偶尔会出现在背景的角落里，有时看见叶片的一侧，有时只看见半只花盆，若隐若现，但起码对我来说，是一个区别于其他场所的标志之物。"

冬阳侧耳倾听，他想起多年前季香也曾同样努力地去了解陈湖君，相反他自己却冷冷漠视，心中不禁泛起感伤。

那个多年前被陈湖君所救的女孩继续说着："总之我想，这个人在家里养了这么一盆朴朴素素的绿草，而且养了好些年。我自然得查查这种植物叫什么、怎么养、花语又为何。在网上查东西一个优劣参半的问题是，当你搜索一个关键词，有关的无关的信息都会跳到眼前来。所以'风车草连环凶杀'这么一宗源发于另一个半球的外国案件，我也瞥见了一眼。"

靛泽说："听杜小姐的语气，应该不只是看了一眼。"

身穿亮漆皮衣的女孩耸耸肩笑："我承认我是好奇体质，那个案子我多少翻了些资料。实情是这样的，我在网上看到'风车草连环命案'是在一篇公众号文章里，就是那种专门搜罗古今中外残酷命案然后煞有介事做推理分析的公众号。最近几年这类博眼球的公众号像雨后春笋一样出现，不过大多是人云亦云，我一看就心想还不如我来写。我呢，虽然也没法飞到吸血鬼的故乡做实地调查，但收集情报的能力还不赖。后来我还找了一个在德国留学的朋友帮忙。总之，各路情报算是都对碰了一遍。"

冬阳不明就里，疑问：" 这是一宗没有破案的案件吗？"

杜雪笑说："早就破了。凶手是一个非裔的女人，不过因为持刀拒捕后被击毙。所以如果说还留下悬而未决的部分，就是作案动机了。"

靛泽沉沉地说："杜小姐既然对这件案件感兴趣，说明它和陈湖君有关对吗？"

杜雪说："你像蜘蛛侠一样会感应，嘿！"朋克女孩停下来，沉默了一会儿，"我确实偶然发现了一些点……你们知道陈湖君父亲的死吗？"

靛泽闻言面露茫然。冬阳倒是多少了解一些，在旁答道："我记得陈湖君原本和他父亲两人一起生活，但后来他父亲出意外去世了，好像是从楼梯摔下来……"

杜雪点点头："陈湖君父亲叫陈铭果，他因为醉酒，从所住出租屋的二层阁楼失足滚落，导致颈椎骨折，救护车赶到时已经断了气。这起意外发生在陈湖君受伤的一个月前，具体时间是2004年11月23日凌晨3点钟。"

靛泽疑惑皱眉，敏锐地问："这个时间有什么问题吗？"问题问完，这个在异国成长的人突然身体一震，记忆的引擎轰轰作响，他张开嘴："命案的第一起……"

杜雪望他说："嗯，你很了解呢。那宗以风车草命名的连环杀人案的第一起案件，死者是一个居住在纽伦堡的神父，年龄51岁，死于利刃割喉。案发于2004年11月22日，死亡时间推断为当晚的8点钟。"

冬阳也蓦然反应过来，虽然他对发生在异国的命案一无所知，但直觉地发问："你是指德国和国内有时差吗？其实这两个人是……"

杜雪点头："德国在东一区，慢7个小时。所以陈湖君的父亲和'风车草连环命案'首起案件的死者，是同日同时死亡。而且，他们两个人都是51岁。"

冬阳惊讶地问："他们是生命耦合对象？"

杜雪说："嗯，据我查到的情况看，是这样的。"

靛泽低沉发问:"利用了生命耦合这一点吗?"

杜雪没作答。

靛泽说:"陈湖君是中非混血儿,家里养了一盆风车草,这些因素一旦摆在一起看,怎么都不像是纯粹的巧合对吗?尽管两边的案件在国界上相隔万里。"

杜雪轻轻叹息:"你比我想象中思维更快呢。我没有证据,只是猜测。"

冬阳跟不上,但心里感到不祥,他问:"两边的案件?你们在猜测什么……"

杜雪凝望着靛泽,问:"可以告诉我……你和风车草命案的关系吗?"

靛泽双眼隐有血丝,说:"我的母亲是命案的死者之一。"

杜雪深感惊讶,嘴唇张启说:"没想到你会是被害者的亲属,抱歉……"她的神情掠过为难和犹豫。

靛泽说:"不只这一个关系。我爱的女人是联邦刑警,她奉命追捕这宗命案的犯人,最后和那个非裔的犯人同日同时死去。"

杜雪闻言更加吃惊,她辨识着这句话更深的意义,陷入沉默。过了片刻,那位性情独立又天赋异禀的20岁女孩神情略略放松,她举起咖啡杯放到嘴唇边,然后平稳点头。

"我想你有权知道;我也认为我应当说出来——虽然只是我个人的猜测。"

*　*　*

先旨声明，我无法确保所有情报来源的准确性和完整性。推测的部分则更是如此。我只能说我费了不少功夫，干得甚至比以结案为唯一目标的官方调查更掘地三尺一些。

还是从发生在吸血鬼传说地区那边的命案说起吧。

"风车草连环命案"的第一个死者名叫鲁本·胡勒曼，遇害时的社会身份是巴伐利亚东南部教区一个品质卓越的居民社区的小小教堂神父。但在民主德国时期，这个人曾在教会名义的遮日大伞下主理过一家规模巨大、性质暧昧的医疗服务机构。个中内幕在多年后已不可尽述。这怪不得我一个小姑娘民间侦探。据我所知，有关部门在凶手毙命后进行案件回溯时，就连德联邦警察总局委任的专案组也没有权限调阅那些像黑魔法一样封印起来的密档。反正不是什么好事，妇女和儿童也不能幸免于难。但绕不过去的一项是和生命情报黑色产业有关。不难想象，在极端政权和非法制体系里，生命情报这种根本性的利害之物所催生的巨大利益链条，可以孕育多少黑暗。

总而言之，连环命案的凶手米兰·娜奥美曾在豆蔻年华之时，被鲁本·胡勒曼收养过。她祖居非洲大陆西部几内亚湾北岸的加纳共和国，那里曾是英属殖民地，她生就一副黑美人的胚子，或偷渡或被贩卖而年纪轻轻地漂泊至德国，于是又再回到上帝的领地和怀中。20年以后，她在11月22日普世君王节的诗颂活动结束后的当晚，仰面躺在神圣无人的教堂地板上面，用手术刀割开鲁本神父的喉咙。

以上这些联邦刑警也查到了。

不过警察们历来都对久远之事挖得不够深,也不够多。毕竟从结案的角度说,证据够就行。当然一些部分他们没有关注实属情有可原,毕竟民主德国与联邦德国合并以后,这座提供黑色服务的机构已化为历史尘土,翻旧案没那么简单;而关键在于,他们确实不可能把万里之外风马牛不相及的事件联想在一起。

譬如,当年处于鲁本神父掌控之下的除了大量妇女儿童,还有男人。他们同样是役工、玩物、实验品,或者器官供应者。其中有一个青年男人,鲁本神父对他爱护有加,给他安排了很好的房子和生活条件,两人年纪相仿,白天称兄道弟,夜里又如胶似漆。

那个男人原是个偷渡到德国的黑工,中国人,名字叫陈铭果,也就是陈湖君的父亲。

陈铭果后来是怎么返回国内的,其中细节已无法获知。但从我个人拼拼凑凑而得的推测说,应该是米兰·娜奥美帮助了他。

我猜测,米兰是无情地击碎了陈铭果的甜美幻境。她明白地告知陈铭果,他实为鲁本的生命耦合对象,而鲁本把他视为亲密之友,除了一种宗教信仰式的癖爱,还有更加实际功利的盘算——他是他生命的后备。所以他把他圈养起来。当必要的时刻来临,他会毫不犹豫地拿走他身上的任何一个器官放进自己的身体里,二归于一,实现生命的最强。

所以陈铭果是被吓破胆而逃跑回国的。

至于米兰为什么没有一同逃走,我想唯一合理的原因是她并不想走。斯德哥尔摩综合征、PUA（指精神控制）以及其他什么都好，或者说是真情实感也可以，那个女孩其实愿意留在她的神父身边。而她之所以鼓动和帮助鲁本的男性密友逃跑，是出于妒忌，考虑的是一脚踢走竞争对手。

需要说明的是，那时候米兰只有16岁，正是可以为爱痴狂，并且沉迷于独占的年纪。

当然随着年岁的增长和世事的变迁，人会改变。数年以后，那个黑色服务机构被连根取缔，鲁本东躲西藏隐姓埋名了很长一段时间，后来又重披黑袍重执神职，腋下夹着《圣经》在社区教堂里听取酒鬼和荡妇的唠叨告解。而米兰在那许多年里也坠入滚滚红尘，端过盘子，和帮派混混结过婚，后来则一直当应召女郎。

总之，米兰重遇鲁本是在因客观事变而离散的十多年以后，那时候她对他的迷恋之情或许早已消失，但心里也并不见得会有恨。

其实加纳人的传统精神是乐观，他们什么事都放得开，该干什么干什么，随遇而安、生死看淡。

我要说的是，米兰在相隔十几二十年以后用利刃割开鲁本的喉咙，我不认为其作案动机是警方简单直观地判定的复仇。

相反我认为米兰对鲁本还抱有不舍的感情。尽管用手术刀杀人也算得上残忍，洒了一地的血像弥撒的酒和饼，但一刀封喉也算痛苦得少。鲁本神父就安稳躺在巴洛克教堂的花砖地板上，也没像后来的死者遗体那般被折腾一番。米兰把一束蓬蓬的风车草平整地置于鲁本胸前，像追悼会上的献花。那束绿草根茎粗壮、生机盎然，米兰出生在加纳的阿散蒂地区，她在她爱过的人的葬礼上留下代表着她自己和她的故乡的花。

所以呢，米兰杀死鲁本不是因为恨。她还爱着鲁本，而她之所以要杀死鲁本，是因为她心里还有比鲁本更重要的人。

那个人就是陈湖君。

米兰在帮助陈铭果逃跑的时候，让陈铭果把陈湖君也带走了。所以陈铭果回到国内时，也带着几岁大的陈湖君。

这里又有一件事需要说明：陈湖君不是陈铭果的儿子。早在米兰偷渡到德国的时候，她怀里就已经抱着一个刚断奶的婴儿。那时候的米兰只有十三四岁，没有人知道那个孩子的亲生父亲是谁。

所以我们说陈湖君是中非混血，大概是一厢情愿。陈湖君的长相身材都堪称一流，谁知道那副身躯里融合了多少个国家和种族的血统呢？

不过这孩子的出生信息倒是一清二楚。米兰记得一清二楚，后来也一清二楚地抄写给陈铭果。后来陈铭果把他带回国内，给他上了户籍，登记了准确的出生时间信息，他成为一个有名有姓的中国人，也得以联结到自己的生命耦合对象。

应该说，很难准确判断米兰当初让陈铭果带走陈湖君的真实原因。也许她是不忍心孩子跟着她留在鲁本的手掌心里，也许只是觉得这么一个拖油瓶太碍事。也许两者皆有。不妨重复一次，那时米兰不过是一个十五六岁的少女。

而到底在多少年以后，米兰和陈湖君才重新建立了联系，又是如何重新联系上的，就难以查清楚了。可能距离后来案件的发生没多久。

我也不知道他们重新以何种关系相认,甚至不知道他们有没有见过面。但可以确认的一点是,陈湖君在家里养了一盆风车草。我想那代表着米兰,或者说是故乡。

就像我说过的,风车草的花语是离别、希望和健康。

另外还有一点我相信的,陈湖君对米兰有着深深的信任。

同样还有一些情况我们无法准确判断,譬如陈铭果和陈湖君的关系如何。应该说陈铭果不会是一个本质太坏的人,不然米兰大体不会把自己的孩子交托给他。陈铭果信守了承诺把陈湖君远涉重洋地带回国内,转眼20年把这个和自己并无血缘的孩子抚养长大。我想他们是真正的父子关系。

不过陈铭果这许多年带着陈湖君相依为命、四处营生,确实也没从事过什么正派职业。大体都是一些小偷小摸、坑坑骗骗的事。到陈湖君初中毕业以后,他的那副好皮囊渐渐成为谋利或者仅仅是谋生的工具了……

我想说,不要忘记他们的出身和条件。

你们看菲茨杰拉德吗?"人们的善恶感一生下来就有差异。每当你觉得想要批评什么人的时候,你切要记着,这个世界上的人并非都具备你与生俱来的条件。"说的就是这个。

只能说,很多人过的是我们所不知悉的人生。

所以也许陈湖君对他养父的感情也是爱恨难分,他们父子常有冲突也在所难免。总之,发生在2004年11月23日凌晨的醉酒坠楼事件,不会是单纯的意外。

而当看见倒在楼梯尽头的父亲的脖子扭曲成一个不应有的角

度,牙龈之间还丝丝冒着一口气的时候,惊惶得无以复加的陈湖君,首先想到的是找远在重洋之外的米兰。

他可能是马上跑到电话亭什么的打了越洋电话。

当然这些事都是我们猜的。

事情也可能是反过来。也可能是米兰那天晚上突然心血来潮,跑到教堂里把旧情人的脖子抹了;同一时间导致陈铭果从楼梯摔落,扭断脖子咽了气。

毕竟生命耦合这种鬼事,从来都说不清后果和前因。

不过这不太说得通后续命案的发生。

所以更合理的猜测,就是米兰在接到陈湖君六神无主的电话之后,所当即做出的决策。

米兰是有医学基础的,她初到德国的时候就在地下诊所给人剔过腐烂生蛆的肌肉,后来又在鲁本的医疗服务机构里耳濡目染。她听到陈湖君的陈述,陈铭果颈椎高位扭折,知道已经救治无方。脊髓横断导致中枢神经损毁,要么过不了多久失去呼吸,要么终身瘫痪。相比前者,后者更可怕。

她对电话另一边的人说你什么都不用怕,只是以后再也不要联系她。

她赶到教堂找鲁本,和他躺在圣坛前的花砖地板上欢爱,那途中神父可能也兴奋得红着脸咳嗽连连。于是米兰掏出手术刀为他割开气管。

她也许也不舍,但在心里对对方说:"对不起啊,不过你本来也马上要死的。"

那一刀切割过去，万里之外的人也就咽下了最后一口气。

不知道你们知不知道？在当下的这个新时代，各国对于非自然死亡开展调查有一项基本通则：同步看看死者的生命耦合对象是怎么死的。

哪怕只是基于人道主义也应当多少了解一下嘛。

而生命为大，因此为由而暂开情报数据的国界之门，很多国家都有自觉共识。

我估计是德国那边的函询来得更快一些，毕竟那边是一宗残忍的凶杀案。

于是另一边的先入为主和结论简化也就变得顺理成章。

——可怜啊，另一半在大洋彼岸被人抹了脖子，结果自己也喝醉酒摔死了。

所以，米兰做的事情，是用自身犯下一宗凶杀案，以掩盖发生在大洋彼岸的另一宗或许并非意外的死亡。

她心里希望另一个人能逃过罪罚，也逃过一生照顾一个瘫痪者的困境。

她的作案动机不是复仇，而是让那个她曾狠心抛下过的孩子能好好生活。

后续命案的发生，也是基于同样的动因。

我打听到一件事。2005年春节过完，国内有个警事条线的外访交流活动，其中一个小组刚好是到德联邦警察总局的慕尼黑地方局进行联席座谈。

活动结束后不到一周，具体来说是3月19日，也就是当年春分的前一天,一个47岁犹太籍富商在慕尼黑西南郊外夜黑风高的施坦贝尔格湖边,被人用手术刀割开了喉咙。嘴巴里被连叶带茎塞进了一大把风车草。

那就是连环命案的第二起。

是的,我推测这宗命案之所以会变成连续命案,是基于一种过激的误会。

我想米兰在杀死鲁本后,一直密切关注着案件的调查进展。但是她关心的不是自己杀人这回事,而是陈湖君那边的案情。这大体是因为心虚,她自觉得如果警察对那边的案件生出疑心,就会和这边的案件联合着来查。

案件由联邦警察总局的慕尼黑地方局主理,所以她每天都溜到警局门口张望。

她盯看着那里有没有出现中国人的脸孔。

所以几个月后的那场联谊活动,让她产生了误会。

看到几个衣着整齐的中国警察走进慕尼黑警局,米兰感到惊慌不已。她想到陈铭果和鲁本在20年前的相识和亲密交往,尽管这些事很隐秘,而且应当随着那些黑色大伞的倒台而湮灭痕迹——但万一被警察挖出来了呢?

一旦警察朝这个方向顺藤摸瓜,那么她也好,她心里想保护的人也好,都将无处遁形。

于是她杀了第二个人。目的是转移视线。

第二个死者叫马库斯·威尔,家族父辈在魏玛共和国时期就持有大量米福券,希特勒上台后被没收了财产。但二战结束后仍然搞债券生意，重新成为金融大亨。马库斯长得肥头大耳，骨子里流着贪婪的血，其中一个嗜好是嫖暗娼，尤其喜欢趴在黑皮肤女人的身上舔她们的腋毛。

那时候米兰到过施坦贝尔格湖区应召，做过马库斯的几次生意，所以没多想就把他选为目标。命案那天，马库斯在傍晚出门，和家人说是去湖边散步冥思，其实是想去找流莺来场野外之旅。在湖岸的草林之地，他找上了米兰，米兰也就找上了他。

米兰仍旧用准备好的手术刀割断他的脖子，然后往他嘴里塞了一把准备好的风车草。我想凶器和风车草米兰都随身带着，以便随时遇到了谁，就送给谁。

对她来说，目标是谁都无所谓。

米兰的想法应该很简单，就是把案件变成一宗无差别的连环猎奇杀人。这样警方也就不会单盯着鲁本的死而越查越深。所以后来案件一度被贴上所谓种族主义一类的标签，是她始料未及的。

米兰对鲁本是熟悉的，但她基本不认识马库斯。她也许知道鲁本和马库斯都是犹太籍，但不了解他们作为犹太教徒的死忠程度，日常上街会不会戴着圆圆的犹太小帽。

这都是恰巧。

但案件调查的方向确实一度被带偏了；而更被带偏的，是民间和网络的煞有介事和撕裂喧嚣。

这导致了后来更多的无辜死者。

几年以后，德国南部多地爆发激烈的种族主义运动，光头党到处打砸抢。米兰作为非裔移民，家里也遭到洗劫。拿着铁棍闯进米兰家里搞破坏的那名光头党叫卡尔·奥托，刚好是马库斯命案里当年的嫌疑人之一，曾经被警方关禁刑讯，还坐过一年牢。后来这人也在酒吧里扬言，说让他知道当年是谁冒充党派名义作案，是谁让他坐了冤狱，他必定会用高贵的铁锤敲碎对方的头盖骨——这让米兰深感生命受到威胁。

于是不久以后，出现了第三和第四名死者。

第三名死者是住在慕尼黑南部小镇施利尔塞的失业游民，是一个土生土长的日耳曼人。他除了遭到利刃割喉，肾脏也被摘走，肚子里填进冬季干枯的风车草——这些因素加起来，让警方的调查天平和民间的兴趣话题转移到种族主义之外。

为了凸显凶杀案的连续性，米兰几个月后又用类同的方式杀了第四个人……

余先生，很抱歉，米兰杀害你的母亲，仍然是一种随机的选择。

那个满手鲜血的人应该是害怕了，她不敢再选择和之前案件一般的身份显赫的目标……她想，选择一些无亲无故的人下手，影响就没这么大。

所以她最终选择了那些和她自己的生活状态差不多的人。她想，他们的距离也相近。

很抱歉……

其实，我不太确定米兰在犯下后面的那些罪案时，是否知道远在大洋彼岸的陈湖君已经成为昏迷不醒的植物人。或许她知道。

只是我想，如果她知道，她一定满心希望和相信陈湖君有一天会苏醒。

坦率说，对于米兰·娜奥美这样的人，我不认为她会有什么罪恶感。

她只是心底有一个渴求：如果可能，或许有一天她还能见到他一面。

而我同样不能确定，米兰在13岁越过重洋踏上异乡大地时怀里抱着不满1岁的陈湖君，她到底是不是他亲生的母亲。

* * *

扎着麻花辫穿着铆钉皮衣的女孩说出了她所调查和猜测的全部。

说完以后，她诚恳地向靛泽低低头，道了歉，然后神情恢复了轻松和平常。

靛泽许久没作声，后来冬阳叹息问杜雪，为什么愿意把这些事全部说出来。

"没有什么愿不愿意的呀。"朋克女孩耸肩说，"只不过因为情报不全、证据不足，大部分都是我的连蒙带猜，我肯定不好逢人就满嘴跑火车对不对。坦白说吧，这些事我从来没有告诉过任何人。不过既然是面对你们两个人，我觉得可以说，也应该说。至于你们要不要把这些事对外披露，譬如告诉警察什么的，是你们的自由。我没有意见。也许，这些事本来就属于你们。"

她停顿了一下，偏偏头。

"嗯，都说到这份儿上了，其实还有一个更恶意的猜测版本呢。"

冬阳问:"是什么?"

"就是陈湖君是一个真正的杀人犯。"杜雪平静地说,"他和米兰是处心积虑地联合谋杀了陈铭果。方法就是米兰在万里之外杀死鲁本神父,而陈铭果完全可以是实打实地死于意外。通过生命耦合谋杀另一个人,和交换杀人的逻辑差不多,而且更加了无痕迹。如果米兰和鲁本没有任何渊源,而只是陌生人,这样的案件几乎可以成为完全犯罪。"

冬阳惊愕不已,说不出话,良久翕动嘴唇。

"你……会怎么看陈湖君……"

"没什么怎么看,在没有证据的情况下,我当然不会相信他是这样的人。我们都只是猜,只是往善意的方向还是恶意的方向猜而已。"女孩停了停,爽朗地笑起来,"不过话说回来,他是一个什么样的人和我又没有关系——无论他是谁,他都是救了我,给了我生命的那个人。"

冬阳心里震颤无言。

那个年轻的辫子姑娘转头望向他:"对了,他是一个什么人和你也没有任何关系,尽管你们生命相绑在一起。"

在房间席地而坐的两个男人久久都没说话。杜雪打了个呵欠,微微伸懒腰:"我今天早上4点钟就起床去坐头班机,现在想蒙头大睡了,午饭不和你们吃可以吗?"

靛泽闻言支着手杖站起身,默默说:"打扰你了……"

"余先生。"女孩喊了他一声,"说起来,我想起你是谁了。我想我们还有另一份缘分。"

拄着手杖的人定定地看着她。

"我不是说我在德国有朋友帮忙搞情报吗？那是我在网上认识的一个姑娘，比我大个几岁吧。她也对风车革命案很关心，在我之前已经收集了大量的一手资料，所以我们两个人是一拍即合。其实我们从没见过面，我们不过是通过社交软件，远隔重洋地以电波相连。在那许多年的时光里，我在学校特立独行被群体孤立时她很支持我，我和我那个小心眼但好歹独自一人把我养大的老娘闹矛盾时她会给我劝慰。我把她当作我的姐姐了。她是个非常努力的人呢！她说她一个人在德国求学和打拼，是追逐一个她从小仰慕的哥哥的身影；而她追查这宗案件，也是由于他的母亲是案中遇害者。这几年她不在了，所以我捡起她没做完的继续做完——余先生，她叫谭瑛琦，我想她说的追逐的人就是你。"

靛泽伫立着，渐渐明白原来世界是相通的。

"我也很惊讶，看来因缘际会真的是有天意。"女孩笑起来，她也站起身，眼睛弯长地两边望她对面的两个男人，"尤其在陈湖君的床沿，看见你们两个人站在一起。反正我以后常会去陪着那个人，田冬阳、余靛泽，咱们下次再聚。"

年轻的富商躬躬身，说："谢谢你做的和告诉我的一切。"

4

寄居蟹举起自己的家,努力翻过一片青色的鹅卵石地,然后一溜烟快步走,在湿润的沙滩上留下点点直直、延延向前的足迹。

海浪拍打着彼端海岛像花骨朵一样向外张开的棱棱礁石,午后的灯塔还没有亮灯。

离开酒店以后,靛泽问冬阳准备去哪里,冬阳反问,你呢?靛泽说,我没什么事。

"我去一趟海边。"冬阳想了想回答,"有一个地方,小时候我经常去那儿看灯塔。"

靛泽说:"我送你。"

从市郊穿过城市回到小镇,沿着海岸线驶过海边的车站和海角的老街,当望见上弦月形状的海湾和泪珠般的晶莹缀着的海岛,城市越野车在海堤旁停下来。

冬阳和靛泽下了车,望见岸边高高低低的渔船桅杆,一群海鸟在腥咸的空气里振翅高飞。冬阳望着靛泽说:"从这里下去可以一直走到海滩……没事的话再一起走走。"

靛泽点点头,回头让座驾司机不用等他先回去,想了想又补充了一句。

"和谭总说一声,晚饭也不用等我。"

车开走后,两人越过海堤,顺着草苇蔓蔓的斜坡往下走。冬阳走在前面领路,回头问挂着手杖的人:"你的脚好走吧?"

靛泽把手杖抬起来，表示只是个装饰。他笑说："你不知道，我从小用这双脚在捆着塑料桶的浮板上跳来跳去。"

冬阳说："哦……你小时候也住在海边？"

靛泽说："嗯，我跟母亲出国之前，一直住在渔排上。她的祖辈都生活在海里。"

冬阳低头点点，向前走几步后说："小时候我是和季香常从这个缺口溜下来，能一直走到一片浅滩。"

靛泽说："哦，这么多年都没变吧？"

冬阳说："堤坝高了，但路没变。"

两人慢慢走下长长的斜坡，又翻越一道篱笆，穿过泥泞的植被，随后眼前宽阔开来。他们走进一片被山崖围包的平整沙滩，那里的海沙又细又白，像一床铺向大海的布单，触达海浪的地方就留下了一层层皱褶。

四下空无一人，只有扎了根的风化的礁石——灰褐色，满身深沟细窝，坑坑坎坎，恒久的坚硬和安静。冬阳挑了一块干燥够大的，和靛泽说坐这儿吧。两人坐在古老的大石上，看着从茫茫海上经过的船。

他们也举目望向耸立在海岛南端的白色灯塔。

随着日头在半圆如钟的穹幕里移行，这两个男人打开话匣，各自聊了自己。

"那个叫杜雪的女孩说出的那些，让我确认了一件事：米兰·娜奥美她不想死。"靛泽看着白日下的海浪静静说，"这是一个已无死刑的时代，被警方逮捕顶多是牢狱之灾。但是她恐惧那些无所不用其极的种族主义分子。所以她用更血腥的作案手段转移视线，也建立一种威吓的形象。她后来不断残忍杀人，我母亲也因此遇害，是因为她想活着。而现在我进一步明白了她想活着的原因。因为陈湖君还躺在病床上。她心里牵挂的人昏迷不醒，她要等待他醒来，所以心里想自己不能死。哪怕远隔重洋，哪怕关进牢狱，只要活着，也许他会去看她。10年，20年，有一天他会好好地站在她面前……"

靛泽停下来片刻，冬阳没说话，等待坐在礁石另一头的人往下说。

"而知道她一心求活，情形变成了两种皆可。"

冬阳闻言微叹，说："我明白你的意思。犯人拒捕反抗的激烈程度不好说……"

"是啊。米兰·娜奥美会和所有身负重罪的亡命犯一样，冷酷残忍，对杀人这种事从不心慈手软，哪怕是面对警察。何况警察需要严守致命武器的使用限令，实在不足为惧。所以只要有助于逃跑，她会毫不犹豫地把刀子刺进给她戴手铐的人的身体。

"这是第一种情形。

"而现在有了另一种情形：米兰·娜奥美不想死，但并不惧怕被捕。或者说没那么在乎。这个人犯案累累，心里想的只是保护另一个人，她一直把血迹斑斑的凶器放在床底的铁盒里，警方一找就找到了。也许从一开始，她就已经有下半生在牢狱度过的心理准备。可能某种意义上，被关进监狱对她来说反而是一种安全保障。所以她应该会束手就擒吧——当安娜撞开她家的房门时，她应该不会拼了命地逃跑对吗？也不会拿出利刃拼了命地抵抗。她心里想，就这样吧，只要能活着就行……

"但最后安娜却开了枪，她们两个人一同死去。"

冬阳心里感到一阵沉重，沉默没说话。

靛泽淡淡说："两种情形，都有可能。在那个电线遮蔽天空的贫民窟的天台，安娜到底是遭到那个杀死我母亲的连环杀人犯的猖狂反抗和致命袭击而以身殉职，还是违反守则自行开了枪，以选择和自己的生命耦合对象一同死去……她在那个时刻心里做了什么选择，到头来我还是一无所知——所以什么都没有改变。"

冬阳扭头望向靛泽，而旁边的人露出浅浅笑容。

"不过我放下这件事了。无论安娜的选择是什么，我决定不再追问。"

冬阳默默点头，说："我觉得你做得对。"

两人望向离岛，看见海浪一个裹挟一个撞击山崖和礁石，然后粉碎成白色浪花。浪花飞坠入海天之间的灰茫，在最远的极处被一条明亮的白线分割。

朗日已渐渐沉垂。

靛泽把深蓝色的狮头手杖拉近身边，平静说："我一辈子憎恨两个人，一个是米兰·娜奥美，另一个是我自己。现在我已经不恨第一个人。米兰·娜奥美是个罪无可恕的杀人犯，就像杜雪说的，我想直到最后，她都不会对自己犯的罪、杀的人怀有多少忏悔。对我来说，她夺走了我最重要的两个人的生命，我对她恨之入骨。但当知道这样的罪犯——那个和安娜生命相绑的人——心里也有柔软，也有理由，也和普通人一样有重视和想保护的人，这份恨意也变得无处落脚了……无论如何，我母亲也好、安娜也好，起码现在我知道她们出于何因而死，也算是一种告慰。"

那个脸白的男人停了停，片刻朝身旁坐着的人望去。

"而且我也没想到，有一天我会遇到米兰·娜奥美想保护的那个人——以及他的生命耦合对象。我没想到会有这样的机缘巧合。"

冬阳滞住一会儿，说："嗯，我也没想到。说句老实话，你是个好人，之前的事，我要和你说谢谢……你也不要和自己过不去了。"

靛泽青白的两腮微微鼓动，浅笑了一下。

冬阳说："你在浴缸里倒了很多冰块对吗？和季香一样。"

靛泽笑笑说："我不会承认我在仿效麦季香，不过我确实想过做一样的事情。虽然我认为自己不会和谁的生命相关，但最后还是做不到不管不顾呢。总之死了以后把这副躯体有用的部分留给别人，大体我这个人也会变得有用一些……我也想过和麦季香一样，其他的器官怎么都好，但其中一份留给指定的人。"

冬阳望他问："是谁呢？"

"安娜的儿子。"靛泽淡淡回答，"那孩子叫迪伦，今年满18岁了。我知道他的时候他只有6岁，那时候他就信心满满地表示自己敢去SKYLINE PARK坐最大的摩天过山车。我知道他会想象着在高耸云霄之处爬升、旋转、俯冲,以及所有能够看见的风景。迪伦天生患有不可逆的眼球萎缩症,他从未看见过光明。"

冬阳张嘴问:"眼球移植吗……"

靛泽点点头:"得益于生命耦合推动的医学发展,视神经再生技术已经取得了突破,这个手术德国有先行案例。但是全眼移植的匹配难度不亚于骨髓。而我和迪伦的HLA配型是12个点位全相合。"

靛泽停下来笑了笑:"医生说这奇迹得如同双胞胎。其实就算我把全身的器官移植给那个孩子,都不需要抗排斥……有时我会觉得,这是一种呼唤一般的征兆。"

冬阳沉默了一会儿,问:"他现在在德国吗?"

靛泽颔首说:"5年前安娜去世以后,迪伦就一直住在寄宿学校……我会资助他上完大学的。"

冬阳说:"我想相比于一对眼睛,那个孩子更需要一个完整的你。"

靛泽闻言愣了一下,不作声。

西沉的太阳埋在云层后面,天空没有发出金光,暗沉的海面显得又厚又重,但颤颤摇曳,因为无垠广阔而呈现一种最深邃的蓝。

靛泽朝和他坐在同一块大石上的人笑了笑,他抚摸蓝色的手杖。

"安娜曾经问我'靛'是一种什么样的颜色,我一直没肯正面回答。其实我母亲把我捡回家的时候一定看见了相同的风景,

'靛'是阴天的大海的颜色。她叫余海靖,我叫余靛泽。"

冬阳点头说:"好好活着吧。"

"你可以说说你的事。"靛泽对冬阳说,"你和麦季香,还有陈湖君。"

冬阳说:"你和我不一样,我是一个无可救药的人。"

两人男人听着海浪拍岸的声音,于是地平线的灰白渐渐变暗,当天幕也变成深蓝色,一道刺目笔直的光穿透了云层。

海岛上的白色灯塔已然亮灯,过往的大轮船遥遥鸣笛呼应。

后来海上又起了雾,青蓝的海和天化作一座巨大静谧的森林,无声的小渔舟在雾中潜行,迷蒙深处屹立着一棵顶冠发光的树。

"我和季香有很多约定都没有兑现。"冬阳望着远方说,"小时候我和她经常到这里看海,看船,看灯塔。那灯塔很久以前住过守塔人,后来就采取自动化监控了。岛是孤岛,岛上无人,日常也就不再通船。我和季香相约长大以后要开一条小船渡海登岛,两个人住在灯塔的小屋里。但岁月太长就会改变,主要是我……当我们长大了,我把童年的约定置诸脑后,甚至彻底摧毁……"

靛泽问:"麦季香后来是在一家以灯塔为主题的民宿旅店自杀的吧?"

冬阳默然点头,又补充说明:"因为我和宝儿在那家叫灯塔小栈的旅店睡过……季香后来住了同一间房间……"

靛泽说:"可是……"

冬阳打断说："我明白你想说什么。其实我也不知道季香内心的真实想法。她在那家旅店那个房间结束自己的生命，毋庸置疑是为了救我和陈湖君，但其中是不是也有让我后悔的含义，我说不清。虽然她最后给我留了信，但我也不知道里面的每一句是不是都是真实意思……而她选择了在那一天自杀，我们准备登记结婚的前一天，地点加上时间，我想意思已经很明显……"

靛泽问："她用短信息给你留了信对吗？她是怎么说的？"

冬阳摇摇头，表示已经不足道了。

"不过她最后的一句话是'明天再见'。"

靛泽掠过讶然："是吧……"他思索说，"其实安娜给我留的信，也说了明天再见……"

而冬阳垂头一摇："无论季香心里怎么想，我都不会原谅我自己。"

起雾的海变得潮闷，灯塔的光明亮而窄束，当它掠过巨大深远的海面触达岸滩时，只剩下细碎的银色粉末。礁石上湿漉漉的。

靛泽望向冬阳开口问："我想再确认一下，麦季香真的知道你和李宝儿的事吗？"

冬阳沉沉回答："她知道。我的手机里有一条发给宝儿的信息，季香看到了……她在信里也说了这件事……"

靛泽想了想，最后只是默默颔首。

"那时候，她是收到了你的生命情报信息对吧？"

"是的，季香是我的紧急联系人，所以她也收到了管理委员会发来的信息……而我反而没有第一时间接到……"

"因为你的手机短信箱满了。当她发现了这件事,她在很短的时间里考虑和计划好了一切。她想尽了一切办法骗过你。"

戳心的往事袭上心头,冬阳沉重点了点头。

"我想,她是个很了不起的女孩。她做了很了不起的事情。我觉得你应该相信她。"

冬阳茫然向旁边的人望来。

"我和你一样。我也曾经一遍一遍看着安娜给我留下的信,一遍遍想从字里行间弄清她内心的选择。"扶着手杖,也先一步坚强起来的人说,"其实这件事我知道我已经永远做不到。安娜给我留的信,是在她去世前一天写的,那并非遗书。我已经永远不可能知道,当她面对米兰·娜奥美那一刻的心绪。现在我选择不再追问。安娜在信里对我说'明天再见'我知道那是她和我的真切约定。"

靛泽转过目光,望向冬阳。

"她们鼓起巨大勇气做的最后选择,我们又怎么能不相信她们呢?"

一种沉痛击中冬阳的心脏,他骤然感到比长久以来更深重的羞愧难当。他要自己的余生在追悔里煎熬,也苦苦思索这会不会就是季香所希望的给予他的惩罚……其实他何尝不知道,这恰恰是最无情最对不住对方的念头。

"冬阳,我希望你好好活着,你不相信我吗……"

身边传来一阵窸窣的声音。

两个男人扭过头,看见一只三花猫从靠近山崖的草丛里钻出来,它弓着背伸了个懒腰,在黑暗里踱步,一无所惧地走向礁石的群落。

靛泽说:"没想到这里还有野猫,也不怕人。"

冬阳说:"以前也有。"

在朦胧的海浪声中,那只斑纹花杂的猫安静地跳上礁石,在冬阳膝边打圈。冬阳伸出手,它转过脑袋把自己的下巴凑过来。它用绒绒的侧脸蹭他的手背,片刻又从大石上一跃而下,消失在漆黑的海滩高高低低的岩石狭缝里。

冬阳跳下礁石,靛泽看见他背过身,用衣袖抹了眼睛。

"我们走吧……"

冬阳转身向前走。他又停下来,想起他和身后那个几是初识的人聊了一整天,从中午起他们就没有吃过饭。

"你饿不饿,我请你去海街吃最好的海鲜面。"

靛泽也握着手杖从石上稳稳落地,说:"好啊,我都吃过,还有世界上最好的带鱼。"

两人顺着斜坡往回走,远处的灯塔还在发光,而月亮也升起了,雾霭霭的海上天幕有两团融融的白色影子。

初春的海边夜风萧寒,冬阳抬头望天空,说:"春分过了,以后夜晚会越来越短。德国也讲春分吗?"

靛泽跟步在后面,说:"嗯,德国也有春分的节气。春分之后的第一个星期天,就是复活节。"

冬阳点点头,说:"我想起今天杜雪说,德国那宗连环命案的第二起,发生在3月19日春分的前一天,我听了还呆了一下……"

靛泽问:"为什么呢?"

冬阳淡淡答:"我没和你说对吧……季香和我原本就约定在3月20日春分那天结婚……"

靛泽停下脚步。

冬阳察觉对方停步,转身说:"你也觉得惊讶吧,我听了也吓了一跳,和那宗命案的时间一样……哎,说一样也不对,季香是凌晨时分去世的……"

"不,是一样。因为时差……"

冬阳皱眉:"你说什么?"

靛泽脸色在朦胧的夜光里变得苍白。

"不过不是命案……"

"什么……"

"我也没告诉你对吗?那宗命案发生的当晚,我曾经开车停在无人的树林里,开着暖气,让发动机怠速运转……直至安娜救了我。"

5

谭松朝等在咖啡厅户外座位的李宝儿招了招手。

宝儿从棕色藤椅上站起身,神情有点惴惴不安。走近的人摆手请她坐下,温和说:"李小姐你好,我是田冬阳的朋友,我叫谭松。"

"您好，谭先生，您坐……"

宝儿望着安静在她对面落座的中年男人，他头发灰白，穿着平整的衬衣，他应该刚从机场过来，但并没有匆匆之色，身上有一种宽厚安全的气度。女孩心里平稳了一些。

谭松坐下看了看表，说："陆宽说他只有中午有空，1点半到，不着急，你吃过午饭了吗？"

宝儿说："我不饿……"

"我也还没吃。"中年人柔和说，"听说你开很棒的餐厅，可以给我推荐菜式吗？"

宝儿红红脸低头："只是小店，而且是日料馆……不过这家西餐咖啡厅我也熟悉，这里的曲奇饼干是和我联合出品的……"

谭松笑笑说："那得尝尝——一起吃点吧。"

圆脸的女孩于是点点头。点了餐，一碟小熊模样的曲奇饼干和两份简餐很快端上来。

两人边吃边等待名叫陆宽的人。

他是当年灯塔小栈民宿旅店的经营人。

谭松受靛泽和冬阳的委托而来。灯塔小栈在七八年前已经歇业，查一些久远之事本身已无从入手，靛泽对谭松信任，把事情说了后，谭松说他来想想办法。

谭松原来多年从事电子元器件行业，下游客户有监控摄像头的厂商，其中一个厂商在那个千里之外的异乡之城打拼过市场，和当地的民宿协会相熟。经过这漫漫的辗转，最后联系上当年那家民宿旅店的陆姓店主。

时间空间，人和事，也就如此相连。

冬阳给宝儿打了长途电话，语音良久犹豫，但还是对另一头的女孩说："我想再了解一下当年季香住进那家旅店的情况……可以吗？"

女孩握着电话咬着嘴唇，最后说："好的。"

而现在她默默吃着咖啡厅的肉酱面，许久后抬头问："谭先生，你说……我们能了解到什么呢……"

中年人平静摇摇头说："我也不知道。世事总看不清，但我们也总尽力去看。"

吃过饭，盘碟收走，谭松加点了饮品，宝儿一杯橙汁，他一杯咖啡，另外多点了一杯冰柠檬茶。

午后阳光初斜，1点31分，一个提着包的高瘦男人准时准点地快步向他们走过来。

"谭老板、李小姐，对吗？"

宝儿和谭松站起身，谭松和对方握手，说："陆总你好，你认人认得很准。"

陆宽随意挥手："别叫总了。开过旅店的人，看人说得过去吧。坐吧坐吧。"

三人落座，陆宽看见座位旁放着一杯柠檬茶，说："给我点的吗？谢谢了！"他没说太客气的话，随即端起大大喝了一口，他姿态风风火火的，看上去走渴了。

宝儿说："陆先生麻烦你了……"

陆宽摆手说:"我事是挺多的,不过既然是那件事,我也忘不了——能告诉的我都会告诉你们。"

那位曾经的民宿老板40多岁,穿着宽松T恤和牛仔裤,下巴依旧留着一缕山羊胡,像个搞艺术的。当年他不过是个30出头的年轻创业者,现在人近中年,但气质并未变化太多。宝儿对他的外形有印象,他看上去随性,却给人面冷心热的直觉。

宝儿犹豫一下,问:"陆先生,你认得我吗……"

曾经的店家定神望了问话的人一眼,能看出他在认真地看,但随即摇摇头:"不认得了,再怎么样我也不可能记住所有客人。坦白说,就算当年那位自杀的女孩现在在我面前,我也未必能认出。人事变化太多,就是这样。十多年前的事情,我也说不上能记得多少。"

陆宽停了停,从座椅上扭身,打开带来的提包。

"所以我把开民宿那时的全部监控录像都带过来了。"

店主从提包里掏出笔记本电脑,又接上一个大大的移动硬盘。

"每一天的记录我都保存着。"留着山羊胡子的人说。

逐一打开做了时间标记的视频,宝儿和谭松都靠过来看。

3月7日,身穿鹅黄色短裙的季香站在民宿旅店的小小前台前,递上身份证。

陆宽说:"这是她入住登记的画面,警察来调查时我也调出来给他们看过。那个时候我记得,那个女孩说要租住房间一段时间,这种客人不常见。而且那个女孩挺漂亮。我问她,需要住多久,她摇头说她没想好。后来她预订了半个月。"

宝儿想起那正是陈湖君的心脏状况出现恶化,急需讨论人工心脏手术方案的期间。宝儿努力望着电脑屏幕,想看清季香的神情,画面中那个正在做着思考和选择的女孩看上去既冷静又冷漠。

谭松问旅店老板:"你还记得她说了什么吗?"

陆宽说:"她没说什么了。我告诉她带灯塔装修风格的房间很紧俏,有一个靠尽头的普通房间行不行。她说都行,只要住在这家民宿就行。"

谭松望向宝儿,宝儿抿住嘴没说话。

"3月19日那天呢?"谭松平淡地问。

店主依言打开另一段录像,把进度条拉到标记的位置。

季香穿着一件朴素的文化衫,背着小背包走进旅店,没有在前台停留。在另一个监控摄像头的录像中,她又穿过走廊,打开房门消失在画面里。

"那天我没看出她有什么不对劲。"陆宽说,"她是晚上8点钟过来的,直接回了房间,结果到了11点左右就出事了……"

店主停了停望向宝儿,再次定神看对方的脸,说:"哦,我想起来了,你是那天晚上跑出前台呼救的那个人对吧?是你过来找那个女孩,然后发现了她自杀……"

宝儿默默点头。

陆宽说:"抱歉了,知道出事以后我也很慌乱,我没记住你的样子……"

宝儿淡淡说："不要紧，我没有季香的相貌让人印象深。"

陆宽摇头否定："不是的，过去十多年了，我之所以现在还记得那个女孩的样子，只是因为我反复看了视频。是那些保存下来的影像帮助人唤起了回忆，尤其对于那些已经不在的人来说。"

宝儿轻咬嘴唇，静静点头。

谭松再问道："那么，麦季香订下房间以后会经常过来住吗？还有没有其他异常的情况？"

陆宽说："坦白说我不知道，民宿的管理偏松散，客人也是凭密码开房门，没有特别的事不会找我们，何况她是长租客。我也说了，十多年前的记忆我也少之又少。真要查，只能从监控录像里一天天找。"

谭松和宝儿对视，两人脸上都有失望。季香入住旅店和出事当天的视频都没有传递特别的信息，即便联系上当年的民宿老板也无所获，逝去的事果然已杳不可查。

"每一天的监控录像我都看了。"民宿老板开口说。

联系他的两人愣了愣神，谭松讶然问："你说什么？麦季香入住以后每天的监控视频吗？"

留着山羊胡子、穿着随便的男人点点头。

"嗯，那13天里早晚24小时的视频，我都看了一遍。当年我没想着看，只想着警察的调查赶紧结束，旅店的经营赶紧恢复正常。直到昨天你们联系上我，我才意识到我有责任早就应当这么做。我昨晚看了一个通宵，今天上午也在看，虽然是倍速看吧。我想如果不全部看完,我也不好来见你们。还好约好的时间,我还算没有迟到。"

两个和他相约的人看见他火燎急匆的样子和布满眼窝的血丝,一时无言,心头都涌起难言的感动。

宝儿问:"陆先生,您有发现什么吗?"

陆宽平淡说:"我也不知道算不算得上发现,只是有一天她来前台沟通过事情。录像我也挑出来了,你们可以看一下。"

灯塔小栈的店主打开标记的视频,日期是3月17日。

谭松问:"出事前的3天吗?"

陆宽点点头:"嗯,算不上是让人注意的一天对吧。"

画面里,季香从房间的方向走到前台,手里拿着一本杂志,然后站在前台说了几分钟的话。可惜监控录像并无收音。

店长说:"说起来挺遗憾。那天我没在店里,在前台是一个我临时找来顶班的朋友。那朋友值完班后没和我说这件事,毕竟房客的日常问询连琐碎事都算不上。所以警察调查的时候,我也没有提及。"

谭松问:"那现在知道麦季香当时说了什么吗?"

陆宽说:"我找过那个朋友了。直说吧,那是我的前女友,分手也有小十年了。反正是硬着头皮联系了她。我把视频发给她看,催着她使劲回忆,也怪她当年没把这件事告诉我。她老不耐烦了,说哪记得哪个房客是哪个房客。不过结合录像的提醒,她总算是想起了大概的情况。"

谭松问:"是什么样的情况?"

"实际上确实也没什么，"陆宽平平地说，"那个女孩是询问换房间。她从房间里出来，手里拿着一本杂志，然后问还有没有其他房间，她想更换一间。我前女友回忆说，当时她是快步走过来，神情语气也多少有点焦急。不过提出换房的客人，一般表现都差不多。"

谭松问："结果呢？"

"我前女友查了登记簿，当天是有空房的，但是没法做长租，要等几天才能安排，她问那个女孩先换一晚行不行。那女孩想了想说今天不用，但是一旦有长租的空置房请及时告诉她。我前女友答应说好，等几天就好——她的服务意识就那样，心想这个客人其实也没有那么急，这事也就一说而过了。"

谭松听完望向宝儿，坐在他旁边的女孩已经好一阵没作声。他看见宝儿久久盯着电脑屏幕暂停的画面，脸色呈现一阵青白。她开口发问时，声音微微发颤。

"那本杂志，是不是放在房间里的……"

"嗯。"民宿店主答道，"就是放在房间里供客人闲看的。我记得是一本介绍美食啊餐厅啊一类的杂志，就是我前女友喜欢看，所以买了几期放在客房里。也是因为视频里有这个，我那大条的前女友才好不容易想起那个女孩来。她说，她搞不懂那女孩为什么要拿着那本杂志走来走去。"

"我想问问，出事以后，那本杂志还在房间里吗？"

店主听到这个问题愣了愣，偏头想了一会儿："你这一问，好像真的没有……警方查勘完房间以后，我清点过物品，确实没包括那本杂志……"他停了停，问，"你怎么知道房间里有这本杂志？"

宝儿脸上掠过苦涩，浅淡说："因为我住过同一间房间。"

陆宽"哦"了一声，露出似懂非懂的神情。片刻总结地开口。

"大体情况就是这样。那个女孩过来住店只有几次，我把全部视频看完，也只找到这几段也许有价值的。这也是我知道和记得的全部。我也不知道，这些对你们有没有用。"

圆脸蛋的女孩咬住红唇，沉沉点头："有用。陆先生，很感谢您！"

灯塔小栈曾经的店家静静点头，说："有用就好。"

他把杯中的冰凉茶水喝完，彻夜未眠的脸色有了红润。他收拾东西，起身告辞。

"没其他问题先这样，有事再随时喊我吧！"

谭松站起来和他握手，再次致谢，也适当寒暄。

"陆总耽误你时间了，不知现在你在哪个行业？"

"哎，都说别叫总了，我也没什么忙的。不搞旅店以后，我就卖卖鲜花。"留着山羊胡子的40多岁的男人说，"我就是个理想主义者，虽然很多人说，开过宾馆的人都不会相信爱情保鲜，但我还是想相信美丽可以长存。"

* * *

陆宽走后，宝儿对谭松略略鞠躬。

"谭先生，也谢谢您！"

谭松眼角的皱纹温和折叠："我没帮什么忙，我能做的只是联系。你问到你想知道的事情了，对吗？"

"嗯，虽然只知道一点，但对我来说已经够了。"

谭松能看出女孩的情绪是激动的，她双颊的苹果肌饱满涨红，像清晨带露的浆果，眼眶里有晶莹的湿润，但她努力让自己的声音保持镇定。

"我可以给冬阳打个电话吗，可能要一会儿……"宝儿站起身。

谭松说："当然，我想他也在等你。"

宝儿低低头走开去，她站在一株大树下，拿出电话打给身在远方的人。她吸了一口气开始长长陈说，语气尽量稳稳淡淡，但说到后来还是会眼泪滑落。

* * *

冬阳，我和以前经营灯塔小栈的陆先生聊完了。我想告诉你一些我原本知道和现在知道的事。有些事你知道，有些事你不知。

季香选择入住灯塔小栈，并且最后在那里自杀，确实是因为我们曾经在那里……度过一夜……

季香其实很早以前就知道我们的事。

女孩之间比你想象中更敏感、更猜忌，而我和她朝夕相处，在一个屋檐下住了4年。何况我们都知道，季香比谁都更聪慧、更观察入微。

也许在你第一次到我们宿舍找她,我朝你们摇手说再见的时候,她就已经暗里辨识着我看向你的眼神。

后来她拉着我一同乘车到你学校找你玩,三人一起吃饭,一起去唱卡拉OK,其实也是一样的观察的心思。

你还记得那时季香突然不太高兴,唱了几首歌就作罢吧?

到大二的时候,你们的关系变得疏离,季香出国交流,给宿舍的每个人寄回来化妆品,还有一艘手工打造的卡拉维尔三桅帆船的模型,很贵的限量版,季香托我带给你。

"宝儿,我记得你高中有个好朋友就在冬阳的邻校上大学吧?你周末去找她玩的话,顺便帮我把礼物带给冬阳好不好?哎,我和冬阳最近有一点点闹脾气啦。他每次看我出远门就嘟起嘴。"

尽管能感到这是季香的试探,但我还是没忍住,说出了一个"好"字。

后来我又单独去找过你。我们单独吃了饭,单独唱了卡拉OK。你为了我和喝醉酒的混混打架,手臂被玻璃瓶划破全是血。我陪你去了医院。你和我说:不用告诉季香……

有时季香会蓦地问我:"最近有去找你的高中同学玩吗?"我听到会心头一抖,可能眼神也有闪烁,然后低头说:"没,没有……"季香见状会意味不明地弯起嘴角。

我想,那时她已经知道。

"我上小学时很喜欢灯塔,冬阳说以后我们要是能住在灯塔里当守塔人就好了。"

季香在宿舍里会时常和我们说她和你的童年以及所有的岁月。而我和她之间第一次聊起灯塔，是我说想毕业以后开一家小餐厅的时候。

我说，季香，我也特别喜欢灯塔，小时候我就经常去看去爬，你说我把餐厅布置成一座灯塔的样子好不好？屋顶上亮着旋转的射灯，你和冬阳远远就能看见。

闻言，季香看着我微笑起来："那可不行，灯塔是我的。"

随后她又笑嘻嘻说，我觉得你适合开日料馆，我会支持你哟，来，我帮你设计你的招牌！

她拿来铅笔和白纸，画了一个圆滚滚的"宝"字。

"这个怎么样，是不是喜庆可爱又圆满？"她转头笑眯眯问我。

季香有着最标准的瓜子脸，美人如玉。而我一直留着齐刘海和内扣短发，努力遮挡两侧的脸颊。

季香也知道我知道，冬阳你吃不了生冷做法的海鲜。

于是我也露出牙齿对她笑起来，用高兴的语调，甚至拍着手掌："哎，我还没想好开什么店呢，不过什么店都好，你和冬阳一定要天天来……"

大二的暑假结束，大三开始，有一天我和季香在宿舍里聊天，我坐着书桌前，她站在我身后，无意中她就瞥见了从我笔记本边缘露出一角的一张小卡片。

卡片上印着一座白身蓝顶的灯塔，上面写着：灯塔小栈，你的港湾。

季香问："这是什么……"

我解释说:"呃,这是一家灯塔风格的主题民宿,还算不错的……"

冬阳,对不起,我没有告诉你,我一直说不出来。

季香知悉灯塔小栈这家旅馆,是因为我。

那张宣传的名片设计得很精美,所以我忍不住留下了一张,想着以后如果开店也可以做个学习参考什么的。

后来我不知道怎么把它夹进了笔记本,丢在了书桌上,看似是无心之失……

其实我是故意的。故意留下那张卡片,故意夹在书本里。

在我内心深处,我希望季香看见。

那天她看见了,我故作轻松;但我扭过头望着她,却露出挑衅的笑容。

"季香你可以和冬阳去住住看呀——暑假的时候我已经住过一晚。"

冬阳,是我让季香知道了我们的事。我想让她知道。

大二暑假的那一晚我挽着你,手臂向前伸直,用食指指向那座蓝身白顶发着霓虹光芒的灯塔,我对你说:"我们就在这里休息好吗——我喜欢这家店。"

在那个时候,我心里就已经这么期想。

是我把那张名片从笔记本里轻松地抽出来,笑嘻嘻递给了她。

"季香给你留着吧,我住过了,以后你也可以去住。"

冬阳,所以我从不怀疑,季香一直都恨我,直至她去世。我和她之间,只有虚假的姐妹友情。

唉,我对季香充满妒忌,而我希望的,是能够和你在一起。

那不久以后,学校组织大三学年的中期体检,季香就诊断出了噬血症。

我还记得我和你就在季香病房外的走廊里碰见,你没说话,我也没说话。我们只是擦身而过。你默默走进季香的病房,我默默离开。那时候我也明白了,你和季香有着太长久太深厚的羁绊,你和她是生死相依的一对,而我和你只能擦身而过。

走出医院的住院楼,我捂住嘴哭出了声音。我说不清我是为自己而哭,还是为躺在病床上容颜如白雪的挚友而哭。

我去看望季香的时候,站在她的床沿,她伸手拉了拉我,对我笑了笑。

"宝儿,对不起了……"

我至今无法分辨,那份笑容和那句话所代表的含义。

但怎么都好,后来的一年,仿佛发生了很多,又仿佛什么都没发生过,我和季香仍旧是好同学、好舍友、好姐妹。

后来我和她都打算考研,时常结伴去图书馆复习,去阶梯教室上课。

她去看病或者有什么事来晚了,当她匆匆走进教室坐下,有时我也会和往日一样,从身后搂她脖子,但担心会压伤她,于是一弹而开。她会转身对我笑,指指放在课桌上的笔记本:"谢谢你帮我占位置!"

我笑说:"买完婚纱赶考研,这么孜孜不倦只有我们家香香了!"

上课的时候,她有时会戴着你送给她的订婚戒指,但也有某一瞬她会莫名用手遮挡。我看见了会说:"你戴着呢……嘿,要不我帮你戴,免得你记笔记硌手。"

季香会在嘴唇中间竖起食指:"嘘,你小声点……"

我至今无法分辨,我和她说着那些对话的心情。

是故作放松,是含沙射影,还是其他……

我也已经记不清,我和她是谁先提出了考研。是因为我想考,所以她较劲般也想考;还是她决心要考,所以我跟随了她。

或许,我们两个人都不过是想在最后也许不多的时光里,找个理由结伴相处,找个理由和解……

可是,一切毫无预期地就到了终点。

冬阳,季香给你留了信,告诉了你她是怎么瞒过你的,对吧。

季香是在考研集训班的最后一节课上收到你的生命情报紧急信息的,当时我坐在她旁边。她的翻盖手机屏幕发出荧荧的蓝光,她看了一眼,双唇就变成白色,身体像雕塑一样僵直。我吃惊望着她,一瞬间也心生巨大的不祥。这种不祥甚至让我一时间开不了口问:"出了什么事?"

季香把手机递给我,把信息给我看了。

季香对我说:"宝儿,帮我给冬阳打个电话,告诉他我突然发病呕吐,好让他赶紧来找我。"

而我早已慌了神,懵然问:"为什么?"

季香说:"下午我发现冬阳手机的收件箱满了,他很可能还没看到信息,我们把他喊过来,找机会把他收到的信息删掉。"

我呆呆地望着她。季香说:"宝儿,我们先别让冬阳知道这件事，帮我一起瞒过冬阳好不好？我知道你能明白。"

后来我就用她的手机给你打了电话，你果然还一无所知。你火急火燎地赶到学校医务室，应该也没闲情再去翻看手机……

其实当初我并不明白，季香为什么要告诉我这件事。其实她可以不告诉我的。她没必要给我看那条信息，没必要让我帮忙打电话。在瞒过你这件事上，她没必要拉上我一起。

直到3月19日的夜晚，我惶惑地打开灯塔小栈最尽头那间房间的门，又跌跌撞撞地跑进里间浴室，看见季香的长发像花一样漂在水中。

浴缸旁边放着一张卡片，是留给我的。上面写着："抱歉，宝儿，我只能拜托你。以后，冬阳也拜托给你。所以，先别告诉他。"

我想，也许季香很早就已经有了预备。尽管收到生命情报短信的那一刻，情况还一无所知，但她心里已经迅速地有了对策。

所以她告诉了我，提前拉上我一起。

她对我说："我知道你能明白。"

冬阳，你明白吗？季香无论做什么，其实她做的每一件事都仅有一个出发点，那就是你。她是如此真心地深爱着你。

在戴上面罩、躺下浴缸之前，季香不放心只拨打一个报警电话。

她需要确保有人及时赶到，更需要确保赶到的人会以拯救陈湖君——也就是你的生命为第一优先考虑。

在她死后，她需要有一个人为她张罗局面和完成遗愿。这个人要完全理解和明白她的心思，从而遵照执行。

所以季香找了我。

她知道我和她一样，都爱着你。

冬阳，现在你能明白季香为什么要选择入住灯塔小栈吗？

我想，她考虑在那里结束自己的生命，一个原因确实是她恨我，包括给我打电话把我叫到那个地方，是想让我感到羞愧。这是对我的报复和惩罚。

但还有一个更重要的原因。她有一个经过反复考虑，为了保险起见不得不这么做的原因。

她很早就想好了给我打电话时的表达。

3月19日的晚上，她给我打电话，也是这么说的。

"宝儿，我在灯塔小栈开了一个房间。酒我也开好了，我们可以聊上一整个夜晚。"

她想好了哪天告诉我她在灯塔小栈，也无须多说地址。

"宝儿，麻烦你跑一趟了。我等着你。记住哟，我们说好不告诉冬阳，今晚是我们姐妹两人的。你能快些来吗？"

冬阳，你听出来了吗？季香说这些话的核心，是为了不让我通知你。

现在你明白了吗？季香选住在灯塔小栈，是因为她担心哪天她突然给我打电话让我去某个地方，我难免会产生不祥的联想，进而立刻告知你。所以她选择了灯塔小栈，选择了一个会让我感到羞愧的地方。她知道我会忐忑而快速地赶过去，也防止我第一时间把这件事告诉你。

唉，你也知道的，季香是一个太懂心理的人。她考虑了最安全最保险的办法。

冬阳，其实这些我在12年前就知道。但我一直无法做到坦诚地全部对你说出来。

而现在，我只是多知道了一件事。

陆先生告诉了我这件事：季香提出过换房间。

有一件事你也不知情，因为当时你在浴室里洗澡。

我一个人躺在床上无所事事，翻看放在床头的一本旅行美食杂志。当我翻到一间建在海边的人气餐厅时，我随手执起一支铅笔，在上面画了一个灯塔造型的悬挂的招牌，中间写了一个苗条修长的"宝"字。

我也说不清我当时的心情。也许仅仅是心血来潮；也许是因为和你刚刚结束的温存，让我心里涌起一种宣泄……

后来，季香也入住了这间房间。她偶然翻开杂志，看到了我的铅笔画，于是快步跑到旅店前台，向值班的店员提出更换房间的要求。

她心情焦急得甚至把杂志一直攥在手里没有放下。

季香知道我在灯塔小栈住过一晚，也猜到我是和你同住，但她并不知道我和你住在哪一个房间。

现在回想，这是理所当然的事。季香怎么会知道具体的房间呢？但在12年前，我们都陷入深深的悔疚里，而认定季香选择那个房间是刻意为之。

其实那是巧合。

大二暑假的那天晚上，我们在街角相遇，一起吃了饭喝了酒,我们走进灯塔小栈临时要房间,店家告诉我们灯塔房已经订满了,还有远离电梯最尽头有一间装修不好的普通房间要不要,我们说要,只要有房间就行。

而后来季香因为要长租,店家也给她安排在了这间房间。

我想,那时季香心里会想着,应该没问题——宝儿之前选住的肯定是灯塔房。

我想季香也考虑到,如果以后她在这家旅店里自杀,选一个最冷门的房间,也多少能减少给店家带来的困扰。

直至季香有一天偶然翻开那本杂志,看到我留下的画迹,才猛然意识到她和我刚好住在了同一个房间。她既惊讶又焦虑,所以急忙跑到前台,希望更换房间。

冬阳,你现在明白了吗?季香并没有刻意选择在那间房间自杀。她从来没有这么想过。

正相反,她为自己刚好住进了那间房间而深深焦急和不安。

你能理解她的心情吗?

季香选住在灯塔小栈,是想过让我难受,也是为了在把我叫过去的时候,避免我马上告知你。她心里想,也许事后你和我都会感到难受,但过些时间总会适应过去。

她相信我会把她的考虑向你解释清楚。

但是,如果她死在我和你住过的同一间房间,死在同一个浴室的浴缸里——那性质将变得残酷得无可挽回。

而哪怕我向你解释,也再也解释不清……

冬阳,其实季香没有想过这样做啊,她从来没有想过要这么残酷……

那时候她惶恐不安，曾经急匆匆地想要换房间。但是其他房间只能住一晚，而那时候，她仍旧没有下定自杀的决心，所以换一晚也没有用。

她在房间里准备了很多必需物品，氧气面罩、氮气瓶，最重要的是满满一冰柜的冰块……实在难以一天换一个地方。

店员说等几天能安排，所以她只能决定再等几天。

但最后她却没有等到，没有来得及……

季香也把放在房间里的那本杂志带走丢掉了。

虽然作用寥寥，但是她心里想着，无论如何也减少一些我们对她曾经住在那间房间的联想……

冬阳，这就是我知道了的事情。

季香没有原谅我，但她也不愿让我受到更深的痛苦，知道这一点，对我已经足够了。

而我也最终想明白了两件事。

季香在瞒着你的这件事情上拉上我，把我卷进来。而在她自杀的时候，由我去当那个发现的人。我一直以为这是一种惩罚，但现在我明白了，她是希望在救你的这件事情上，最后由我和她一起完成。

这是关乎她、关乎你的生命的事情，在这件最后也最重要的事情里，她希望我是其中的一分子，而不是一无所知，孤零零地被排挤在一旁。因为她知道这对我一样重要。

她在心里，始终把我当作最好的朋友。

而另一件事，3月19日的晚上，季香给我打电话，让我飞快赶去灯塔小栈，是真的想和我喝完一整瓶红酒，好好地聊上一整晚的话。

她用上那些她原本准备用的话术，是故意的，那是女孩之间一种小小的挑衅的恶作剧。

也许在那个房间里，我和她会面对面摊牌，互相狠狠讥讽、狠狠攻击一番，但也开心见诚。

也许我们两个女孩最后会坐在地板上抱头痛哭，然后和解……

冬阳，现在我觉得你说的可能是真的。

——因为那天，季香还没有换好房间呀！

所以她喊我到旅店去，到那间房间去相见，和我说那是结婚前的闺蜜夜话——她是真的这么想。

既然是这样，那说明……她心里可能，已经放弃自杀了对不对……

冬阳，季香给你发信息说"明天再见"，我想那就是她的真心话。

如果我没有猜错，那应该是一条单独的信息——但是因为你的短信箱满了，所以在接收时变成了最后一条……

季香啊，她是真心想和你第二天去登记结婚啊！

那时她已经改变心愿了，因为你和她已经一起找回了那曾丢失的婚纱……

冬阳，你说的是对的。谢谢你让我重新回望和面对12年前。

3月19日,季香原本没有打算自杀。

在她提出换房间但没换成的3天后,直至那天晚上她10点半给我打完电话,她都没有下定放弃生命的决心,她甚至一度打消了自杀的念头,心里期待着和你结婚。

她给你留下的信息,不是最后的遗信。那是她之前提前所写,所以没有办法和你全部说清。

10点半之后的某个时刻,季香最终选择结束自己的生命,是因为其他突发的、无法来得及避免的原因。

6

在宝儿和陆宽见上面之前,冬阳和靛泽一同去了季香的家。

季香家是被包围在海湾半圆里的高档住宅区,小区路一直修到海边。以前季香经常穿着凉鞋,戴着渔夫帽,经过两盏动物造型的石凳灯,和父亲麦大伦一起在沙滩上支起画板。升读高中的暑假,季香参加了欧洲的夏令营,她在巴黎的美术馆看过莫奈的《退潮的费康海上的船》,那以后就和她爸一样喜欢画船。

小区里干净整洁,也有幽深的小树林,在被家长禁断来往的那段青春期里,冬阳会乘着月夜来到楼下,季香会披着头发跑下来,两人抵靠在无人的林丛粗壮的树干上缠绵。女孩说:"不能太久哟……"男孩说:"我想死你了!"

敲门之前,冬阳站在门口深深吸气,下了良久决心,但进门后才知道,廖颖带着麦夏早上出门了,只有麦大伦在家。

男主人出来迎门，看见冬阳愣了愣，但惊讶只是一掠而过。季香的父亲少话，冬阳从小和他交流不多，这时面对面心里只觉忐忑，而麦大伦温和而日常地开口。

"冬阳来啦，进来坐吧。"

那话言的语气仿佛跨过了所有的矛盾和久长的时光，和昔日最初无异。

那父亲的目光又落在站在门外的另一个年轻人身上。

"这位是？"

冬阳说："他叫余靛泽，是德国华侨，是我朋友……"

靛泽收起手杖，颔首致意，说了声你好。

麦大伦定定望了对方一阵，点头说："欢迎，请进来吧。"

男主人请两个客人在客厅藏蓝色的皮沙发落座，本想去泡茶，又转身问："冬阳要喝豆奶吗？我记得你小时候喜欢。"

冬阳本来想说不用了，但心里泛起又酸又暖的情感。他想起小时候他和季香常揣着零用钱跑到学校门口合买一瓶豆奶，插着两根吸管一起喝到看见瓶底。那时候，学校门口的小卖铺卖的散装饮料，只有橘子汽水和豆奶，门前总堆着层层的玻璃瓶筐，满的等待出售，空的等待回收。别的孩子更喜欢喝汽水，而冬阳和季香都觉得汽水胀胃，都只喝豆奶；长大以后季香喜欢喝奶茶，冬阳则敬谢不敏了。

冬阳想起来，他和季香两人都喜欢的事物，原来除了那一瓶豆奶，再无更多。

冬阳说："好的，麻烦麦叔叔了。"

麦大伦说："不麻烦。小夏和她姐一样喜欢，所以家里有一冰箱。"

他又问另一个客人："小余可以吗？"

靛泽忙说："可以的……我，没喝过豆奶……"

麦大伦笑说："那尝尝。"

季香父亲走进厨房。

冬阳坐在客厅，望见一间向阳的房间堆满画纸，麦大伦日常就在那间工作室作画。他从年轻起就画图，专心而喜爱地画了一辈子。冬阳看见大开的雪白的素描纸上画着各式各样的帆船，各时各地的海角，还有静静伫立的灯塔。

麦大伦拎了三瓶豆奶回来，维他牌，巧克力味道。他起了瓶盖插上吸管，给冬阳一瓶，给靛泽一瓶，自己也喝一瓶。

靛泽吮了一口，赭褐色从吸管爬升滑入喉咙，他眼睛睁大了一些。

麦大伦也像个孩子一样吮着吸管，微笑说："味道不错吧。"

他又转向另一个孩子，看见对方眼角仍留有淤青："冬阳身体好些了吗？前两天我和你廖阿姨想去看你，但你妈说你出院了。"

冬阳错愕地问："我妈告诉你们了……"

那日常少言的人点点头："我们很久没见你了，你廖阿姨其实很想你。"

冬阳抿住嘴，一阵不说话。片刻他抬头："麦叔叔，我们突然过来，打扰您了……您正在画图吧……"

季香的父亲摇摇头："画，我画很多年了，不过我想，我一直在等你们。"

冬阳和靛泽愕然对望，冬阳问："等我们？"

麦大伦说："我想是这样。也许我能猜到你们今天来的原因。"他的目光投向脸色更白的那个孩子，"小余，我想我认识你。在很久很久以前，季香就告诉了我。"

靛泽脸色青白，他不说话，只在想。

麦大伦放下玻璃瓶，站起身："你们稍等，很多年了，我可能要找一找。"

他转身走进房间，说是找一找，但很快就回来了。那个父亲手里拿着一张泛黄的报纸，被叠得整齐。他展开来，递给两个孩子。

"在12版的中缝。"

冬阳和靛泽看见报上有一则短短的新闻消息。

【胶州晚报讯】22日凌晨2时许，一名12岁余姓男童在胶州湾不慎坠海，所幸被灯塔瞭望发现，随后被过往渔船救起。据悉，该男童是渔民子弟，曾获得小学生自然科学竞赛奖项，是海上人家的骄傲。

报道旁边附了一张黑白照片，一个身材瘦弱的男孩手里捧着一张奖状，站在连绵伸延的渔排前。

"这份报纸叫《渔舟》，专门报道海事消息，也转载海滨城市的新闻。"一辈子画着船的男人说,"我订很多年了。这份是1995年9月25日的报纸,事情发生那天是秋分日。小余,报道里说的男孩是你吗?"

靛泽沉默点头,片刻说:"那是我和我母亲去德国前的事情……"

麦大伦想了想,也点头:"是这样……"

冬阳神情也惊讶,开口说:"麦叔叔,我们就是来问这个,那时候季香是不是……但我记得是暑假……"

"是的。"季香的父亲回答,"就是季香和你小学升读初中的暑假,那年因为一些政策问题延迟了一个月开学。所以季香住院的那一周,你每天都到医院看她。"

麦大伦停了停,往下说。

"季香半夜里心脏突然绞痛,甚至一度出现停搏,我们紧急叫救护车送她进医院。那天就是1995年的9月22日。"

冬阳和靛泽都发呆,冬阳想起了那个闷热的夏天。

他撒疯般玩了一整个暑假。想着升初中后他和季香应该会分班,冬阳生出一种能从太久的厌烦单调里解脱的愉快预期。但在暑假结束前夕,得知季香得急病入院,他饭也顾不上吃,蹬着自行车冒雨赶去医院,那一路上他心中满是惭愧,然后又生出一种风雨无阻的激情。而后他每天都往医院跑,守在季香的床沿。他指着自己的胸口说:"我的心脏可以给你!"季香说:"傻瓜,我才不要你的心脏,医生说我的心脏比你的更强壮。"

两只纤小的手在白色的被单下相牵。

也许他和季香的感情本应终结于那个夏天，但一场天降的疾病将之延长——直至后来历史再次重演。

"不过后来没什么事。"季香的父亲也回忆着往事，"季香住了一周院，心率、血糖、血压各项检查都正常。医生说大体是应激性心律失常，日常注意就好。后来季香的心脏一直很健康，比其他器官都健康……

"出院以后的一天，季香就拿着这张报纸给我看了。那孩子喜欢学我读报，尤其喜欢看小版面的内容。她说，她更想看见那些藏在角落不被人关注的事情，那才是人间的种种。怎么都好，她偶然翻着一份不知名但杂链四海的小报纸，而因此知道了身在另一个海岸的另一个人。"

那个父亲望向坐在他对面的白脸青年。

靛泽翕动嘴唇问："然后呢……"

麦大伦淡淡说："也没什么。那孩子急匆匆把报道指给我看，但神情却有些怄气。她说，爸，这个男孩和我同一天出事啊，不，是同一时间，都是半夜，而且他还和我同岁……太奇怪了，怎么会这样子？我说，这没什么，可能只是刚好，世界很大，恰好同时发生的人和事其实很多，不过这也可以叫作缘分。季香听了不高兴地扁起嘴巴，说，我才不要和别人有缘分，我只要冬阳，冬阳就是我的另一半……"

冬阳心里不禁震抖，麦大伦望望他说："冬阳，季香住院的时候你每一天都陪着她，拉着她的手。那一年你和她都是12岁，我想，那是那个年纪的孩子最率真的心情。"

这个父亲往日话不多,他已经很久没有和别人说起自己去世的女儿,他静静停下来。坐在他对面,和他的女儿相遇也相连的两个人,一时也沉默。

但随后麦大伦又再次看向靛泽。

"小余,季香后来可能还见过你一次。"

靛泽讶然抬头:"什么时候?"

"刚好是3年以后的暑假,在德国。"

冬阳张口问:"是季香初中毕业去的夏令营吗?"

季香父亲点点头:"她妈希望她多游历,也是考完升学考试的奖励。她去了欧洲几个国家,参观了很多艺术馆和博物馆,也去了德国。"

靛泽脸颊再次掠过白色,他问:"她……是不是去过新天鹅堡?"

麦大伦深深望了对方一眼,回答是的。

"其中一个参观地是德国的旅游胜地新天鹅堡,季香回来以后告诉我,她在那里见到了你。我问季香确定认对人了吗?毕竟季香只在报纸的小版面见过你的一张黑白照片,而且孩子3年的成长变化也会很大。但季香说得很肯定。

"'有一阵我心脏突然很难受,像被铁箍勒住了一样,这种感觉我知道,是一样的。我一抬头就看见了他,他站在白色塔楼的顶端,慢慢爬上墙垛。所以我不会认错,我想那是一种声音。'季香这么和我说。"

靛泽嘴唇微颤:"原来那个女孩是她……"

冬阳盯视对方问:"你以前知道这件事吗?你也见过季香?"

靛泽垂头摇了摇:"不是我,看见她的人是安娜。后来……到最后,安娜才告诉了我……"

冬阳心里堵了堵,没有往下追问。他转而面向季香的父亲,开口时语气带了苦涩。

"麦叔叔,所以,季香早就知道……早在很久以前,对吗……"

麦大伦沉默没有回答,片刻后才重启语音。

"季香把这件事悄悄告诉我。她说:'爸,你要帮我保密,不要告诉别人,也不要告诉妈妈。'我问她为什么。她说:'妈妈反对我和冬阳在一起,我不要她多一个理由。'她也说:'其他人更没必要知道,尤其是冬阳。'所以我答应了她。"

冬阳心潮翻滚。他想起从小到大和季香像流沙一般的时光,想起季香最后的信留下的每一句。直到现在,他才明白季香的全部心路和心境。

另一旁的靛泽也同样思绪纷乱,心情激荡。他感到世事如幻,无法相信。

"怎么会这样……只是巧合吧……"

"不是巧合。怎么会有一次又一次的巧合?"冬阳摇头,"前几天我和你同时入院,也不是巧合。你和陈湖君、我都生命相关,我们哪一个人出事,其他人都会一样遭遇。"冬阳对靛泽说:"因为你就是和季香生命耦合的那个人。"

靛泽说:"可是,我明明没有另一半……我只是她,一个最小的手术的受供人，只不过是50平方厘米的皮肤……"

那个曾接受了季香所捐赠的皮肤的人停下来，半晌翕动嘴唇。

"我烧伤后做了几次植皮手术，但都不成功，其实皮肤移植的配型并不困难，应该最容易……但是直至医院在全球捐赠的国际库找皮源，直至找到麦季香的才成功……"

冬阳大声说："是声音！季香听见了你的声音，你也听见了她的。哪怕她已经死去，但她的生命还在发出声音。一定是这样。你一直说你不可能找到自己的另一半，所以她发出声音，让你找到她……"

说话人的声音渐渐激动，他用手掌握住自己的拳头："而这其实是为了我……季香最后说，希望我能找到你……那些她来不及说完的话，她想如果我找到你，你会告诉我……她想，我和你都会明白……"

季香的父亲安静聆听，许久没有插话，直至对面两个年轻人的情绪在旋涡里平复。他看见大家的瓶子都空了，略略起身说："还要豆奶吗？"

靛泽猛然说："麦先生，你说你一直在等我吗……"

麦大伦身体停了停，然后重新坐下。他望望对面的人，说："是的。"

靛泽说："麦先生，我想我需要告诉你，你女儿去世的那天晚上，我处于生命垂危……我想，你女儿是听见了声音——她去世，是因为我……"

麦大伦听罢缓缓点头:"嗯,原来是这样,谢谢你告诉我。"

冬阳心里一阵难受,他问:"麦叔叔,你知道这件事吗,你已经查过了吧……"

季香的父亲平静地摇头。

"也许生命之间真有神奇的声音,也许一切只是天意和巧合,这些我们都无法知道,无法证实。这些年我也没有去查,只是在等。因为我相信我的女儿,也相信她做的所有决定。"

冬阳心头悸动,嘴唇颤抖没有说话。

"冬阳,季香生前很想了解陈湖君的生平,我问她为什么,她说,陈湖君一定是个很好的人,因为他是她爱的人的另一半。"那个父亲望着他女儿所爱的男人说,"季香也许刁蛮任性,性子也倔强。不过冬阳,孩子,我们都相信,你也应当相信,季香希望你好好活着的心愿。"

冬阳和靛泽离开季香的家,季香的父亲把他们一路送出宁静的小区。

"去找一下你廖阿姨吧,她也一直在等你们。"

＊＊＊

还远离出海口的地方是奔腾的江河,10年前建了大桥,6年前蓄了水库,2年前桥下的一片滩涂地又新修了公园。静水如湖,种满各种各样的花。

冬阳看见故乡的变化,看见未见过的桥、未见过的湖,也看见水岸的繁花里有朱红的彼岸花。

春彼岸花期有7天，这时正是最绽放的时刻。两岸明艳并排，像火把一样延伸，那是能照亮归家之路的花。

一个小女孩在花草里跌跌撞撞地跑。她两只手臂白皙纤细，跑起来的时候举着摇晃，像一只风筝，也像迎风的船帆。她跑几步就倒栽葱地摔倒，但很快又从草泥和花丛里爬起，发出咯咯的笑声继续跑。她的身影就这样在红花之间起伏，手臂始终上举，直至冬阳终于明白，那是她在向他招手。

冬阳和靛泽走近湖岸连片的艳红，走到那个小女孩的身边。女孩毫不怯生，侧着脑袋睁大眼睛望着走近的两个人。

冬阳对她说："你好，我叫田冬阳。"

小女孩张张嘴，双唇发出咿呀的语音；她又歪歪头，伸手拍打冬阳的手臂。

冬阳心里泛起苦涩，也涌起温暖。

季香去世12年，她的妹妹也12岁了。

靛泽也走过来，说："你好，我叫余靛泽。"

季香的妹妹也伸出小手拍他，向左看看，向右看看，眼望那两个并肩站的男人笑起来。

冬阳和靛泽转过头，看见花丛和原野那头伫立的女孩的母亲。

* * *

"冬阳，请让我先说。当年我对你说了极其过分的话，这些年我也不曾关心过你。我随随便便把你介绍到船厂工作，船厂告诉我你在生产岗位锻炼，我说那好吧，却从来没有问过你顺不顺心，累不累？我也没有去看过你……对不起，冬阳，这些年你过得好吗……

"冬阳，我应该和你说一件事。我早就应该说，但当年我无法原谅你，也无法原谅自己，所以一直说不出来……

"你可能不知道，12年前事故发生以后，陈湖君其实不止一次睁开过眼睛。不止你陪护他那天晚上的那一次。日常看护的时候他也眨过一两次眼，手指和脚趾也有活动。这一点护士站有记录，医生是知道的。这是植物人的常见状态，并不一定代表苏醒的迹象。医生是在综合考虑后停止了电击治疗。所以，不是你的隐瞒导致了后来的事情……我应该早些这么对你说的……孩子，一转眼12年了，事情已经过去这么多年，你也不要再自责了，好吗？"

"廖阿姨，是啊，时间过得太快了。我还一直没有全心全意对你说过谢谢，谢谢你为我做的一切。或许，我甚至一直没有全心全意对季香说过谢谢。而这是我最应当自责的部分。廖阿姨，这份自责会伴随我的一生，但我会用好好活着来偿还。

"廖阿姨，很抱歉这么多年以后仍让你回想那些悲伤，不过我也有一件事想要告诉你。12年前的3月19日，季香原本没有打算自杀。当陈湖君心脏的状况出现恶化，心脏移植手术迫在眉睫的时候，季香在灯塔小栈这间旅店长租下了一间房间，她做好了最坏的准备：用自己的生命来换陈湖君和我的生机——但在她计划着自杀的那半个月里，她始终内心犹豫，没有下定决心。她考虑了很久、很多，并非任性冲动的决定，而她的考虑里面，也包括了一点：她的自杀会导致她的生命耦合对象身处险境。

"除了心脏，季香也做好了将全身其他器官移植给他人的准备，她考虑的就是最大程度的保险。但谁能保证移植手术一定能成功呢？也没有谁能保证，哪怕移植手术成功，和她生命紧绑的那个人不会因为她的死去而死去。在这个生命不再为个体所私有的时代，自杀是对另一个人的谋杀。所以季香始终不忍心做这件事，自己怎么都好，但因为自己的擅自决定，而导致一个无辜者的生命面临巨大风险，季香无法对此视而不见，无法下这样的决心。

"后来我再次向季香提出结婚，而廖阿姨你也向季香提出要求，要求她在和我结婚前必须如实告诉我，我才是陈湖君的生命耦合对象。季香为此思前想后，她最后做出的决定，是打消自杀的念头。

"是的，廖阿姨，我想在那个时候，季香曾经决定活下去。她打算在和我登记结婚那天告诉我实情，如果我愿意接受，我们就登记结婚。无论我和她未来的日子还剩下多少，无论她的病能不能治好，也无论陈湖君能不能熬过去而我一并活下来，无论是她先死去，还是我先死去，她都决定坦然接受，她希望和我一起度过往后的每一天。3月19日的晚上，她给宝儿打电话，让宝儿到灯塔小栈找她，也是为了完成与宝儿的沟通和和解。季香始终把宝儿视作最好的朋友，尽管我和宝儿曾经背叛她……

"廖阿姨，我想告诉你的是，3月19日的夜晚，季香在和我约定结婚的前夜，在灯塔小栈我和宝儿曾住过的房间里自杀，她选择在那个时间那个地点结束自己的生命，不是因为她想让我和宝儿余生愧疚，更不是因为你逼迫她向我坦承实情，而是因为其他。

"3月19日晚上10点43分，季香应该是突然感到了来自心脏的绞痛，仿佛被铁箍勒住。这种感觉季香是熟悉的，她已经经历过两次。所以她知道那是生命呼救的声音。而那一刻的反应更强烈，因为情况更危急。那一刻，季香知道她和与她生命相连的人，都已经处于生死一线的边缘。所以那一刻，季香做出了选择。她应该强忍着心脏的疼痛和身体的麻痹，往浴缸里倒入冰块，支起氮气瓶，最后给自己戴上面罩。她只来得及在浴室里给宝儿留下短短一句的卡片，在手机里给我发出之前写好的信……

"廖阿姨，季香选择结束自己的生命是因为突发的、危急的、无法来及的原因；季香做出选择，结束自己的生命是她想到的唯一办法，而她心里考虑的，是救更多的人。

"也包括身处万里之外、大洋彼岸的人。"

"廖小姐您好，我叫余靛泽。我从不认识您，也从不认识您的女儿麦季香。但是因为世界相连的方式，或者生命的声音，我现在站在你的面前。

"我是一个曾经多次面临死亡的人。1995年9月22日秋分的零时2点08分，我跳入胶州湾的海里。1998年7月23日大暑的下午3点17分，我爬上德国新天鹅堡塔楼的墙垛。2005年3月19日春分前夜的10点43分，我在施坦贝尔格湖边的树林停车，让一氧化碳充盈车厢。

"廖小姐,我想告诉你的事情是,我的人生曾经得到许多人的拯救,其中包括你的女儿。她不只救过我一次。廖小姐,你的女儿牺牲自己的生命,不只救了陈湖君和田冬阳,也救了我。她用自己生命的结束换来3个生命的延续,甚至更多。这就是她所做的选择。

"我想说,我很荣幸认识她。"

* * *

当看见母亲滚落眼泪,在花丛里玩耍的小女孩跌跌撞撞跑过来。

她拉住她母亲的手摇晃,用一根手指抵住嘴唇:"不……哭……"

她的母亲惊诧地望她,泪水流到捂住嘴巴的手掌上。

她歪歪头,有些苦恼,然后大体明白了母亲哭泣的原因。

她转过身,伸手用力拍打冬阳的手臂,又用力拍打靛泽。

在彼岸花开放的时节里,12岁的女孩笑着说:"你……好,我……叫……麦……夏。"

7

嘿,冬阳,你该清清手机信箱啦,不然一百条信息连环轰炸你看不完的哟!

唉,虽然我也希望你能早日看到信息,不过想想也无所谓。无论你什么时候看见这些信息,我都看不见你的表情了。

我想起小时候装病的时候,最喜欢偷看你的表情。我躺在床上悄悄半睁眼睛,望着你紧张打转的样子,心里最想笑了。

我记得那是小学四年级对吧?谁让你有两年不理睬我,还和别的男生一起扯我的辫子,我一生气就请病假了,连续两天没上学。到第三天晚上,你就屁颠颠跑到我家里来了,你看见我气得脸蛋通红、额头枕着冰袋,就站在我床边紧张兮兮地搓手,说:"你真生病啦?什么病啊怎么病两天了还没好?"

我偷看你的表情,心里想还行。你还是把我惦在心里、捧在手里的嘛。

其实,我是没想出好办法让你下课陪我回家——就像班上另外几个偷偷变得要好的男女同学一样。

后来我们就又一起上学放学了。我们骑着自行车一起驶过老街,驶过铁轨,驶过海堤,驶过长长的坡道。

10岁的生日我们互送了日记,约定以后每天都写下对方。

到五年级我又装过一次病。

那时候你放学老是泡在游戏机室里。这样下去可不行,何况你也不陪我。我就去给田叔叔打报告了,看着田叔叔把你从游戏机室里揪着耳朵揪出来。第二天你鼻青脸肿地来质问我,气势汹汹的,我说我不知道呀,可能别人看见了告诉田叔叔的吧,或者田叔叔自己看见了。你大声说肯定是你告诉我爸的,我不相信你,所以那天晚上我就又生病了。肚子绞痛,干呕不止,要到医院挂吊瓶。你跑来看我,看见我捂住暖袋脸色苍白的样子,心就软了,你拉着我的手说对不起,说我相信你啦。

那时候我觉得,装病真是一个好办法呢。

后来我还装过几次病,头晕咳嗽呕吐肚子疼,这些都比较好装。有时也有崴到脚什么的。因为次数太多,我想,我和你都没法全部记清了。

碰上一个这么讨人厌的撒谎精,换谁都受不了多久。后来你就和我说:"日记我不写了,我没时间,我成绩不好。"要么说:"好烦啊,周末你让我一个人行不行?"

冬阳,我知道的,我们那其实并无根由的终身的感情长跑,本应当在童真初醒的12岁早早完结。

只是谎言说着说着就成了真,那年夏天我真的被救护车送进了医院。

当你指着自己胸口说着"我的心脏可以给你"的稚语,当你在白色床单下面紧紧牵住我的手,我也好,你也好,又都不想松开。

其实,我们在后来的青春岁月里也有许多机会松手,只是因为我仍旧一直爱说谎。

现在想来,真是一次又一次啊。

初中的时候我们成为瞩目明星,成为让每一个初开情窦的同龄人趴在走廊上追望的又美又妒的一对。我们手牵手走在校园里,光明正大,连老师都说不出反对的话。

谁让我们是天生注定的另一半呢?

当班上同学围绕着我的时候，我从来不吝惜说我们共同出生的时刻。

"我们在零时零点同时出生，医生把我们放在透明的并排的婴儿床上，我们的手会钩在一起。"

听的人都说："太美好了！"

这种谎言显而易见，起码那时我们俩都包得像个蜡烛芯，手又怎能相牵？

但大家都愿意相信这种谎言。

冬阳，我也对你说慌了。

当我们两家的家庭条件渐渐有了差距，我喜欢的东西和你喜欢的东西渐渐变得不同，我们的共同志趣和心有灵犀越来越少，你说"嘿，放学我们一起去喝豆奶吧"，而我会抬起下巴说"豆奶有什么好喝，我请你喝新开张的那家珍珠奶茶"……

那时你会低低头问我："季香，我们适合在一起吗，你会不会觉得我配不上你……"

我拉你的手，或者抱你："傻，冬阳，没有人比我们更适合了。"

其实我在骗你。

其实我心里想的是：配不上才更好，这样别人看来更美好。

再后来我妈阻拦我和你来往，上天下地、眼花缭乱的手段——我则赌气想，来得正好！

我爸经常说，我和我妈是一个模子。

所以我和我妈，和所有反对力量较上了劲。

我记得初中升高中的暑假，我去完欧洲的夏令营，看了一圈博物馆和古刹石堡，回来以后我妈煞有介事对我说："季香，感受到世界很大吧，人生也很长……你看，以后你和冬阳不在一个高中，变数很多对不对？你不要迷信另一半的那一套，谁是谁的另一半，谁说得准，谁知道呢？"

我说："妈我知道的，我能听见声音，冬阳就是我的另一半。"

冬阳，我对我妈也说谎了。

可惜我没法告诉你个中缘由，你就当我不肯接受幻觉破灭吧……

怎么都好，上高中的几年，虽然我妈围追堵截，但我们还是创造各种机会偷偷见面。

我甚至给我妈营造出了一种我们之间有着砍之不断的联结和心有灵犀的浪漫。

而无论对你还是对我，那种从未体验过的偷偷摸摸也给了我们新奇和刺激。

我们见缝插针见着面，有时在学校对面的街角，我从我妈车后座溜下来，跑到你面前急匆匆地和你见面；有时你跑到我家楼下，我会穿着睡裙，披散头发，不顾形象地在小区无人的地方与你相见。

我们一周见一次面，有时是两周。

我对你说："不能太久哟。"你对我说："我想死你了！"

这让我明白了一个道理，一个策略：共同默契也好，心有灵犀也好，新鲜感也好，这些都可以创造。

只要让时间和空间拉开距离就好。

这是我多年总结，也是后来用来指导实践，把你留在我身边的策略。

18岁，我们在新千年的倒数里约定同生共死，我想我们已经越过了天真、青涩和摇摆的年岁，有了和成年人一样担当、可信的承诺。

上大学以后，我和你分隔两地，我们一周见一次面，后来变成两周；有时忙起来，也有一两个月才见一面的时候。你看，我把控得很好。

每当我看出你眼睛里的倦厌，我会抢先说："下周我要参加校外调研，那里有个很棒的话剧社，我去享受自由时光喽。"

你说："好吧，那你玩得开心，注意安全。"

我也会向你说明："我们像以前一样就好，以前我们也不是天天都在一起。我看你看腻了，你肯定也一样……"

你说："好吧。"

有时我也会叹气："细水长流很吃亏呢……如果我们是一见钟情，会不会更好……"

你说："随你喜欢吧。"

我原以为把时间和空间拉开距离会有效，但看上去没有这么简单。步入准成人的世界，我们的感情甚至维持不了2年……

唉，冬阳，我们相识得太久了。也拖拖拉拉得太久，哪怕用再多的策略不松手，也已经经不起漫长的磨平。何况我们并不匹配，并不合适。

我们的一切，不过是根源于一种命中注定的幻觉，一种人云亦云、你有我有的幻觉，一种关于另一半的时代的幻觉。

只是我总不死心，虚荣、固执……又有控制欲。

冬阳你还记得吗？连我们的初吻都是由我编导呢……

其实我很羡慕我妈。

我羡慕她对我爸的精准和认定，她说只看一眼就特别喜欢，而且终身不渝。我也想做到，我觉得我肯定能做到。

所以我也总要求你假装，假装你我有着第一次的相逢，犹如人生初见。

摊上我这样爱玩手段的缠人精，你一定很累了。

冬阳，其实我都懂。

我知道我和你总有一天会像彼岸花一样共生而两分。

所以你会爱上另一个女孩，我也懂。

不过冬阳，其实我也觉得挺累的，准成人的世界尚且如此，那成人的世界呢？

想想都有点不想长大了。

所以当我终于真真正正地生起病来，并且一步到位诊断出怕是治不好的时候，我心里可谓松了口气。

12岁那年夏天是个诈胡，我不过是喜欢偷看你紧张的表情，半睁眼睛躺了一周病床；但这次看来是来真的了。

我当然也伤心啊，一个20岁出头的大学生，人生还有大好年华对不对？但这也是没办法的事情。

我想这就是"狼来了"的惩罚。

不过，上天应该也是在对我说："那就满足你的愿望。"

冬阳，我突然意识到，我们终将分离，原来也可以是此岸和彼岸的两分。

所以冬阳，后来，当你再一次被我骗倒，当你以为陈湖君是我的生命耦合对象，而在学校医务室卫生间的镜子前露出笑容时，我感到松了口气。

也感到开心。

那一刻，我知道你和我想到了一起，我们有着一样的愿望——我们都希望我们之间悠长的美好在全部崩塌和破灭之前，有一个完美好看的收尾。

这个收尾当然来得越快越好，不是吗？

我不怪你的，真的，冬阳，我都懂。

我只是感到开心。

嘿对了，冬阳，你知道我是怎么骗过你的吗？

那天我们不是去买礼服和婚纱吗？你试装的时候衣服搁在外头，手机揣在裤袋里，我偶然就看见了。我得声明，我从来不会偷看你的手机，无论我多想都不会这么做。那天真的是偶然看见而已。

我只是瞥见了屏幕下方的一行小字提示：短信箱已满。

唉，冬阳，有时我会担心以后谁来照顾你。你生吃海鲜会过敏，出门不习惯带雨伞，手机也不清理短信箱。你说我也好，别人也好，有事给你发信息，你也收不到对吧？

想起来，刚上大学的时候我们也曾没日没夜地打电话、发信息，我抽屉里存了厚厚一沓余额为零的电话储值卡，我集齐过12生肖和12星座。你也和我抱怨，我们的滑盖手机已经是最新款，但通话时间只有200分钟，短信储存只有100条，这还不够保存我们一天想说给对方听的话，只能精挑细选最好的保存了。我呵呵笑说，以后我们换新的……

不知从什么时候开始，我们就不发信息了。有事打电话。这挺好的，有事说事，也不会收不到，说不清。

现在的新手机已经可以储存上千条消息了，旧不如新，也是该换了……

总之，那时我知道你的手机短信箱满了。所以那天晚上当我收到生命情报委员会发来的短信息时，我想你很可能还没有收到。

冬阳，你始终把我当作你的生命情报紧急联系人呢，谢谢你对我的信任。

不过我的紧急联系人是我爸，很遗憾这里面的考虑我没法告诉你。

于是，我赶紧让宝儿给你打了电话，说我在教室里呕吐不止，让你快来。

你看，装病一直都是最好用的一招。

而我还采取了进一步的保险措施。

我让我妈联系电信平台，给你的手机号发送大量的广告信息。我妈的公司时常用短信推送做宣传，关系还是管用的。在你赶来学校的大半个小时里，你的手机号码少说收到了数十条短信息的连环轰炸呢。

我想，即便你在路上想起去清理手机信箱，即便那条要命的信息钻空子进来，一时半会也会被淹没。

反正作战成功，直到最后你都没有看见那条信息。

嘻嘻，我还挺聪明的对吧？爱说谎的人都聪明。

你赶到学校医务室，抱我到病床睡下，那之后我一直半睁着眼偷看你。就和小时候一样。有一阵你掏出手机，估计是揣在裤袋里坐着不舒服。我心想只要你胆敢盯着手机不放，我就发出肚子疼的叫唤声把你吓唬过来。不过你开始认真专心地照顾我，手机只是放在床头小柜上。我又盘算着怎么制造机会把你的手机搞到手。刚好有一会儿你走出去上厕所，手机没拿，这真是机不可失。我马上翻身起来，打开你的手机着手清理信箱。

我先翻阅新近信息，有同学的，有招聘会的，有医院的……我选着删掉几条无关重要的，每删掉一条旧信息，就有一条新信息跳进来。

但我立刻发现我犯了一个大错误。

跳进来的都是广告信息。想必就是我让我妈联系电信公司乱发的那些。我意识到我犯的错误是：短信息以最新的为最先接收。

这意味着，由国家公民生命情报监督管理委员会更早发送的那条信息，反而会被压在后面！

我连删好几条信息，还是没看到那条要命信息跳出来，不禁慌了手脚。我只好往前翻信箱……

于是我看到那一片布满屏幕的，上了年头的信息。

收件箱里有，发件箱里也有。

有50条、70条、还是90条？我已经来不及数了。你只留下了很少的空间来接收新的信息。

　　我也来不及细看内容。我只能看见发件人和收件人的名字，密密地整齐地排列：冬阳、冬阳、冬阳……季香、季香、季香……

　　唉，冬阳……原来你都保存着呀，你精挑细选了我们的最好内容保存的吗……

　　接着我又看见了发件箱里保存的最后一条信息，唯有那条信息收件人的名字不是我。

　　"对不起，你可以等我吗？"

　　但那条信息没有发送出去，显示为"未发送"。

　　唉，你为什么不发出去呢？其实你可以发的……

　　其实有这个"等"字，我已经满足了。

　　可是已经没有时间心疼了。我只好闭上眼睛一咬牙，把信箱一笔勾销地清空……

　　不过我留下了那条未发送信息。我可以删掉自己，但不属于我的，我没有权力。

　　那条关乎生命的消息终于出现，我将之彻底删除，把手机放回原处。

　　你从卫生间回来以后，我的手机也跟着嘀嘀响了。你从柜面拿起我的手机，于是看到了给我发来的信息。不消说，那是伪造的。我让我妈从公司号台发来信息，戴一顶国家公民生命情报监督管理委员会的帽子即可，反正那是发给我而不是发给你的信息，你认不得来信号码，也不会细看。

很快我妈也给你打来电话。这当然也是我的设计，这样更有紧张感。

换作以前，我妈铁定不会答应我这种任性的要求，但是我得病了，只要我撒着娇说这是我最最重要的愿望，她也只能无奈就范。

事情差不多就是这么简单。那之后我爸妈和你爸妈也愿意配合我，还有宝儿。

病人就是有一些特殊待遇嘛，可好用了。

所以我不打算把这样的待遇让给你。

当然是不行的。冬阳，哪怕我们要在此岸和彼岸两分，那也是你在此岸，我在彼岸。你让其他女孩等你，你就得留在此岸；你让别人等你，就是要陪我到最后不是吗？

我不能接受你比我早离开。

别忘了我是热衷控制全局的人，所以由我来替你想办法。

我也想尽办法不让你怀疑。

我每天都到医院看护陈湖君，牺牲和你在一起的剩下的时间。在有限的时光里，我陪着他，而不再陪着你。我们的一纸婚约再也不提。

我也爽快放弃了一直喋喋不休地要考的研究生。

我坐在陈湖君的床沿说："我想多些时间陪陪他，他是我的另一半。"

这样的话我对你都没有说过，你气得像一头抓不住鲑鱼的熊呢。

冬阳，你会以为我移情别恋了吗？

嗯，你能这么想最好不过了。吃醋妒忌也可以。只要你相信陈湖君是我的另一半就好。

这样我也好，我的家人也好，全力看护和救治陈湖君会变得合情合理。我可不想你猜到，生命处于危险的人是你。

我说谎的水平一直都这么高超吧，看到你被我完全骗过去的样子，我心里开心极了。

不过，我确实挺喜欢每天跑到医院照顾陈湖君。

白天黑夜都守在他床边，给他测温、换药、压针、洗脸、擦身、更衣、倒尿，可惜不能喂他喝水吃饭……

冬阳，在我病的时候，你一直是这样照顾着我。

现在想起来，从小到大每次出门都是你护送着我，送我回家，送我回学校，送我到车站……而我从来没有做过对应的事情……

嘿，我可想换个角色了。不能只让你有这样的机会呀……不能老是让你照顾我，我也想试试当照顾的那个人。

虽然最终没有机会换我守在你的床沿，但我能够照顾你的另一半，也算得偿所愿了。

我也确实对陈湖君很感兴趣，想认识他，了解他。

我已经知道我的另一半不是你，但我仍然想知道你的另一半。

你的另一半会是一个什么样的人呢？一定会比我这样的人好吧？

他一定会和你一样,是个很好的人。

冬阳,当陈湖君病情恶化,当医生说他需要一个好的心脏才能活下去时,那一瞬间我就全部明白了。

确诊患上HLH,等待血液里的吞噬细胞一点点吃掉我的全身的一年多时间里,我的脾、肺、肝、肾都出现不同程度反复的感染和出血,我身体的每个器官都破落得不像样,死去以后怕是全部捐献出去也没人看得上眼了。

但唯独我的心脏健健康康。

那颗心脏曾经痛过几次,也许有由来,也许无由来,却至今强壮如初。

我想,这就是证据。

冬阳,当你指着自己的胸口对我说:"我的心脏可以给你。"我当场就反驳你,我骄傲地说:"我的心脏比你的更强壮!"

冬阳,原来是这样子呢,现在我明白了,这是我的使命。

我之所以会和你一生相遇,我的病之所以会从谎言变成真实,我的心脏之所以会一直坚持……上天之所以这么安排,原来都是为了现在。

我也终于明白,上天让我患病不是一种惩罚,而是回应我的心愿。

冬阳,我觉得很开心。

岁月太长太久,世事变化无常,我们有好多约定、承诺和誓言都未能履行。小时候你喜欢船,说好长大后要乘帆远航;我喜欢灯塔,说好要始终等你归航。长大以后变成我用彩笔画着船帆，游历五彩的世界，而你是我原地不动的灯塔。

10岁的时候，我们交换了彼此的日记，约定往后即便在转身不见的日子里，每一天的生活也都要包含对方。后来日记不再写了，我们只在最后一页写下：明天再见。

而在18岁的成人礼，我们迎着新时代的倒数之声，许下同生共死的誓言。

这份誓言我一度以为也将无疾而终。

冬阳，我知道你我终究无法是对方的另一半，终究无法生死与共。但现在，我发现我有了机会用另一种方式成为你的另一半，用另一种方式和你生命相依。

冬阳，今后，我的心脏会和你一同跳动。

我用这种方式来遵守誓言，可以吗？

冬阳，我记得在彼岸花尚未开放的湖边你向我求婚的时候，你穿着一身英俊的正装，我穿着一件花苞袖口的卫衣和一条鹅黄色的百褶裙，你说你最喜欢我这身衣服。

另外我还背着小背包，上面挂着《夏目友人帐》里的猫老师的挂饰。

时间太久，我已经想不起这个挂饰买于何时。我只记得小时候我其实并不喜欢猫。应该说，我很害怕这个无声无息仿佛来自幽冥彼岸的动物。当我们坐在海滩的礁石上远望灯塔，总有几只从黑暗里钻出来打扰，我会吓得挥手躲闪，那些幽灵也会对我龇牙咧嘴——可是你只要摆手说"嗨嗨，今天可以给我们让个位置吗？"它们就会安静下来，慵懒地伸个懒腰，扭着屁股诡诡然地走开；或者当你伸出手，那些柔软的生命会慢慢向你靠拢，把毛茸茸的下巴埋进你的手掌里。

我也记得在千年倒数的夜晚，我看见一只三花色的流浪猫缩在喧闹的广场的一隅，而这时你从拥挤的人潮走来，轻轻伸手抱起它，然后你又迈步穿过人潮，把它放在通往自由的另一边。

冬阳，我想告诉你，我是在那一刻动心的。

那一刻我思潮荡漾，心里想着：就是这个人不会有错！

冬阳，我们的感情也许本无根，一切只是虚荣的幻觉和我的骄蛮。也许直至18岁倒数的夜晚，当我们以伪装的心有灵犀在人海相遇时，我仍然抱着游戏的心。

但不久后你我在人海里相拥、相吻，当钟声敲响，当经过10秒钟的验证后，那一吻也就变得比一生更长。

而誓言也变得比一生更坚固。

我羡慕我的父母亲，不过他们也并非只看一眼就相互认定。而我认定了你。

当然我也愿意相信，早在幼年的漆黑海滩和古老礁石上，我想和你接吻的那一刻，我就已经认定。我知道无论过去多少年，你都是我的灯塔。

冬阳，从过去到现在我都知道，你是一个温柔而善良的人。

女孩子呢，有时候很复杂，有时候又很简单。

冬阳，谢谢你相信我。虽然我说了很多谎，但你从来没有因为"狼来了"而对我置之不理。直至最后你都陪在我身边。

所以冬阳，这次你也会相信我对吗？我只希望你好好活着……

冬阳，抱歉啊，我清空了你的手机信箱。事后我又让我妈发送了无数无用信息，好填充变得空空如也的信箱。不过你总是会发现的。到时你会怪我删掉了我和你的过去吗？

所以我给你写了这一封长信，一共一百条短信息，当作补偿。有多无少，所以不会空空如也的……

何况我还给你留下了一条信息不是吗？

宝儿是个好女孩，你可以像对我一样对她好……

嗯，冬阳，我想说的话就这么多。

不过最后还有一件事我放不下心，因为还有一个人。

那个人会怎么样呢？他能好好活着，能像你一样原谅我的自私、任性和不管不顾吗？

冬阳，可能要花很多年的时间，可能要等很多年，但我还是想拜托你这件事——请帮我看看我的另一半过得好不好，好吗？

明天再见。

＊＊＊

靛，我们约好明天相见，但是我想先给你写一封信。

刚才迪伦在厨房里做煎蛋三明治，我闻到一股油烟焦香的味道，急忙跑过去，看见他已经娴熟地把碟子摆放在餐台上。

他给自己做了一份，给我做了一份。三层烤面包，中间两层夹了生菜、番茄、培根和煎鸡蛋，还抹了黄油和塔塔酱。

我对他说:"你忘记放芝士片了。"

他不满地说:"你不应该先尝尝味道吗?"

我们都笑了,两个人相对坐下吃着三明治。酱汁从他的嘴角挤出来,他倾侧过脸,用手掌挡住,另一只手顺利地摸到纸巾盒,用手指把纸巾抽出来,沿嘴唇和下巴擦了一周。他没有问我他的衣领或者袖子有没有沾上黄酱或者红汁,我感到很安心。

吃完三明治,迪伦一边收拾碟子一边说:"玛莎把她懂的都教给我了,在她走之前,我就已经拥有整个厨房。"

我没有批准过迪伦在厨房用火,但那孩子已经偷偷学会了。这几年我请过一个留学的姑娘帮忙照看迪伦,她每天过来2个小时,先接迪伦放学,然后到家整理家务和做晚饭。有时我连轴加班,晚上无法回家,她会留下来给迪伦讲睡前故事。迪伦已经过了生日,寄宿学校的申请也递交了,老师建议他读实科中学,我也同意。那位帮工的姑娘向我请辞,她已经到了毕业季,迪伦坐在沙发上朝她的方向摆手:"玛莎,祝你的论文一帆风顺,下次带你男朋友来我家玩吧。"

今天我下班回到家,迪伦说他来负责晚餐,虽然只是三明治,但是味道有保证。

玛莎走的时候告诉我,是迪伦催着她早些走,早些回学校专心准备毕业论文。迪伦对她说,你要告诉我妈妈,我已经足足12岁半了,不但可以照顾自己还可以照顾她。

我现在想,寄宿学校的手续也许应该办得慢一些。

靛,昨天你吻了我。我深思熟虑了两天。我回来也告诉了迪伦，我问迪伦怎么看。

"妈妈，我认为问题在于你怎么看。"那孩子认真地抱着胳膊，"你认识他很久了吗？"

"大概和你的年纪一样长，还要加上你在我肚子里的时间。"我答道。

那孩子闻言吃惊无比："他过了12年，不，十三四年才亲你呀？"

我笑起来："我刚认识他的时候他还是个孩子，只比现在的你大几岁。事实上，他刚好比我小12岁。"

迪伦闭着眼睛，但细长的睫毛和眉头都向上扬了扬，嘴巴也噘得有点圆。当他做出生动表情的时候，我常能在他的眉宇间找到他父亲的影子。

他"哦"了一声，语调显得惊讶而饶有兴致，但很快又装出人小鬼大的正经样子来："妈妈，你认为这有什么问题吗？他不早就是成年人了吗？"

我笑笑说："你说得对，迪伦，这算不上是一个问题。"

他低垂睫毛兀自点头："嗯，那我可以见一见他。他有向你求婚吗？不过先说好，到了以后我也绝无可能叫他爸爸，如果他肯带我去游乐场，我顶多叫他叔叔。"

我哈哈笑道："早得很啦！"

靛，我是一个警察，昨天我能看出你裤袋里装有圆顶的盒子。我的儿子也十分厉害，他从我向他征求意见的态度里就有了预感。

我很感谢他，他没有怪我为什么这么久了却从来没有和他说起过你。

嗯，想起来，你也一直没有见过他。

就像你也从来没有带我去见过你的母亲一样。

靛，我知道你心里的想法，其实我和你一样。我也吃不准当把你介绍给家人时，应当如何界定你我的关系。

另外，我也多多少少能感觉你和你母亲关系的复杂，能明白你一直以来向我强调你们母子俩感情笃深的原因。

你怕我以为你对我是另外一种依赖对吗？其实我也怕你以为我会把你当作一个孩子。当然，好些年头以前，我们的内心可能又确实曾经这么想过。

嗯，一转眼很多年了，迪伦都12岁了。这许多年里，我们都不太肯定对对方的感情是什么。所以，谢谢你昨天的表白，你明白地对我说出来。这很棒，你比我勇敢很多。

不过，靛，这不是主要的问题。主要的问题是我并不是你所相信的那样好的人。

既然你勇敢地告诉我你的想法，我也应当告诉你一些关于我的事情。

靛，你应该知道，和你的母亲一样，我的父母也是死于凶徒之手。所以你认为我对那些罪犯必定深恶痛绝。你多年奔走呼吁扩大刑罚，站在酷热的公民广场的高台上振臂"我们不需要软弱的法律"，是因为这个变得纷乱的时代，也因为后来你母亲的遇害——但最开始是因为我的原因。你希望和我一样同仇敌忾对吗？

你没有错，只不过那件久远的案事有少许内情你不知道。

在我7岁那年,有一个叫奥斯卡·格伦宁的男人闯进我的家盗窃,他当时吸了毒,用随身携带的弹簧刀把我在家的母亲刺死了。不过他没有杀死我的父亲。我的父亲当时正在速食商品公司上班,是因为突发性的心肌梗死而死。

我的父亲和母亲是生命耦合对象,他们在查询得知对方以后结了婚。我母亲是希腊人,他们跨越爱琴海相结合,婚后的感情也和预想的一样好,第二年有了我。我们曾经是最幸福的一家三口,但是他们实现了同生共死的誓言,却在一瞬间只留下我一个人了。

因为既凄惨又浪漫,随后电视新闻大大宣传了这件事。那时候奥斯卡·格伦宁剪了头发,躲藏在一户乡下人家里,他谎称是遭到家暴而离家出走的少年,一个好心的独居老爷爷收留了他。但是他在看到新闻报道的时候,因为受到震撼而流露出痛苦的表情,那老爷爷感到奇怪,怀疑地看向他,于是他跳起来,情急之下掏出刀,错手把那个老人也刺死了。那之后他也杀红了眼,在一路逃亡的过程中,又疯狂杀死了2个追捕他的警察。那年他19岁,被捕后判了无期徒刑,到现在已经坐了35年牢。

这些如果你深入翻查过报刊和市政档案,大体都可以获知。不过里面还有一个细节没有记载。

奥斯卡·格伦宁闯进我家的时候,我母亲因为感冒在家休息,她吃了药进房睡觉。那天我也学校放假在家,我走进房间找妈妈玩茶壶游戏,但妈妈睡得迷糊,摆手让我自己去画画。我在客厅玩了一会儿,趴在窗台上往外瞧,看见对面街有小丑在表演扭气球，很多孩子都围着。于是我想了想，蹑手蹑脚溜出了家，我没有家里的钥匙，所以出门时没敢把门关上，就让它虚掩着。我跑过街道，想着领到加菲猫形状的气球就回家，但排队轮到我的时候小丑先生说他只会扭其他的动物，不会扭加菲猫，但是可以请我吃彩虹棉花糖。我很开心，其他孩子都很羡慕。我吃着有七种颜色的棉花糖，哈哈大笑着和小丑先生合拍了照片。后来有邻居远远望见了我，惊呼着跑过来，把我抱起。那时我才得知，我的母亲和父亲都已经没有了。

其实那天奥斯卡·格伦宁在毒瘾里泛着迷糊，他四处打转原本没有想好要上哪里要干什么，在看见一户人家的门轻轻敞开后，他两头望望，走了进去。我的母亲在房间听到翻箱倒柜的声音，她醒过来，走出去，奥斯卡·格伦宁往她肚子上连续刺了12刀。

靛，我当然恨奥斯卡·格伦宁，恨那些人命累累的罪犯，但我也同样恨我自己。

父母去世以后，我住进过福利机构，也在几个亲戚家轮流寄住过。他们对我都好，但我的童年说不上有任何亮色。12岁我搬进了寄宿学校，后来考了州属的警察学校，毕业以后当了地区保安警察。我对自己说，以后我要保护所有我遇见的人。

我因为外勤业务能力不错，尤其射击术科成绩优异，在对犯人使用致命武器的限制令越发收紧的风向里，负责刑事重案的德联邦警察总局定向招募一批开枪准头好的警员，25岁那年我调入了慕尼黑地方局，成为一名联邦刑警。

在那里的头几年我和一名叫保罗·高斯曼的男警搭档，后来发展成为情侣,他就是迪伦的父亲。

保罗是把我从久长的阴霾里带出来的人。那时候的我,脸色不善,敏感易怒,对谁都像一团乌云,经常性情绪失控,打起犯人来比男警下手还狠,我会用带铅块的皮拍打断他们的尺骨;而参加警队对外的社交活动时,我神情阴郁,缩在一角像个影子,连把我招进局的面试官都直言后悔。但保罗作为我的搭档和指导人,尽他所能给予了我全部的帮助。在那些让我既烦躁又自卑的宴会场合,他会在最角落的地方找到我,递给我一杯带有太妃糖甜味的格兰杰,或者给我围上一条深红色的羊毛围巾。

保罗一头黑发,牙齿很白,笑的时候习惯性地扬眉毛,从而让自己的表情更生动更有说服力。他拍照拍得不错,有一台徕卡牌的机械相机。我们交往以后,闲暇的日子他常常带我登高望远,去得最多的是新天鹅堡,一年四季各去一次。

我问保罗,手动的相机好用吗?我也想学拍照,办案应该很有用。我脑海里横掠过的是各种画了粉笔线的凶案现场和咔嚓一闪的镁光灯。保罗闻言扬起眉头:"我建议不要用好用或者有用来评价摄影这件事,奥斯卡·王尔德说,美在于有用之物的无用部分。"

看到我神情有点呆惑,他露齿笑起来:"不过,眼睛加上镜头能看见两倍的风景,这是它的有用之处,我觉得不失为美。就像和你在一起,我有了两倍的生命。"

保罗是少有的温柔的相信浪漫的警察,他的阳光驱散了我的乌云。那几年我变了很多,虽然我还始终随身携带着牛皮缝制的能断筋骨的武器和枪，但无论是执行任务还是日常相遇，都能对他人露出笑容。这让我觉得自己更有资格去保护所遇见的人。

对了，保罗有1/4的中国血统，他的外祖母教过他认识汉字。他也教过我。

交往几年以后，我们在29岁的时候订了婚。保罗是警官学校毕业的高才生，比我早入职联邦警察总局，但和我同岁。我的生日是1月1日，他是12月20日——他比我早出生12天。

每逢过生日，保罗会不无遗憾说："安娜，如果上帝让我们同年同月同日出生多好！实际上只差那么一点……"

我摇头说："这一点都不好。"

订婚以后，保罗也问过我："你有没有考虑过到市政厅提交申请表，查询自己的生命耦合对象？"

我坚定地说："我不会考虑这件事情。"

保罗默然点点头："我能理解……"

我翻找出保罗的申请表是在原定举办婚礼的前三天。

当结婚的日期临近，我一度爆发了严重的焦虑症。其实就是恐婚。7岁那年父母的死在我眼前浮现，那些我以为已经深埋起来的黑影又再破土而出，我夜里失眠，情绪焦躁，医院给我开了一个疗程抗抑郁的药。那些药我再熟悉不过。

保罗对我说："安娜，不用着急，来日方长。如果你希望，我们的婚礼可以推迟，都怪我提了不该提的事。"

那一天保罗到汉堡出差，那时他已升职到内政部，和我不再是外勤的搭档，我想起有东西落在他家里，过去收拾；于是我在一种突发的缺失安全感的心潮里开始了左翻右找。

申请表和查询结果叠在一起，放在抽屉的文件夹里。按照欧盟区的年龄规定，保罗在年满25岁以后填写了生命情报申请，提交日期是我和他相识的前几天。对方是一个住在汉堡的女子，附了照片，一头黑发，身材小巧。

这件事保罗从来没有告诉过我。

不久我又在抽屉深处发现了他和那个女子脸贴脸的合影。

我随即给保罗打了电话，质问他。

保罗在电话里说，现在不方便，回来说。

我骤然生出直觉，但却不是警察应有的直觉。我高声问："你现在正和她在一起对吗？你们正在宾馆的床上，还是浴缸里？我听见她在旁边，也能听见水声。我明白了，很好，保罗·高斯曼，你去汉堡出差，实际上每一次都是去见她。"

保罗说："安娜，你冷静一点，等我回来，我们好好谈谈……"

我说："我知道你要谈什么，我都同意。难怪你说可以推迟婚礼，这很好！你可以和你的另一半双宿双飞——你们同年同月同日出生，你们也可以同时去死！"

当我歇斯底里喊完那句话时，才发现电话已经被挂断了。

我感到气恼不已，在保罗的房间里到处踢打东西，被背叛的绝望感像一圈带倒刺的铁丝网，撕皮裂肉，我想人生的美好已经全部毁灭——到后来我才知道我想得没错。

我走到窗边透闷气，看见天色早已黑透，外面下着淋漓的雨,这时我作为警察的直觉才复苏过来。1998年的手机信号说不上好,我意识到我听见的哗哗水声是雨声,而那夹杂女性话语声的封闭空间里有种机械的轰隆声。那是在汽车车厢里。

后来我知道那天夜晚从汉堡到慕尼黑A9公路的漫长沿线上,图林根林山脉有一段雨下得特别大,瓢泼如注;保罗的车在一个带坡的急弯处闪避一辆突然迎面而来的货车,随后坠入漆黑的峡谷。可能因为山区信号不佳,保罗一度打开了车窗,在事故发生的瞬间手机抛飞而出,它安静地穿过黑夜和密雨,最后消失不见在山脚的湖泊里。

车前排找到两具尸体,因为汽车焚烧身躯搭在一起。一个是保罗,另一个是来自汉堡的女子。她从小在海港的号笛声里长大。我的直觉唯一正确的是,那个黑发的女子当时确实和保罗在一起。保罗带着她开着夜车从海岸出发,跨越800公里一路驶回慕尼黑。当然毋庸置疑,我也说对了一点——保罗和她同日而生,也同时死去。

靛,有些罪犯人命累累,其实我是其中之一。

我终身也无法知道,保罗本来打算和我谈什么;他和那个和他发色相同、生命也相连的女孩的关系是什么。

只剩下我愿意相信什么……

醉酒的时候我会在嘴边念叨:"杀死妈妈和爸爸的那个人,为什么还活着……"我想长久以来,我说的是我自己。

靛,我对你说,我的工作是保护所有我遇见的人,你说我的笑容是金色的。第一次遇见你的时候,你站在新天鹅城堡白色的塔楼上,俯瞰无边的崇山和深邃的湖泊。你张开手臂没有发出声音地呼喊,似乎要一遍一遍让自己变得勇敢。当你弯曲着脚爬上墙垛,山谷的旋风吹得你身体摇晃的时候,我伸手拉住了你。

我对你露出露齿的笑容。

后来我知道了你和我同月同日而生,我比你大12岁。

我说:"天啊,我们竟然是同一天生日!我还以为这辈子都遇不到和我一样新年和生日一起庆祝的人呢!"

我也问你,"靛"是一种什么样的颜色。

最后我对你说:"到冬天你一定要再来,我带你看两倍的风景。"

我对你灿烂地微笑,对你说着那些轻快的相似的话……我至今不明白,那是我为了安抚你的情绪,是一种受到保罗影响而锻炼习得的职业举措,是一种发乎内心的深重缅怀,还是一种惶然的伪装。

靛,我是一个心灵并不健全的人。只是我看着你的眼睛,看见里面有一层痛苦孤独的迷蒙,也有一层色泽最深的清澈,那一瞬间我知道你和我一样。

在那以后的日子里,我坚持而努力;我仍会在吧台醉酒,有时也会和酒吞下一把阿普唑仑,但我感到败退的时候,我会想到你。我希望如果有一天再见到那个少年,那时候我和你彼此的眼睛里都能少一分迷蒙,多一分清澈。

当然,我也会想到迪伦。

保罗去世以后,我发现我已经怀孕2个月。

我带着迪伦登上阿尔卑斯山,来到新天鹅堡,我站在白色塔楼的一端,俯瞰葱绿的山峰和深蓝色的施坦贝尔格湖。我想,这是夏天的风景,而迪伦会在白雪皑皑的冬季来到这个世界。于是我迎风张开手臂,向前探出身体。

这时候,我眼角的余光掠过大地,看见塔楼下方有一个女孩正在用力挥舞手臂。距离很远,我听不见她呼喊的声音,但我看见她举起手,指向另一个方向。

于是我看见了在另一端爬上墙垛的你。于是我不假思索地越过塔楼铺着古老石头的圆形平台,跑向了你。

靛,现在你明白了吗?是我救了你,也是你救了我。你还救了迪伦。

仿佛轮回,迪伦已经12岁了。虽然他从出生起就无法用自己的眼睛领略四季的风景,但我不后悔把他带到这个世界来;我很爱他,愿意成为他一生的眼睛。

你和他都是我的拯救人。

当然救了我们每个人的生命的,还有那个素未谋面的女孩。

当我和你一同安全地爬下城墙,我再向下张望时,已经找不到她的身影……

所以,靛,7年后能够和你重遇,我很感激。

我想我应当把握住这个机会,所以邀请你去考芬格大街吃饭。那个餐厅有一整面墙的玻璃缸,里面有五光十色的僧帽水母,像一整个夜空盛放的烟花。

靛,尽管那时的你眼睛里仍然笼罩着迷蒙,但更多的是清激,以及更多的力量。我送给你一把深蓝色镶嵌金色狮头的手杖,你说是我支持着你向前走。其实你也在支持着我向前走。你给我重新披上一条红色的围巾,用你的力量保护我,我也渐渐能够更坦然更坚定地对自己说:以后我要保护所有我遇见的人。

靛,尽管身处这个依旧以血与火为通行证的世界,我望见你的眼睛里时而也会蒙灰,其实我也一样。我们一直都在询问自己应是何种颜色,应当度过何种颜色的人生。靛,我知道你的未来眼睛里会有更多的清澈,你能够自己支持自己往前走,一直走得稳健而高洁。

我也希望我们能一起走。

昨天你吻了我,口袋里装着戒指;我思考了两天,也问过了迪伦的意见。现在我告诉你:我期待明天和你的相见,我想见到你,然后对你说出我愿意。

我估计这封信大体派不上用场,因为我想当面和你说出上面的这些事、这些话。

你应当能明白我的紧张,所以现在我一边写信,一边自我练习。

靛,最后我想说:这是一个崩坏的时代,也是一个纯美的时代。只看你愿意相信什么。

而无论相信什么,我们都会在这个时代留下痕迹。

明天再见。

尾声

冬阳,我是宝儿,展信佳。

我问了一下船舶公司,他们说信可以寄到海员宿舍,等你回来就能收到;也可以快递到世界各地的船舶代理,再用小船把信送到大船上,但中间流程比较多,加上海上风浪等不可预期的因素,时间说不定更不保证。但我考虑一下,决定还是选择后面一种方式。

我喜欢以帆舟辗转连结每个大洋和整个世界的画面。好歹我也是艺术学院毕业的,虽然手艺已生疏小半生,但我想我会以此画一幅画。

何况也不着急。

想来你登上甲板已经5年了,冬阳,你现在航行在世界的哪里呢?能看见你的灯塔吗?

上个月,黄阿姨和胡叔叔去了一趟德国。是谭总公司组织的年中团建旅行,名义上到慕尼黑参观公司总部原址,但员工家属也可以参加。柏林、法兰克福、汉堡,还有什未林也去了。福利不错吧,人家公司去年在国内整体上市,听说接下来打算和德国的相机品牌合作做手机!

廖阿姨、麦叔叔还有麦夏也同去了。

谭总也邀请我一起去,我肯定就不凑热闹了。其实前两年我自己去过德国,博物馆、美术馆看了一圈,也去过了新天鹅堡。春天去过一次,秋天也去过一次。

黄阿姨回来以后给我打电话,絮絮叨叨地说有些地方还算好看,但更多地方像个大农村。我笑着回答我也有同感。

冬阳,你的母亲是个特别健谈的人。你可能不知道,在季香的葬礼上她见过我一面,随即就悄悄加了我的联系方式,那往后的许多年里,她时不时会给我打电话,这些年我们都成为好朋友了。她给我打的那些电话,其实都是问留在异乡的你的情况。

谭总拉着大队伍到德国,余先生也在那边和他们相聚。

余先生回德国以后,这几年主要在那边,不时也过来这边,两头跑。他说两边都是他的家。

就是上个月夏至那天,迪伦在汉堡大学毕业,他们那边也不搞毕业典礼,选了个日子,和好友、至亲在船舶制造学院的几艘考察船前面拍了合影。

后来好几个人把照片发给我。黄阿姨、廖阿姨、谭总,还有杜雪;都不约而同地各自发过来,把我乐坏了。我很感谢他们总记着我。

我听说谭总问杜雪有没有兴趣和他们一起到德国一游的时

候,专门提到余先生也很想她去。杜雪嘻嘻笑说:"有免费的旅游干吗不去!我也还没去过瑛琦姐上学和奋斗的地方。就是我走开几天,要麻烦老板们帮忙安排一下。"

杜雪这几年一直在医院照顾陈湖君。

她和廖阿姨说,她能不能请她当护工。廖阿姨惊诧地问她,这可以吗?杜雪说她反正是个自由职业者、灵活打工人,平时就在公众号写写各种案件分析的文章,多一份固定工钱何乐不为?廖阿姨同意了。

我去看望陈湖君的时候,也就和杜雪认识了。你也知道,她真是个厉害神奇的女孩。相熟以后我也问过她:"你总不能一直留下来吧?"

她沉默了一下,耸耸肩:"能留几年留几年,以后的事以后说,反正我正年轻。人总要以某种方式报恩和补偿,小时候我少不更事,现在我在做我该做的事。"

然后她又很快满怀自信地笑起来:"而且或许用不了几年呢?"

杜雪有时会和我聊生命耦合的共振。

"有些人也把它叫'声音',但叫'共振'更恰当。很多人喜欢讨论生命耦合对象之间会不会存在心有灵犀一类的证据,我觉得那些抠抠搜搜的浪漫就算了,但也许关乎生死存亡的呼应还是有的。活着比什么都重要嘛。所以既然有共振,当一个人决心努力好好活下去的时候,另一个人也会变得更有生机。"

杜雪特别会讲故事,廖阿姨去医院探望的时候,麦夏每次都跟着去,牙牙说要听狐狸姐姐讲故事。杜雪会塞给她图画书,说有画有字，你自己学着看。

杜雪常常坐在陈湖君床边，给他讲一本图画书的故事。我看过，里面有一个侦探是一只狐狸。

余先生说他也知道这本讲推理故事的书，然后和杜雪就这个话题隔着重洋讨论了半天。

嘻嘻，连我都看出来了，余先生和杜雪很投契呢！他们两个人都聪明，棋逢对手。你看，这次余先生还特意托谭总邀请杜雪去德国玩！

冬阳，杜雪告诉我，余先生曾经和安娜结伴去电影院看过一部动画片，安娜很喜欢，后来在纪念品商店买了一枚《夏目友人帐》里的猫老师的挂饰。

安娜说，她记得在新天鹅堡的高高塔楼下方挥手的那个女孩，书包上挂着一只猫铃铛；但距离太远她没有看清，也不知道是不是一模一样……

杜雪和我说，上帝的安排其实很狡猾。

"你想啊，先是搞了生命一加一绑住不放的一套，然后又开个口子，把那些接受了器官移植的、协同受惠的、人生联动的通通拉进来。渐渐人越拉越多。我想，他老人家不满足人类两两配对，还希望用生命的火种让更多人相连。说不定当我们捋清全部关系，会发现这个星球本就不分彼此。"

冬阳，在那本图画书里，杜雪说她很喜欢一句话，我也很喜欢。

"人生很多事情无法避免，人心刹那的软弱也无法避免，这值得原谅……"

对了，想起问你一件事，冬阳，这几年不休的病疫有影响你的航行吗？估计无论你在哪个海岸停泊，都有一番感受吧？跨过新千年转眼也快将1/4个世纪，我想这个时代给予了我们关于命运与共的最大启示：这是一个没有边界的星球，谁也不能独善其身。

说了许多，差点要跑题了。

其实，给你写信主要想告诉你的是：今天陈湖君醒了。

如果你能回来，我在等你。

（全书完）